KB024673

3

아제로스의 여행자

제우미디어

Korean-language edition published by Jeu Media by arrangement with Scholastic Inc.,
557 Broadway, New York, NY 10012, USA through KCC(Korea Copyright Center Inc.), Seoul.

월드 오브 워크래프트 : 아제로스의 여행자 3

초판 1쇄 | 2018년 5월 1일

지은이 | 그렉 와이즈먼
옮긴이 | 김수아

펴낸이 | 서인석
펴낸곳 | 제우미디어
출판등록 | 제 3-429호
등록일자 | 1992년 8월 17일
주소 | 서울시 마포구 상수동 324-1 한주빌딩 5층
전화 | 02-3142-6845
팩스 | 02-3142-0075
홈페이지 | www.jeumedia.com

ISBN | 978-89-5952-641-3
     978-89-5952-562-1(set)
• 파본은 구입하신 서점에서 교환해드립니다.

제우미디어 네이버 포스트 | post.naver.com/jeumediablog
제우미디어 페이스북 | www.facebook.com/jeumedia

만든 사람들
출판사업부 총괄 손대현 | **편집장** 전태준 | **책임 편집** 안재욱 | **기획** 홍지영, 장윤선, 박건우, 조병준, 성건우
디자인 총괄 디자인 수 | **영업** 김금남, 김영욱, 권혁진

고등학교 역사 선생님들과

사실을 역사로, 고대의 일을 현대의 사건으로, 원인을 결과로,

그리고

사람을 거대한 융단의 날줄과 씨줄로 바꿔놓으신

[제임스] 애커맨 씨와 [존] 존슨 박사님께……

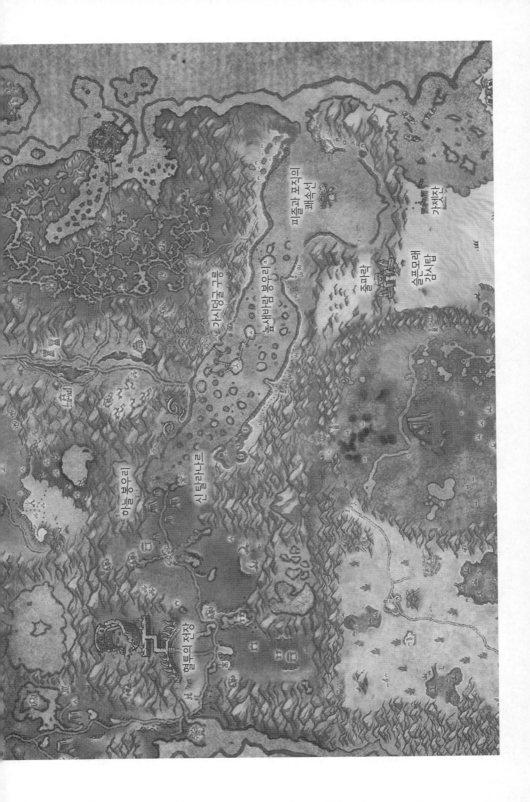

경계해야 할 친구들

톱니

덩굴발 놀 부족의 투사. 동족을 위협하는 설인들을 미워하며 언젠가 복수하고자 한다. 같은 일족인 쓱싹을 애송이라고 욕하며 쫓아냈다. 만약 쓱싹이 동굴발 일족에게 다시 돌아온다면 가만두지 않을 것이다.

시베트

톱니의 딸인 덩굴발 놀. 어리지만 의기양양하다. 언젠가 덩굴발 일족의 여족장이 될 거라고 생각한다. 톱니가 아람 일행을 감시하기 위해 선택한 유일한 놀이다.

거친흉터

설인들을 이끄는 우두머리. 덩굴발 일족 놀을 자주 공격해 그들에게는 공포의 대상이다. 톱니는 거친흉터와 설인들이 숲의 나무를 제거해 놀들이 살기 힘들어졌다고 생각한다.

탈리아 앰버하이드

높새바람 봉우리에서 만난 여성 타우렌. 아람과 친구들에게 친절히 대해주고 저녁도 대접한다. 아람은 그녀가 위험한 그림토템 부족이 아닐까 의심한다.

말루스의 수하들

스로그

으스러진 손 부족의 오우거. 말루스에게 충성하기 때문에 그의 신임을 받고 있다. 하지만 한편으로는 말루스의 지나친 횡포에 분노를 느끼고 있다.

마르주크

오우거 부족의 옛 왕이 노예를 잡아들이기 위해 외부로 보낸 크고 냄새나는 오우거. 오우거 부족의 왕이 되고 싶어 한다.

카르가

스로그가 데려온 오우거 여전사. 다른 오우거와 비교될 정도로 영리하다. 돼지 한 마리 때문에 아버지를 죽인 오우거 마르주크에게 앙심을 품고 있다.

1부

페랄라스를 에둘러 가며

1장
아가씨와 아이

아 제로스에서 가장 큰 달인 '하얀 아가씨'는 이울고 있었지만,
그보다 작은 두 번째 달 '푸른 아이'는 여전히 만월의 자태를
뽐내고 있었다. 모닥불은 없었지만, 지금 아람이 하는 작업은 두 달
의 달빛만으로도 충분했다. 아람은 무릎 위에 스케치북을 올려놓
고 점점 짤막해지는 목탄 연필을 쥐고서, 미처 그리지 못했던 한 사
람의 모습을 화폭에 담고 있었다.

마카사가 어정쩡하게 자세를 잡자 아람이 말했다.

"굳이 자세를 잡지 않아도 돼. 그냥 너무 많이 움직이지만 마."

"그래, 알았어."

하지만 마카사는 어색하기 짝이 없는 자세로 뻣뻣하게 굳은 채
서 있었다. 아람도 그런 마카사를 그리다 보니 자기도 모르게 자세

가 꼿꼿해졌다. 그래도 아람은 마카사가 아주 당당하고 자신감 넘치는 사람이라는 것을 알았기에, 부자연스러울 정도로 뻣뻣한 모습을 적당히 고쳐가면서 그리는 중이었다. 마카사는 열일곱 살인데도 서른, 아니 쉰 살쯤 된 군 장성처럼 행동했다. 178센티미터의 큰 키로, 늘씬하고 강인했으며 흑담비 같은 피부와 짙은 갈색 눈을 가진, 짧은 검은색 곱슬머리였다. 파도타기호에 탔을 때는 일부러 머리를 아주 짧게 잘라 두상이 그대로 드러날 정도였다. 사람의 발길이 닿지 않았던 페랄라스의 우림을 한 달여간 겪으면서 짧은 머리가 자라긴 했지만, 머리카락은 여전히 짧았다. 그래도 마카사는 자신의 머리가 '완전히 엉망진창'이라고 여길 게 뻔하다고 아람은 생각했다.

'마카사 누나'라니. 이제는 아주 자연스럽게 나오는 호칭이지만, 한 달 전만 해도 상상할 수 없는 일이었다. 아람이 생각했던 마카사는 '철천지원수'였으니까. 몸과 마음에 난 상처를 보면 그 이후로 둘이 얼마나 많은 고초를 겪었는지 짐작할 수 있었다. 아람은 마카사의 뺨과 이마에 짙은 색으로 가는 선을 몇 개 쓱쓱 그으며 일곱 달 전 처음으로 만났던 날을 떠올렸다.

아람은 그레이던 쏜 선장의 아들이었고 공식적으로는 사환이었지만, 사실은 여섯 살 때 가족을 버리고 떠난 아버지에 대해 제대로 알고 싶다는 생각에서 파도타기호에 올랐다.

쏜 선장은 아들인 아람에게 삶의 교훈부터 검술과 여러 지식, 아제로스의 식물과 동물, 지성이 있는 존재에 관한 잡학과 상식까지 모조리 가르쳐주려 했었다. 반면에 이등항해사인 마카사는 항해는 커녕 너른 바다를 본 적조차 없는 열두 살짜리 꼬마를 떠맡아 제대로 된 선원으로 만들려고 했다. 한편 아람은 스스로도 인정할 만큼 형편없고 늘 골만 내는 학생이었다. 쏜 선장이나 마카사와 같이 있고 싶지 않았고 그런 자신의 마음을 숨기려 하지도 않았다.

게다가 본의 아니게 쏜 선장과 선장을 아버지로 여기는 마카사 사이에 끼어든 꼴이 되었다. 아주 좋게 말해서 처음 여섯 달 동안 아람과 마카사는 그다지 잘 지내지 못했다.

아람은 마카사의 팔에 난 많은 생채기를 그리며 언제, 어쩌다가 생긴 것인지 궁금했다. 이제 무기를 자세히 그려나갔다. 마카사는 휜날검과 손도끼를 허리띠에 차고 가슴을 가로질러 쇠사슬을 둘러 맸으며, 충격을 흡수하도록 둥근 쇠판을 생가죽으로 겹겹이 감싼 방패는 쉽게 잡을 수 있는 곳에 매달려 있었다.

하지만 모든 것이 바뀌었다. 파도타기호가 공격을 받았을 때, 배는 물론 쏜 선장과 헤어지는 비극이 일어났다. 아람과 마카사는 구명정을 타고 탈출해 험한 땅에 고립되어 오도 가도 못하는 신세가 되었지만, 그곳에서 서로를 재발견했다. 아람이 스케치북을 꺼내

들 때마다 마카사는 언제나 위협적으로 쏘아붙이곤 했었다.

"그 빌어먹을 스케치북에 내 모습을 그리지 않는 게 좋을걸."

아람은 항상 무덤덤하게 글을 읽는 듯한 말투로 대꾸했다.

"그려달라고 부탁하기 전에는 그리지 않는다고 약속해요."

당연한 일이지만, 그런 부탁을 하는 일은 없었다. 그런데 오늘 아침, 마카사는 미소를 지으며 이런 말을 해서 아람을 깜짝 놀라게 했다.

"그럼, 이제 부탁할까봐. 그게 좋은 마법이라고 들었거든."

"좋은 마법이지."

이건 둘만이 통하는 얘기였다. 아람과 마카사 모두 혹독한 난관을 헤쳐 나왔으며 소중한 것을 잃고, 위험한 상황을 견디면서 시련을 이겨냈다. 그리고 함께 힘을 합쳐 살아남는 과정에서 화해뿐만 아니라 유대감까지 생겼다. 그야말로…… 친남매와 다름없다는 유대감이었다.

아람은 잠시 그리던 손길을 멈추고 위를 올려다봤다. 둘의 친구인 나이트 엘프, 탈리스 그레이오크가 전날 밤 마지막 임무를 주며 약속을 받은 후 숨을 거두었던 하늘봉우리의 뾰족뾰족한 꼭대기 너머로 '하얀 아가씨'가 저물고 있었다.

마카사가 처음으로 몸을 움직이자 아람의 시선도 같이 움직였다. 높다란 하늘봉우리에서 걸어 내려오느라 고단한 하루를 보내긴 했지만, 둘은 '푸른 아이'의 달빛이 폭포를 가로지르며 반짝이는 모습을 계속 바라보았다. 그 폭포의 아래쪽에, 오늘 아침 장례를 치른 탈리스가 잠들어 있었다. 마카사는 돌아보며 직감적으로 아람의 머릿속에 무슨 생각이 흘러가는지 다 안다는 듯 슬픈 표정으로 고개를 끄덕였다. 마카사가 흐트러진 자세를 다시 바로잡았을 때, 아람은 누나의 눈에서 쉽사리 보기 어려운 연민의 눈빛을 알아챘다.

마카사가 탈리스에 대해 좀 더 깊이 알 수 있는 시간이나 기회가 아람만큼 없었다는 사실은 지금 중요하지 않았다. 아람의 기분이 어떤지 알면 되는 것이었으니까. 탈리스가 아람을 대신해 석궁 화살을 두 대나 등에 맞고서 몇 세기 동안 살아왔던 자신의 생명을 희생해 남동생을 구했던 일 하나만으로 충분했다. 그 일 하나만으로도 마카사는 탈리스를 친구이자 동지로 또한 영웅으로 마음속에 영원히 간직할 터였다.

아람은 탈리스가 옆에 없다는 현실이 뼈저리게 다가왔다. 언제나 현명하고 유쾌했던 그 나이트 엘프 덕에 아버지의 죽음으로 뻥 뚫린 마음이 채워질 수 있었다. 이제 쏜 선장과 탈리스 모두 아람의 곁을 떠났다.

'떠난 게 아니야. 죽은 거지. 두 분 모두 돌아가셨어. 받아들여. 괜히 번드르르한 표현으로 그럴싸하게 포장하지 말고.'

마카사라면 이렇게 쏘아붙였으리라. 왜냐하면 마카사는 언제나 솔직하고 냉정하게 있는 그대로 말하는 사람이기 때문이었다. 여러 날을 함께 보내고 나니 아람은 오히려 그런 마카사의 성격이 고맙게 여겨졌다.

"므르크사?"

기대감에 가득 찬 이상한 목소리로 누군가가 마카사를 불렀다. 작고 어리고 흐느적거리는 초록색 몸을 한 멀록, 머키였다. 몸이라고 하지만 사실상 커다란 머리 하나에 그렁그렁한 눈이 툭 튀어나와 있을 뿐이었다. 그때 또 다른 여행 동료인 쓱싹이 장작을 가지고 야영지로 돌아왔다.

마카사가 다급하게 고개를 저었다.

"안 돼. 불은 금지야. 혈투의 전장에서 좀 더 멀어져야 한다고 했잖아. 아직은 너무 가까워. 적에게 우리가 여기 있다고 연기로 알려 줄 필요는 없어. 바람꽃 열매를 찾으러 간 줄 알았는데."

"열매 없다."

쓱싹이 아람과 마카사 사이에 쓸모없어진 장작더미를 집어던지며 퉁명스레 말했다. 이렇게 말하는 털북숭이 놀은 힘도 세고 어깨도 떡 벌어진 놀 전사이긴 하지만, 아직 꼬마였다.

모두 한숨 돌리며 야영지 주위를 둘러봤다. 바위투성이 빈터 옆으로 작은 개울이 흘렀고 그 부근을 경계로 버섯구름 봉우리에서 이어지는 페랄라스의 빽빽한 숲이 달빛을 받아 비스듬히 기울어진 나무들의 자태를 어렴풋이 드러내고 있었다. 장작더미는 모닥불을 피웠을 법한 자리에 던져놓았다. 도망치는 데 급급하지 않고 사냥이나 낚시를 할 시간이 있었더라면, 그 불로 저녁을 준비해 먹고 있었을지도 모를 일이었다. 그리고 아람과 마카사, 머키와 쓱싹의 배가 동시에 꼬르륵거렸다. 그제야 아람은 배가 고프다는 생각이 들었다. 그것도 아주 많이.

머키가 입을 열었다.

"우룸 은 므르크사 아오오옳옳. 머키 은 우클 아오오옳옳. 머키 아오로옳 칭구 아옳 옳옳 옳옳옳 프루플로크, 으을크 응크 아옳옳옳을. 응크 아옳옳옳옳을!"

마카사가 머키를 보며 미간을 찡그리더니 아람을 돌아보며 저게 도대체 무슨 소리냐는 듯한 표정을 지었다.

"나도 모르겠어. 단어만 몇 개 알아들었어. 내가 우룸이고 누나가 머르크사고……."

아람이 어깨를 으쓱하고는 대답했다.

"므르크사."

머키가 재빨리 바로잡았다.

"쓱싹은 똑딱이다."

쓱싹도 옆에서 거들었다.

"그리고 우리는 모두 자기 칭구라는데. 친구라는 뜻이야. 그것 말고는 전혀 모르겠어."

"응크 아옳옳옳옳을, 응크 아옳옳옳옳을……."

머키는 고개를 저으며 같은 말만 서너 번쯤 되풀이했다. 머키의 안타까운 심정에 장단이라도 맞추듯 텅 빈 배가 우렁차게 꼬르륵거렸다.

아람은 문득 궁금해졌다.

마지막으로 무언가를 먹은 게 언제였더라? 사흘 전이었나?

게다가 그동안 겪은 일이 한두 가지가 아니었다. 강제 행군, 검투사 전투, 필사의 탈출까지. 지금쯤 아무 뿌리라도 닥치는 대로 캐내서 먹어야 마땅했다. 그것도 필사적으로. 하지만 이상하게도 지금처럼 마음이 편한 건 몇 주 만에 처음이었다. 어쩌면 몇 달 만인지도 몰랐다. 텅 빈 위장에서야 음식을 달라고 난리였지만, 영혼만큼은 고요했다. 그랬다. 일행 모두 굶주렸고 쫓기는 신세였다. 하지만 아람과 친구들이 와이번을 타고 하늘로 도망쳤기 때문에 적과는 어느 정도 거리가 벌어졌고, 그들은 아람 일행이 어디로 향했는지는 못 잡았을 테고 흔적을 쫓을 방법도 딱히 없었다. 그래서 지금 당장은 동료들과 함께 은은한 달빛 아래에서 마음을 놓고 한숨 돌릴 수 있었다.

아람은 약간 과장된 글씨체로 이름을 적어 넣으며 스케치를 마무리하고는 연필을 셔츠 주머니에 넣었다. 마카사가 늘 하던 대로 인상을 썼다. 아람에게는 아주 익숙한 표정이었다.

"한번 볼래?"

쓱싹과 머키가 앞다퉈 다가와서는 지금 막 완성된 아람의 작품을 들여다봤다.

"음음음음 아옳옳올록."

머키가 감탄하며 하는 말을 탈리스한테 배워두었기에 바로 알아들을 수 있었다. 좋은 마법이라는 뜻이었다.

쓱싹도 단호한 태도로 고개를 끄덕이고는 확신에 찬 말투로 머키와 똑같이 칭찬했다.

"좋은 마법이다."

머키와 쓱싹이 말하는 '좋은 마법'이란 단지 비유적 표현에 불과한 것이 아니었다. 아람이 연필로 주변 사람과 장소와 사물을 똑같이 그려내는 재주가 둘에게는 진짜로 어딘가 신비로운 능력처럼 여겨졌다. 둘은 아람이 손 위에 진짜 바람꽃 열매를 만들어낸다 해도 그리 놀라지 않을 듯했다.

아람은 이제 막 자신이 그림 그리기를 좋아한다는 사실을 깨달은 참이었다. 게다가 꽤 잘 그린다는 생각이 들었다. 아람이 그림에 재능이 있다고 생각한 새아버지는 한 주 벌이에 맞먹는 돈을 들여 열두 살 생일에 이 가죽 양장 스케치북을 선물했고, 이 스케치북은 아람에게 가장 소중한 물건이 되었다. 아니, 친아버지한테 나침반을 받고 탈리스에게서 도토리를 받기 전까지는 그랬다.

지금은 나침반이나 도토리 생각은 하고 싶지 않았다. 마카사가 그림을 봐주었으면 했다. 하지만 아무런 반응이 없었다. 심지어 그림을 보겠냐는 아람의 질문에 대답조차 하지 않았다.

갑자기 자신감이 사라진 아람이 다시 한 번 물었다.

"그림 보고 싶지 않아?"

마카사가 인상을 썼다.

"모르겠어. 보고 싶은 건지, 보고 싶지 않은 건지."

아람은 어이없다는 표정을 짓고 싶었지만, 그랬다가는 마카사의 화를 돋울 게 뻔했기에 꾹 참았다. 대신 자리에서 일어나 장작을 지나 마카사에게 다가가며 말했다.

"한번 봐주면 좋겠는데."

아람은 마카사의 코앞에 스케치북을 들이밀었다. 긴장되는 순간, 마카사가 달빛에 비춰가며 찬찬히 그림을 살펴보았다. 그리고 마침내 입을 열었다.

"내가 이렇게 생겼어?"

"아옳, 아옳."

아람도 알아듣는 말이었다. 그렇다는 뜻이었다.

"마카사."

쓱싹은 딱 한마디로 결론을 내렸다.

"내가 보는 누나 모습은 그래. 마음에 안 들어?"

아람은 겸연쩍은 표정을 지으며 물었다.

"이 여자는 너무 물렁해 보여."

'내가 너무 물렁해 보인다가 아니라 '이 여자'가 물렁해 보인다니.'

아람은 잠시 생각에 잠겨 있다가 말을 이었다.

"누나가 항상 이런 모습인 건 아니야. 어떤 순간에 이렇게 보였을 뿐이지. 하지만…… 이 모습이 내가 눈을 감았을 때 떠올리는 누나야."

"눈을 감고도 보인다면서 왜 나더러 자세를 잡고 있으라고 했지?"

"아니, 그러니까…….."

"잘 그린 것 같아."

마카사도 인정했다. 하지만 아람이 느끼기에는 그저 자기 기분을 맞춰주려고 하는 말처럼 들렸다.

"억지로 좋아해주지 않아도 돼."

아람은 실망감을 감추려 애쓰며 스케치북을 접어 방수포로 싼 다음 반바지 뒷주머니에 넣고 원래 앉아 있던 자리로 돌아갔다.

"아니야, 좋아. 잘 그렸어."

조금도 믿음이 가지 않는 말투였다.

"진짜 싫다."

아람이 중얼거리자 마카사가 빙그레 웃었다. 그 모습을 보니 아람은 화가 났다.

"하여간 유치하기는."

"내가?"

"모두가 널 칭찬하지 않으면 삐지잖아."

"누나더러 칭찬하라고 말한 적 없거든. 칭찬을 어떻게 하는지는

알아?"

"난 칭찬 같은 거 안 해. 너든, 누구든."

아람이 고개를 절레절레 저었다.

"같이 다니는 우리만 딱한 노릇이지. 도대체 무슨 얘기를 하다가 여기까지 왔지?"

"유치하고 잘 삐치는 남동생 얘기를 하다가 그랬지."

아람이 마카사를 째려보았지만, 마카사는 여전히 싱글거렸다.

얼마쯤 지나자, 아람도 마카사처럼 싱글싱글 웃고 있었다.

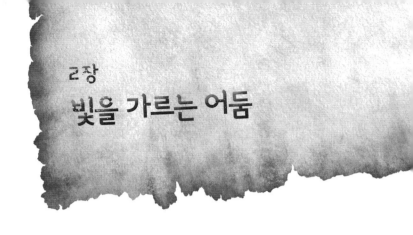

2장
빛을 가르는 어둠

쓱싹이 자진해서 첫 번째 보초를 서겠다고 나섰다. 이미 잠에 빠진 머키는 부드럽게 코를 골면서 물고기 같은 초록색 입술을 반복적으로 쌕쌕거리다가 푸푸거리고 있었다.

불 없이 페랄라스와 버섯구름 봉우리 경계에서 보내는 여름밤은 추웠고, 시간이 갈수록 점점 더 추워졌다. 아람은 다른 생일 선물을 꺼내 걸쳤다. 어머니가 열한 살 생일에 떠준 회색 모직 꽈배기 무늬 스웨터였다. 먼 길을 여행하고 갖가지 모험을 하면서 아주 많이 더러워지긴 했지만, 여전히 따뜻하기 그지없었다. 그런 다음, 마치 저 멀리 호숫골에 있는 고향 집 침대에서 이불을 덮듯 아버지의 낡은 가죽 외투를 얼굴까지 끌어 올렸다. 외투에서는 여전히 바다 냄새가 났다. 아니, 최소한 그렇다고 믿었다. 헤어지기 전에 아버지가 준 선물은 외투 말고도 하나가 더 있었다. 아람은 목으로 손을 뻗어 사슬 형태의 줄에 걸어둔 쏜 선장의 마지막 선물, 나침반이 목에 잘 걸려 있는지 확인했다.

나침반은 잘 걸려 있었다.

아람은 푹신푹신한 잔디 위에 벌렁 드러누웠다. 어느 틈에 이슬이 내렸는지 잔디는 축축해져 있었다. 마카사를 흘끗 보니 약탈하며 돌아다니는 오우거와 목숨을 앗아가려는 나침반 추적자들과 독사가 우글거리는 현실을, 쓱싹에게만 맡겨둔 채 잠들 생각이 없는 것처럼 보였다. 아람은 마카사가 자기 목숨을 다른 이의 손에 맡기는 상황을 달가워하지 않는다는 걸 잘 알았다. 아람의 손이라 해도 마찬가지였다. 마카사는 이런저런 생각에 속으로 끙끙 앓는 모양이었다. 입을 앙다물고 있다가 이빨로 아랫입술을 자근자근 씹었다.

쓱싹은 주변을 잔뜩 경계하며 오우거에게서 빼앗긴 했지만, 이제는 자신의 것이라고 당당히 말하는 전투 곤봉을 쥐었다 놓았다 하고 있었다. 쓱싹이 불안스레 곤봉을 쥔 모습을 보니 오히려 믿음이 갔다. 게다가 혈투의 전장에서 빠져나오는 동안 쓱싹이 얼마나 용맹한지 보았기 때문에 더욱 그랬다.

마카사는 아람에게 고개를 한 번 끄덕이고는 커다란 바위에 세워둔 방패에 머리를 기댔다. 그런 자세로 잠을 잘 모양이었다. 거의 똑바로 앉은 상태나 마찬가지였다. 흰날검 위에는 오른손을 올려둔 채 당장이라도 뛰어나갈 태세를 갖췄다. 그것도 부족했는지 작살이 있던 자리를 향해 왼손을 움찔거리며 뻗었다. 며칠 전 어쩔 수 없이 버려야 했던 작살이었다. 작살이 없는 마카사는 맨몸이나 다름없다고 느낄 게 뻔했다. 아니, 맨몸이 아니라 몸의 일부가 사라진 것처럼 생각할 터였다.

그렇다 하더라도 쏟아지는 잠을 이길 수는 없었다. 마카사는 잠도 자기답게 효과적으로, 얕은 잠을 잤다. 자신이 보초를 설 차례가 되면 쓱싹이 깨우기도 전에 벌떡 일어날 것이다.

아람이 몸을 뒤척였다. 조금 전엔 참아 넘길 수 있었지만, 지금은 배가 너무 고픈 나머지 배 속이 박박 긁히는 것 같았다. 이 정도로 배가 고파서야 잠이 올 리 없었다. 하지만 한 가지 생각하지 못한 사실이 있었다. 바로 마흔 시간 넘게 잠을 자지 못했다는 점이다. 순식간에 아람은 잠 속으로 빠져들었다.

"아람."

목소리가 아람을 불렀다.

"내 말이 들리느냐?"

"네. 전보다 더 잘 들려요."

"내가 누군지 아느냐? 내가 무엇인지?"

"빛이시잖아요. 빛의 목소리. 그리고 저는 어떻게든…… '당신을 구해야' 하죠. 제가 아는 건 그게 다예요. 더 말씀해주실 수 있나요? 더 알고 싶어요. 더 알아야만 해요."

"날 믿어라, 아람. 그리고 날 보아라. 그러면 많은 것을 알 수 있으리라."

아람이 빛 쪽을 향해 몸을 돌렸다. 꿈속에서 여러 번 보았던 빛이었다. 생소하고 기묘한 사건들을 겪기 이전부터 시작된 그 꿈을 꿀 때마다, 그 빛은 너무도 밝아 눈이 멀 지경이었다. 이제 그 빛은 훨씬 더 밝아졌지만, 아람은 마음을 굳게 먹고 고개를 돌리지 않았다. 눈도 깜빡이지 않았다.

"네가 찾는 해답은, 빛에 있느니라. 가까이 오너라."

아람이 앞으로 걸음을 뗐다. 쉽지는 않았다. 빛은 어떤 물질로 이루어진 실체 같아서, 그 사이를 지날 때 끈적끈적한 꿀에서 헤엄치는 기분이 들었다. 하지만 마음을 다잡은 아람은 계속 앞을 향해 나아갔다.

"궁금한 것이 아주 많아요."

"네가 찾는 해답은, 빛에 있느니라."

빛이 같은 말을 되풀이했다.

"아니다. 그 빛에는 오직 죽음만이 있을 뿐이다."

그때 낯선 목소리가, 무척이나 으스스한 목소리가 들려왔다.

희끄무레한 형체가 아람의 앞을 막아서며 빛과 아람 사이에 끼어들었다.

"여기에서는 아무런 해답도 얻지 못하고, 아무런 비밀도 알아내지 못할 것이다."

그 흐릿한 형체에서는 사악하고 성난 목소리가 낮게 울려 나왔다.

"결국에 너는 나침반을 내어주고 이 임무를 포기하고 말겠지. 그렇지 않으면 너는 죽는다."

"안 돼요! 아버지가 주신 나침반이라고요!"

아람이 흐릿한 형체의 말을 완강히 부인했다.

그러자 그 형체가 코브라처럼 덮쳐와 아람의 찢어진 셔츠 앞섶을 움켜쥐고 가까이 끌어당겼다. 그제야 아람은 자신과 빛 사이를 방해하는 흐릿한 형체의 이목구비를 알아볼 수 있었다. 아주 낯이 익었다. 검고 덥수룩한 눈썹, 넓은 이마와 각진 턱에 거무스름한 눈까지. 그리고 그 두 눈은 분노로 이글거리며 아람을 노려보고 있었다. 말루스 선장이었다. 쏜 선장을 죽인 장본인.

"애야, 네가 아버지를 그렇게나 그리워하니 내가 곧 만나게 해주마."

말루스는 쉰 목소리로 뇌까리더니 한 손으로 나침반을 움켜잡고는 목걸이에서 잡아챘다.

아람은 깜짝 놀라 헉하며 잠에서 깨어났다. 그 소리에 쓱싹이 제자리에서 휙 돌아보았고, 마카사는 얕은 잠에서 곧바로 깨어났다. 이런 상황에서도 머키는 입으로 거품을 뽀글뽀글 뿜으며 자고 있었다.

"무슨 일이야?"

아버지가 준 외투를 밀쳐놓고는 정신없이 스웨터와 셔츠 밑을 더듬어 나침반 금속의 차가운 감촉을 느끼는 아람을 보며 마카사가 물었다. 만져보는 것만으로는 충분하지 않은 모양이었다. 아람은 옷 속에 있던 나침반을 굳이 끄집어내 정말 잘 있는지 확인해보았다.

외관상으로는 특별해 보이지 않는 나침반이었다. 아람은 나침반을 금 사슬 목걸이에 달아 목에 걸고 있었는데, 황동으로 된 기판 위에 흰 문자반이 놓인 형태였다. 동서남북은 금색의 N(북쪽), E(동쪽), S(남쪽), W(서쪽) 글자로 표시되어 있었다. 특이한 점이 하나 있다면, 북쪽이 아니라 남동쪽을 가리키는 수정 바늘이 달려 있다는 것이다. 그러니 그냥 보기에는 고장 나 쓸모없어진 나침반일 뿐이었다.

하지만 보이는 게 전부는 아니었다.

탈리스가 뭐라고 했더라?

"하늘의 순수한 별빛 조각이란다. 그 조각에 천상의 불꽃을 불어넣었구나…… 간단하게 말하자면, 수정 바늘은 이 세상의 것이 아니란다. 어떤 마법이 걸려 있어."

백 번도 넘게 탈리스의 말은 사실로 드러났다. 아버지는 절체절명의 순간에, 목숨이 다하기 전 마지막으로 나침반을 아람에게 주었다. 그리고 반드시 나침반을 지키라고 당부했다. 게다가 나침반이 '네가 가야 할 곳으로 이끌어줄 거야!'라고 장담하지 않았던가.

아람은 처음 그 말을 들었을 때 나침반이 고향 호숫골로 자신을 이끌어준다는 뜻으로 받아들였다. 어머니 쎄야, 새아버지 롭, 동생 로버트슨과 셀리아, 그리고 반려견인 검둥이가 사무치게 보고 싶었다. 아람은 고향 오두막집에서 한가로이 보내던 날들이 그리웠다. 오두막집 옆 대장간에서는 롭 아저씨가 아람을 마을 대장장이로 키우고자 일을 가르쳐주었다. 선원이 아니었다. 저주받은 황무지를 가로지르는 여행자는 더더욱 아니었다. 어머니가 요리한 음식과 부드러운 품이 그리웠다. 남동생 로버트슨과 떠들썩하게 치고받으며 놀거나 여동생 셀리아를 안아주거나 검둥이와 영원고요 호숫가를 거닐던 때가 그리웠다.

그러나 나침반은 집으로 안내하지 않았다. 바늘은 다른 수정 조각이 있는 곳으로 아람을 이끌었다. 그 수정 조각은 나침반의 수정 바늘보다 조금 더 컸다. 무엇보다도 나침반이 새로운 조각에 가까이 다가갈수록 나침반에 생기가 도는 듯했다. 바늘이 빛나기 시작하면 아람이 나침반을 들고 다녔다. 이 정체를 모를 수정에 가까이 다가가면 나침반은 자신의 자유의지에 따라 목걸이를 끊고 수정을 향해 곧장 날아갔다.

아람이 알기로는 이 수정 조각들은 빛의 일부였다. 아람이 꿈과 환상에서 보고 들었던 그 빛, 어떻게 해서든 아람이 구해야 하는 빛이었다.

"또 꿈을 꾼 거야?"

마카사가 묻자 아람이 고개를 끄덕였다. 아직은 아무 말도 입 밖
으로 낼 수 없었고, 그저 손바닥 위에서 나침반을 계속 돌려보는 것
말고는 아무것도 할 수 없었다.

"꿈에 빛이 나왔어?"

마카사의 물음에 아람이 침을 꿀꺽 삼키고는 간신히 입을 열었다.

"응. 하지만 빛만 나온 게 아니었어. 또 다른 사람이 있었어."

"누가? 너희 아버지?"

"아니, 말루스."

그 이름만으로도 마카사의 얼굴에는 분노가 일었다. 하지만 아
무 말도 하지 않았다.

"말루스가 왜 이 나침반을 손에 넣으려 하는지 이제 알았어. 그
누구도 빛을 구하지 못하게 막으려는 거야."

어느 정도는 사실이었다. 하지만 말루스는 그 정도에서 그칠 위
인이 아니었다.

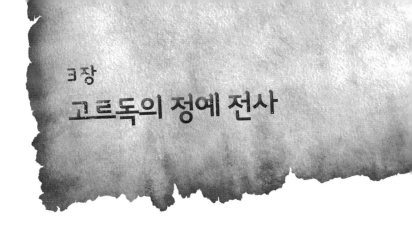

3장
고르독의 정예 전사

골두니 오우거의 요새인 혈투의 전장에서는 횃불이 활활 타올랐고, 말루스 선장은 아람을 잡고자 이제 규모가 제법 커진 자신의 병력을 집결시켰다.

단 한 번의 싸움에서 오우거 왕인 고르독을 처치한 인간 말루스는 자신을 새로운 고르독으로 선포한 다음, 모든 오우거를 자신의 휘하에 두고 단 한 가지 목표를 따르게 했다.

으스러진 손 부족의 스로그는 말루스가 데려온 오우거였는데, 혈투의 전장을 완전히 비우는 일을 감독하고 있었다. 모든 오두막과 돌집에서 여자든 남자든, 노인이든 어린이든 가리지 않고 하나도 남김없이 나오게 했다. 그리고 그곳의 모든 오우거가 아람과 나침반을 찾으러 황야로, 페랄라스의 열대우림으로, 버섯구름 봉우리의 물에 잠긴 협곡으로, 타나리스의 불타는 사막으로 흩어졌다.

*　　*　　*

스로그가 이 임무를 맡은 이유는 말루스에게 충성하기 때문이었다. 그 점만큼은 의심의 여지가 없었다. 그러나 스로그는 오우거의 전통을 따르기도 했기에, 말루스가 왕이라고 선언하면서도 그 전통을 훼손했다는 사실을 모르지 않았다. 물론 스로그는 아제로스의 끝이든 죽음의 구렁텅이든 말루스를 따를 터였다. 어쨌거나 말루스에게 복종하는 것은 스로그가 선택한 일이었다.

하지만 이번 일은 달랐다.

한기 가득한 한밤중에 여자 오우거들이 젖먹이를 등에 업은 채 어린아이들의 손을 잡고 집에서 쫓기듯 나와 강행군에 나서는 광경을 보며, 스로그는 우람한 가슴속 깊은 곳에서부터 '이건 옳지 않다!'라는 생각이 들었다.

으스러진 손 부족의 스로그가 자신의 탈부착 둔기를 오른쪽 손목의 금속 밑동에 끼워 넣고 있을 때, 고르독이 된 말루스가 다가와 스로그의 임무를 감독했다. 골두니 오우거들이 행진하며 지나가는 모습을 지켜보던 말루스가 입을 열었다.

"지난밤 우리가 골두니 오우거의 정예 전사 대부분을 처치하긴 했지만, 남은 병력 중에서 그나마 쓸 만한 놈들을 추려 고르독의 알

현실로 데리고 와라. 거기서 보자."

스로그는 고개를 끄덕였지만 스로그가 느끼는 불만과 심지어 적개심이 얼굴에 그대로 드러났다.

말루스는 스로그의 팔을 두드리며 달랬다.

"그 애를 잡으면, 아니 최소한 나침반이라도 확보하면 모든 게 끝난다. 그때는 스로그, 네가 선택한 오우거 아무에게나 고르독의 왕관을 넘겨주겠다. 그리고 골두니 부족의 오우거들 모두 혈투의 전장으로 돌아갈 거다."

스로그는 잠시 생각해 보더니 그 뜻을 머릿속에 끼워 넣었다. 마침내 스로그가 고개를 끄덕이며 말루스의 말에 수긍했다. 일단은.

말루스가 곧바로 돌아서서 걸음을 옮긴 터라 그의 눈에 어린 경멸의 눈빛을 스로그는 미처 보지 못했다. 말루스에게는 아둔한 스로그의 충성심이 계속 필요했다. 왜냐하면 가려진 자들 중, 유일하게 진심으로 말루스에게 충성하는 구성원이기 때문이었다. 그런 이유로 스로그를 합리적으로 대해주며 스로그가 신성하게 여기는 가치를 존중하는 척하는 것쯤은 어려운 일이 아니었다. 하지만 자꾸 거슬리는 태도 때문에 정작 중요한 관심사에 집중하지 못하도록 만드는 점과 존재 그 자체가 정말이지 짜증스럽기 그지없었다.

나머지 가려진 자들은 이미, 이전 왕의 거대한 석조 왕좌 앞에 모여 있었다. 추적자 자스라, 검객 발드레드, 마법사 싸르빅이 있었다. 자스라와 발드레드는 용병이었기 때문에 말루스의 자금력에만 충성했다. 싸르빅은 충성심이라고는 눈곱만치도 없었다. 적어도 말루스에 대해서는 그랬다. 싸르빅은 말루스와 같은 주인을 섬기는데, 말루스의 명령 방식과 그 내용에 대한 불만을 털어놓지 않고는 5분을 넘기지 못했다.

"이이이 모자라는 오우거어어어들을 데리고 뭘 하겠다는 거지?"

싸르빅이 부리로 쉭쉭거리며 말했다.

이미 한 번 했던 얘기였다. 말루스는 등이 굽고 새처럼 생긴 아라코아, 싸르빅을 내려다보면서 으르렁거리듯 한 번 더 설명했다.

"그 아이가 가젯잔으로 간다는 건 확실하다."

"넌 이이이이걸 몰라. 넌 그저 추우우우측만 할 뿐이지."

"그럼 넌 다르게 추측하나 보군?"

사막의 모래가 흩날리듯 두건을 쓴 모습의 그림자가 발드레드의 형체로 바뀌더니 속삭이는 목소리로 질문을 던졌다. 진한 말리꽃 냄새가 두건 밑에서 풍겨 나오며 썩은 내를 가려주었다. 발드레드 남작에게서 악취가 나는 이유는, 마법으로 죽지 않는 상태가 된 포세이큰이기 때문이었다. 하지만 정신과 자유의지는 한층 더 심화된 마법으로 회복되어 있었다.

싸르빅에게 묻는 발드레드의 속삭임에는 비웃는 기색이 역력했다. 발드레드에게는 아라코아인 싸르빅을 존중하는 마음이 없었고, 말루스는 그런 식의 도움이 달갑지 않았다. 발드레드의 가장 큰 적은 지루함이었고, 말루스도 자신이 부리는 언데드 검객이 죽지 않는 존재로서 느끼는 무료함을 해소하고자 무슨 짓이든 저지를 수 있다는 사실을 알고 있었다. 가려진 자들 사이에 분열을 일으키는 행위는 발드레드가 가장 즐기는 유희였다. 스로그가 느끼는 양심의 가책이나 싸르빅의 반항처럼, 그 또한 정신 사나운 일이라 말루스는 조금도 달갑지 않았던 것이다. 그래서 당황한 싸르빅이 쉭쉭거리며 대꾸할 시간을 주지 않았다.

곧이어 스로그와 오우거 여섯 명이 알현실로 들어오자 말루스가 설명을 시작했다.

"그 아이의 목적지는 확실하지만, 어떤 길로 방향을 잡았는지는 모른다. 골두니 오우거를 세 지역으로 보내 아이를 놓칠 만한 확률을 최대한 줄인다."

"오우거들이 그 애를 산 채로 잡으면 다음엔 어떻게 하지? 아니면 우리가 그 애를 생포한다면?"

근육질에 구릿빛 피부를 한 성난모래 트롤, 자스라가 물었다.

말루스에게 반격을 날릴 새 건수를 잡아 신이 난 싸르빅이 반색하며 목소리를 높였다.

"그러면 우리 용감한 지도자가 그 아이를 사아아아알릴 다른 벼어어언명을 생각해내겠지!"

"천만에."

말루스가 차갑고 비정한 말투로 쏘아붙였다.

"나침반을 넘기고 목숨을 건질 기회를 아람에게 여러 번 주었지만, 어리석은 제 아비처럼 고집을 부렸다. 이제 그 아이의 목숨은 상관하지 않기로 한다. 오우거들에게도 말해두었다. 이제 너희들에게도 명한다. 그 애를 찾아라. 그리고 필요한 일을 해라. 어쨌거나 그 나침반만 가져오면 되니까."

그 대답이 마음에 드는지 자스라가 가슴보호갑을 툭툭 쳤다. 그러자 흉갑이 살짝 떨리며 딸깍거리는 소리가 나자 오우거 한둘이 흠칫하며 한 걸음 물러났다. 말루스가 음흉한 미소를 지었다. 자스라의 흉갑이 실은 1미터나 되는 암컷 전갈로, 자스라가 쌩쌩이라 부르며 마치 자매처럼, 애완동물처럼 소중히 여긴다는 사실을 알기 때문이었다.

"잘됐군. 그 애의 피를 우리 로아에게 바쳐야겠어. 그 아이와 친구들 모두 아주 훌륭한 식량이 될 거야. 조금 남은 건 쌩쌩이와 내 몫으로 챙기면 되고."

자스라는 탐욕스럽게 입술을 핥았다.

말루스는 피를 갈망하는 자스라를 무시하고는 스로그가 모아온 오우거 여섯 명을 찬찬히 훑어보았다. 그중 210센티미터가 넘는 키에 회청색 피부가 눈에 띄는 여자 전사 하나가 넓적검 자루를 가볍게 잡은 채 앞으로 걸어 나왔다. 스로그가 오우거 여전사에게 고개를 끄덕여 보이고는 소개했다.

"이쪽은 카르가다. 카르가에게 있는 게⋯⋯."

말하려는 단어를 생각해내지 못하고 더듬거리자 여전사가 귀띔

해주었다.

"정보."

"맞다. 그거다."

말루스는 카르가라는 여전사가 마음에 들었다.

'입 밖으로 낸 단어가 정보라는 단어라니. 다른 오우거에 비하면, 이 여전사는 천재로군.'

카르가는 가볍게 묵례하고는 이야기를 시작했다.

"새 고르독, 옛 고르독이 재미 좋아하는 것 안다."

말투를 들어보니 이전 왕에 대한 애정은 조금도 느껴지지 않았다.

"재미는 싸울 노예 말한다. 그래서 옛 고르독 약탈자 보내 노예 많이 잡아 온다. 워르독 서쪽으로 보낸다. 마르주크 동쪽으로 보낸다. 워르독이 네 아이 잡아 온다."

"내 아이는 아니다."

말루스가 약간 짜증스러운 말투로 대답했다.

카르가는 어깨를 으쓱하며 그 말을 무시하고는 이야기를 계속 이어갔다.

"아이의 친구들이 지난밤 워르독 죽였다. 그러나 마르주크는 아직 돌아오지 않았다. 마르주크 크고 냄새나는 오우거다. 인간 고르독 섬기지 않는다."

"왜 나에게 이런 이야기를 하지?"

인간 고르독, 말루스가 묻자 여전사 카르가가 씩 웃었다.

KARRGA

카르가

A. Thorne

"마르주크 고르독되고 싶어 한다. 그러나 카르가 원하지 않는다. 마르주크가 돼지 한 마리 때문에 카르가 아버지 죽였다. 인간 고르독 준비되면, 인간 고르독 마르주크 죽일 수 있다. 그런가?"

"그렇다."

둘은 서로의 사정을 빠르게 간파했다.

"단, 오늘 밤 네가 으스러진 손의 스로그와 함께 동쪽으로 가야 한다. 그쪽으로 가면 나보다 먼저 마르주크를 만날 것이다. 그러니 허락해주겠다. 마르주크를 죽여도 좋다."

카르가는 오우거 무기로는 다소 예외인 검을 칼집에서 한 뼘 정도 뽑았다.

"카르가가 마르주크 죽일 수 있다. 아니면 마르주크가 카르가 죽일 수 있다. 카르가 두렵지 않다. 하지만 카르가 장담 못한다."

그러고는 다시 칼을 넣었다.

'심지어 자기 한계가 어디까지인지 알 정도로 똑똑하다니.'

스로그가 뻣뻣한 움직임으로 걸어 나오더니 자신 있게 말했다.

"으스러진 손의 스로그가 마르주크 죽인다. 스로그 장담한다."

카르가가 확인해달라는 뜻으로 새로운 왕을 힐끗 쳐다봤다. 말루스는 고개를 끄덕이면서 놀라움 반, 호기심 반이 섞인 시선으로 스로그를 슬쩍 곁눈질했다.

'스로그에게…… 기사도 정신이 있었던가?'

어쨌거나 카르가는 만족스러운 듯했다.

"스로그가 마르주크 죽인다. 이제 카르가 믿는다."

스로그가 멍청하게 웃었다. 평소보다 더 멍청해 보였다. 아닌 척하려 철퇴의 가시로 이마의 뿔을 긁었다. 그제야 말루스는 이 카르가라는 여전사가 스로그를 그야말로 들었다 놨다 할 수 있으리라는 생각이 들었다. 카르가가 마음에 들었다. 우선 영리했다. 그러니 쓸모가 있을 터였다. 게다가 스로그가 새로운 고르독 말루스의 명에 따라 원수를 갚아준다면, 스로그와 말루스에 대한 카르가의 충성심이 단단해지리라. 계속 주시는 해야겠지만 말이다.

'쓸모와 위험은 한 끗 차이야.'

말루스는 스로그가 소개하는 나머지 다섯 오우거에게 눈길을 돌렸다. 말루스는 오우거들의 이름 따위 알고 싶지도 않았지만, 관심 있는 척 고개를 끄덕거렸다.

240센티미터가 넘는 일란성 쌍둥이 오우거는 로쿨과 로자크 형제였다. 둘 다 불그레한 피부에 거대한 전투 도끼를 각각 들었다.

그 옆에는 짧은수염과 긴수염이라는 오우거가 있었는데, 얼룩덜룩한 복숭앗빛 피부의 두 머리 오우거였다. 두 머리 다 대머리였고 이마에는 굵은 뿔이 하나씩 솟아 있었다. 그리고 이름처럼 각각 짧고 긴 하얀 수염이 나 있었다. 오른쪽에 있는 긴수염은 목도 길어 키가 275센티미터에 달했다. 왼쪽에 있는 짧은수염은 그보다 한 뼘 정도 작았다. 짧은수염과 긴수염은 양손에 강철 철퇴를 하나씩 들고 있었다.

슬렙가르는 연한 붉은빛을 띤 오우거 거인이었다. 360센티미터가 훌쩍 넘는 키에 근육이 불뚝불뚝 튀어나와 있었다. 어마어마한 전투 곤봉을 가볍게 끌어안은 채 말루스 때문에 잘 시간을 놓쳤다는 듯 하품을 했다.

마지막으로 구즈루크는 나이가 들어 보였고 짙은 회색 피부에 아래턱이 늘어진 배불뚝이 오우거였다. 다른 오우거에 비하면 200센티미터가 채 되지 않는 작은 키였다. 구즈루크는 허리춤에 양의 뿔 하나와 샛별둔기 하나를 차고 있었는데, 말루스는 그 둔기가 죽은 고르독의 소유물임을 알아봤다. 말루스가 전 고르독에게서 빼앗아 목숨을 끊은 후에 배불뚝이 오우거가 투기장에서 주운 것이 분명했다.

'뭐, 아무렴 어때.'

말루스도 죽은 고르독의 긴 곡선형 단검을 자기 몫으로 챙겨두었다.

'아주 좋은 무기인데 그냥 버린다니 말도 안 되지.'

골두니 부족을 신속하게 정복하는 과정에서 가려진 자들은 어쩔 수 없이 고르독의 최고 전사들을 대부분 처치해야 했다. 그런 상황에서 스로그가 이렇게 괜찮은 오우거들을 선발해 왔다니 신기했다. 그래도 오우거인지라 카르가를 제외한 다른 오우거들 모두 스로그만큼이나 아둔했다. 하지만 전사로서, 상황에 따라 희생양으로서 쓸모가 있을 터였다.

말루스는 골두니 오우거와 가려진 자들을 향해 입을 열었다.

"그 사내아이는 놀 하나, 멀록 하나, 인간 여자 하나와 함께 다닌다."

"실력이 상당한 인간 여자지."

발드레드가 나지막이 속삭이자 말루스는 고개를 끄덕였다. 아람의 협력자들을 과소평가하지 않았으면 했다.

"변신의 대가인 나이트 엘프와 어쩌면 와이번도 함께 있을 수 있다. 놈들이 힘을 합치면, 남은 골두니 사냥 부대와 맞먹을지도 모른다. 그러나 너희는 내 휘하의 정예 전사다. 그 아이를 찾아라. 그리고 어떤 보호를 받고 있든 간에 그 애가 가지고 다니는 나침반을 손에 넣어 내게 가져와라. 남동쪽으로 가라. 가젯잔을 향해 움직여라. 결국 그곳에서 만나게 될 테니."

오우거 여덟이 진지한 태도로 고개를 끄덕였다. 트롤 자스라도 무심히 쌩쌩이를 쓰다듬으며 끄덕였다. 발드레드는 두건에 가려져 있어 표정을 알기 어려웠다. 아라코아 싸르빅은 알아들을 수 없는 말로 무어라 투덜거렸다.

"자스라, 네가 지휘한다."

"그러지."

"자아아스라가? 자아아스라가? 왜 자아아스라가 지휘를 맡지?"

싸르빅이 쉭쉭거렸다.

"왜냐하면 너와 나는 불가피호를 타고 갈 거니까. 그 녀석은 상당히 앞서가는 중이고 어쩌면 아직도 와이번을 타고 있을지도 모른다. 그 애가 사냥 부대를 피해 목적지까지 도달한다면, 내가 먼저 가젯잔에 도착해서 기다리고 있다가…… 맞이해주면 좋겠지. 차원문을 열어라."

그제야 싸르빅이 웃음을 지었고, 얼굴에 즐거운 기색이 역력했다.

"배로 가는 차원문을 열면 우우우리는 아웃랜드를 지이이이나가야 해. 아웃랜드를 지이이이나간다면, 주우우인님께 보고해야 해. 보고를 원하실 거야."

"다 아는 사실을 굳이 언급할 필요가 있나?"

말루스가 진지하게 말했다.

"차원문을 열어라."

싸르빅이 신난다는 듯 고개를 까닥이며 주문을 외우기 시작했다.

"우리는 가려진 자들이며 그림자의 여행자아아아이다. 쉬익. 우리는 섬기고오오 정복한다. 우리가 정복하는 것은 불타리라. 우우리와 주우우인님 사이를 가로막는 장벽은 다 타버려라. 주우우인님의 뜨으웃에 따라아아 불타라. 가려진 자들을 위해 불타라. 불타라, 불타라."

싸르빅 앞에 있던 공기가 어두운 불꽃으로 바뀌었다. 오우거들과 자스라가 뒤로 물러났다. 자스라의 살아 있는 가슴보호갑이 잽싸게 위로 올라가더니 어깨너머에서 등을 감쌌다. 발드레드, 싸르빅, 말루스만이 미동 없이 그대로 있었다. 말루스는 싸르빅이 끌어온 힘을 느낄 수 있었다. 팔에 난 털이 곤두서자, 새 고르독이 된 말루스가 싸르빅이 말하는 '주우우인님'을 마주할 생각에 두려워하는 모습을 보이지 않고자 눈썹 하나 까딱하지 않으려고 애를 썼다.

공중에 떠 있는 불꽃이 검보랏빛 타원 형태로 커졌고, 어느덧 말루스가 고개를 살짝 숙인 채 지나갈 수 있을 만한 크기의 차원문이 만들어졌다.

싸르빅은 깃털 손을 문지르며 신비로운 차원문을 느릿느릿 지나 암흑 속으로 사라졌다. 말루스의 눈에 싸르빅이 반대편으로 나오리라 기대하며 목을 빼고 지켜보는 긴수염이 보였다. 그러나 새 인간 싸르빅의 모습은 나타나지 않았다. 그대로 차원문을 지나 사라져버렸다.

말루스도 성큼성큼 걸어가 차원문을 통과했다. 잠시 후, 차원문이 스스로 무너져 내렸다. 마법사 싸르빅과 새 고르독 말루스는 그렇게 흔적도 없이 사라졌다.

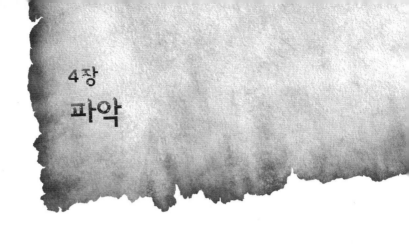

4장
파악

새벽이 찾아오자 아람, 마카사, 머키, 쓱싹은 야영지를 정리하고, 저장해두거나 소지한 물품들의 목록을 만들어 현재 가지고 있는 것이 무엇인지 파악해보았다. 정확히 말하자면, 소지한 물품의 목록이었다. 저장해둔 물품 따위가 있을 리 없었으니까.

쓱싹에게는 소지품이 많지 않았다. 그저 커다란 강철 가시가 서너 개 박혀 있는 강철나무 전투 곤봉뿐이었다. 이 곤봉은 마카사가 잔인한 워르독에게 상처를 입혔을 때 쓱싹이 기회를 틈타 그 넓은 등 오우거를 쓰러트린 후 챙긴 것이었다. 워르독과 엮이며 겪었던 일은 어린 쓱싹에게 엄청난 의미가 있었는데, 그 곤봉까지 전리품으로 차지했으니 대단한 일이었다. 사실 성장기의 놀이 들기엔 지나치게 크고 무겁긴 했지만, 쓱싹은 이미 어깨가 벌어지기 시작했으니 곧 곤봉에 걸맞을 만큼 자랄 터였다.

머키에게는 파악할 물건이 아무것도 없었다. 그저 야영지 주위를 둘러보며 계속 중얼거리고 있을 뿐이었다.

"응크 아옳옳옳올, 응크 아옳옳옳올……."

뒤늦게 아람은 머키의 말이 무슨 뜻인지 이해했다. 혈투의 전장에서 도망칠 때 시간을 벌고자 속삭이는 남자, 발드레드를 얽어매어 놓느라 머키는 자신의 그물을 포기해야만 했다. 멀록인 머키에게 고기잡이 그물보다 더 소중한 것은 없다는 얘기를 탈리스한테 들은 적이 있었다. 머키가 가진 거라곤 그물이 전부였는데, 그걸 잃었으니 빈털터리나 다름없었다.

마카사에게는 방패, 사슬, 흰날검, 손도끼, 금화 두 닢, 탈리스의 물통, 그리고 변치 않는 작살 사랑이 있었다. 마카사나 머키나 이미 잃어버린 물건이 어떻게든 자기들에게 돌아오기라도 할 것처럼 야영지 주위를 계속 둘러보았다. 사실 마카사가 '응크 작살, 응크 작살…….'이라고 중얼거려도 전혀 놀랍지 않을 정도였다.

소지한 물품은 단연 아람이 가장 많았다. 가장 중요한 나침반은 목에 걸었다. 지난번에 끊어진 목걸이의 걸쇠는 대충 고쳐놓은 터라 아람은 단단히 고정되어 있는지 확인해보았다.

아람은 또한 장화를 신었고, 푹푹 찌는 날씨 때문에 어머니가 짜준 스웨터와 아버지의 외투는 허리에 묶었다. 리넨 셔츠는 등이 갈기갈기 찢어지고 앞은 잘린 부분이 벌어진 상태였지만, 주머니만큼은 온전해서 그 안에 넣어둔 목탄 연필은 무사할 수 있었다.

반바지 주머니 네 개에는 금화 두 닢과 방수포로 감싼 스케치북, 방수포로 감싼 부싯돌 한 갑, 방수포 지도 세 장이 들어 있었다. 허리에는 죽은 배신자 콥 영감에게서 빼낸 흰날검이 매달려 있었다.

보라색으로 염색한 가죽 주머니는 허리띠에 단단히 묶어두었다. 그 안에는 새로 발견한 수정 조각과 방수포로 감싼 주먹 크기의 도토리가 있었다. 그 도토리는 '탈리스의 씨앗'이었다. 아람은 탈리스가 그 도토리를 이용해 맛좋은 채소부터 어마어마한 떡갈나무까지 뭐든 키워내는 신비한 광경을 목격했었다. 몸에서 생명이 빠져나가는 그 순간, 탈리스는 아람과 친구들에게 그 씨앗을 가젯잔으로 가지고 가, 패이린느 스프링송이라는 이름의 나이트 엘프 드루이드 뜰지기에게 꼭 전해달라고 유언을 남겼다. 마지막 부탁과 함께 탈리스는 마지막 숨을 내쉬며 엄중한 경고를 잊지 않았다.

"젖으면…… 안…… 된다……."

그 이유는 몰랐지만, 아람은 도토리가 젖지 않도록 안전하게 보관해서 친구의 마지막 소원을 지켜주기로 단단히 마음을 먹었다.

아람은 양피지로 만든 칼림도어 지도를 펼치고는 무릎을 꿇고 마카사와 함께 살펴보았다. 지도를 살피던 마카사는 대격변으로 물에 잠긴 버섯구름 봉우리의 기슭을 따라 걸어가면 일행이 가젯잔까지 걸어가는 데 두 주 정도 걸린다고 예상했다. 만약 어떻게든 물을 건널 수 있는 방도를 마련한다면 시간을 줄일 수 있을 거라는 말도 잊지 않았다.

아람은 일어나 지도를 접어 다시 주머니에 넣었다. 나침반을 확인해보니 가젯잔이 있는 남동쪽을 가리키고 있었다. 우연의 일치였으리라. 수정 바늘은 다음 수정 조각이 있는 곳을 가리키고 있다는 걸 아람은 알고 있었다. 어쩌면 다음 수정 조각이 가젯잔에 있는지도 몰랐다. 아니면 가는 길 어딘가에 있을지도.

어디 있든 간에, 이제 갈 길은 분명해졌다.

아람의 어깨너머로 나침반을 들여다본 마카사가 중얼거렸다.

"아직도 남동쪽에 있는 가젯잔을 가리키네."

"맞아."

아람이 나침반을 셔츠 밑으로 밀어 넣으며 대답했다.

"그렇다면 남동쪽으로 가야지. 쏜 선장님께서 우리더러 그쪽으로 가라고 하시니."

마치 아람과 마카사의 선장이자 둘의 아버지인 그레이딘 쏜이 멀쩡히 살아서 삼십 분 전에 명령을 내리기라도 한 듯한 말투였다.

"남동쪽."

쓱싹이 되뇌듯 중얼거렸다.

"아옳, 아옳."

머키의 대꾸와 함께 넷은 길을 나섰다.

페랄라스와 버섯구름 봉우리의 경계를 따라 한쪽으로는 열대우림이, 다른 한쪽으로는 물에 잠긴 협곡을 두고 걸어가는 동안 아람은 이 길이 자기가 나고 자란 호숫골로 가는 길이면 얼마나 좋을까, 생각했다. 그러나 지난 일곱 달 동안 겪어왔던 일들로 미루어봤을 때, 가족이 있는 오두막집으로 돌아가려면 아직 길고긴 여정이 남아 있었다.

아람은 그 오두막집에서 열두 살 무렵까지 사는 동안, 3킬로미터 밖으로 벗어난 적이 없었다. 여섯 살 때까지는 그야말로 어머니 쎄야와 아버지 쏜 선장의 품 안에서 소박하고 평화로우며 더없이 안락하기만 한 삶을 살았다. 그러다 여섯 살 생일날 아침, 아버지가 두 모자를 버리고 바다로 떠났다. 몇 년이 지나도 소식 한 번 전해오지 않았다. 아람은 오크나 멀룩이 아버지를 납치한 것이 아니라 아버지가 정말로 떠나고 싶어서 떠났다는 것을 깨달았다. 몇 년이 지난 후, 어머니 쎄야는 남편이 돌아오리라는 희망을 버리고 친절한 대장장이인 롭 글레이드와 재혼했다.

롭 아저씨가 오두막집 옆에 나란히 대장간까지 새로 짓고는 아람네 오두막으로 들어온 덕분에, 코앞에 있는 롭 아저씨의 오두막과 대장간으로 이사할 필요가 없었다. 롭 아저씨는 그런 사람이었다. 가족을 위해서라면 자신의 편의 따위는 아무렇지도 않게 여겼다. 하지만 당시에는, 롭 아저씨의 그런 행동이 고맙게 여겨지지 않았다. 재투성이의 건장한 대장장이 아저씨는 아람과 어머니 사이에, 아니 솔직히 말하자면 아람과 어머니, 그리고 언젠가 아버지 쏜 선장이 먼 바다에서 돌아올지 모른다는 희망에 먹구름을 드리우는 침입자로 생각되었다.

아람의 남동생인 로버트슨이 아홉 달 후 태어났을 때, 아람은 거리로 내쫓기리라 확신했다. 보통, 못된 의붓아버지들이 으레 그러지 않던가? 그런 와중에 롭은 놀라운 인내심을 보여주었다. 아람이 받아들일 자세가 되어 있든 말든, 항상 세심하게 배려해주었다. 우람한 체격에 억센 손과 따뜻한 심성을 지닌 대장장이 아저씨는 차츰 아람의 마음을 움직였다. 막냇누이 셀리아가 태어났을 무렵에는 다섯 식구, 아니 검둥이까지 여섯 식구가 단란하고 행복한 가족이 되어 있었다.

그래도 아람은 언젠가 아버지와 함께 드넓은 바다에서 굉장한 모험을 하겠다는 꿈을 버리지 않았다. 스케치북에 그림을 그리고, 대장간에서 수습공 생활을 하며 편안한 생활에 젖어 들긴 했지만 말이다.

그러다 열두 살 생일 이후 한 달쯤 지난 어느 날, 그동안 꿈꿔왔던 것이 한순간에 현실이 되었다. 그것도 아주 마음에 들지 않는 방식으로. 아버지 쏜 선장이 돌아왔다. 그 어떤 해명이나 사과도 없이 그저 아람을 바다로 데리고 가겠노라 선언했다. 갑자기 아람은 아주 드문 일이지만 자신이 그런 꿈을 꾸었다는 사실을 인정하는 순간이 왔을 때, 그동안 꾸었던 꿈이 부끄럽게 느껴졌다. 아람은 호숫골을 사랑했고, 가족을 사랑했고, 자신과 어머니를 버렸던 사람에게 의리 따위 지키고 싶지 않았다. 아람은 함께 가지 않겠다고 완강히 버텼다.

'그런데 어머니와 롭 아저씨가 아버지의 편을 들 줄이야!'

두 사람은 아람에게 쏜 선장의 배에서 사환으로 1년만 보내다 오라고 권했다. 어머니는 갖가지 이유를 대며 설득했다.

"아버지가 어떤 분인지 알아는 봐야지. 그래야 이해도 할 테고, 또 세상 경험도 할 수 있을 테니…… 아버지와 닮은 부분을 스스로 찾아보렴. 한 번 더 아버지에게 마음을 열어보지 않겠니? 아버지를 알면 네 자신에 대해서도 더 잘 알 수 있을 거야."

어머니의 말에 전혀 공감하지 못한 아람은 파도타기호에 타고 있는 동안 세 사람의 생각이 완전히 틀렸다는 것을 증명해보이기로 마음을 먹었다. 지금에서야 깨달았지만, 배에 탄 뒤 첫 여섯 달 동안 아람은 유치하고 골이 잔뜩 나 있는 어린애였다. 쏜 선장과 싸우고, 이등항해사 마카사와 싸우고, 자신의 어릴 적 환상과 싸웠다. 물론, 좋아하는 선원도 있었다. 호탕하고 쾌활한 일등항해사 드워프 더간 원갓을 보면 아람의 얼굴에서 웃음이 떠나지 않았다. 호리호리하고 아름다웠던 열다섯 살의 망꾼 두안 펜을 보면 전혀 다른 의미의 웃음이 지어졌다.

하지만 아람은 웃지 않으려 애썼다. 떠날 때 롭 아저씨와 어머니가 당부한 말을 애써 따르지 않으려 했다. 쏜 선장이 가르쳐주려 했던 여러 훈련과 지식을 애써 받아들이지 않으려 했다. 당시에는 받아들이지 않았다고 생각했지만, 지금 생각해보면 어째서인지 그토록 거부했음에도 아버지가 가르쳐준 많은 것들이 자연스레 몸에 배어 있었다. 아람은 쏜 선장이 하고 싶어 했던 아버지 노릇을 너무 늦게, 너무 조금밖에 할 수 없었다는 사실이 가슴 아팠다.

이제는 후회밖에 남은 게 없었다. 그 당시에는 조금도 고마운 줄 모르다가 이제 와서야 소중하게 느껴지는 것이 아주 많았다. 바다 냄새, 파도타기호의 쇠종 소리, 기묘한 선수상의 우아하고 각진 모양새가 그리워 숨이 막힐 지경이었다. 모든 선원이 그립고 안타까웠다. 원갓과 두안 펜만이 아니라, 삼등항해사 침묵의 조 바커, 요리 보조 킬리, 키잡이 톰 프레이크스를 비롯한 모두가 그랬다. 누구를 떠올리든 간에 눈물이 북받쳐 올랐다.

물론 콥 영감은 예외였다.

쏜 선장에게는 비밀이 하나 있었다. 왜 호숫골에 처자식을 남겨두고 떠났는지, 왜 이제 와서 아들을 배에 태우고 싶어 했는지 그 이유를 알 수 없었다. 다만 그 많은 훈련과 수업이 아람을 준비시키려는 목적이었다는 것만 짐작할 수 있었다. 나침반과 수정 조각, 그리고 구해내야 할 빛에 관련된 무언가를 아람이 대비하도록 쏜 선장은 노력했던 것이다.

요리사였던 콥 영감은 선장과 배와 동료들을 배신하고 파도타기호의 이동 경로를 말루스와 나침반을 찾는 그의 동료 해적들에게 팔아넘겼다. 얼마 지나지 않아 말루스의 배가 공격해왔다. 아람은 킬리와 톰을 비롯한 파도타기호의 선원들이 끔찍하게 죽어가는 광경을 두 눈으로 직접 보았다. 오우거 스로그가 파도타기호의 큰 돛대를 베어 넘기는 광경을 보았다.

한 가지 좋았던 점은, 돛대가 쓰러지면서 아람을 베려던 배신자 콥 영감을 깔아뭉개버린 일이었다. 사실 아람이 지금 허리띠에 찬 흰날검은 비열한 콥 영감의 것이었다. 아버지의 배가 불타는 모습도 보았다. 비축해둔 화약이 폭발하는 광경도 보았다.

마지막 몇 초 동안, 쏜 선장은 배에 있던 유일한 구명정에 아람을 태우고 외투와 나침반을 건넨 다음, 마카사에게 아들을 지키라는 명령을 내렸다. 격렬하게 저항하는 마카사에게 자신에게 진 목숨빚에 대해 생각해보라며 이렇게 말했다.

"너희가 생각하는 것보다 더 크고 위태로운 일이 있다."

구명정이 바다로 내려졌다. 곧이어 휘몰아친 폭풍에 휩쓸려 파도타기호와 공격해온 해적들에게서 멀어졌다. 쏜 선장, 원갓, 두안 펜, 그리고 다른 선원들의 운명을 신의 손에 맡긴 채. 그러나 뒤늦게 발드레드로부터 듣게 된 말은 참담했다. 신은 그다지 너그러운 존재가 아니라면서 그는 이렇게 속삭였다.

"네 아버지 말이냐? 안됐지만 얘야, 이 세상에서는 다시 보지 못할 것 같구나."

아람과 마카사는 페랄라스 해안으로 상륙했다. 쏜 선장 말에 의하면, 아람이 가야 할 곳으로 이끌어준다는 나침반은 호숫골 방향을 가리키는 듯했다. 그쪽은 가젯잔이 있기도 했는데, 아람이 생각하기에 그곳으로 가면 집으로 가는 배편을 마련할 수 있으리라 확신했다. 그래서 자신을 그곳까지 데려다달라고 마카사를 설득했고, 마카사는 이에 동의했다. 그렇게 해야 아람에게서 자유로워질 수 있으리라 생각했던 것이다. 그러나 함께 험난한 여정을 겪으면서 어디쯤에선가 유대감을 발견하고는 남매가 되었다. 아람은 삼 남매 중 첫째였고, 마카사는 사 남매 중 막내였다. 피를 나누지 않았다는 점만 제외하면, 이제는 어느 면에서나 마카사는 아람의 친누나나 다름없었다.

그렇게 함께 여행하는 동안 둘은 우연히 머키와 탈리스를 만났다. 운명에 관한 탈리스의 이론을 믿지 않는다면 우연한 만남에 불과했다. 하지만 탈리스의 생각은 이러했다.

"자연에는 조화가 있다. 길이 있으며 흐름이 있지. 강이 흐르는 물길이 있고, 줄기가 해를 찾아 땅을 뚫고 올라오는 길이 있듯이. 우리 네 명의 여행자에게는 또 다른 길이 있다고 생각하지 않느냐?"

멀록인 머키와 나이트 엘프 탈리스는 함께 여행하는 동료가 되었는데, 처음에 마카사는 이를 못마땅하게 여겼었다.

그리고 얼마 지나지 않아 말루스와 그의 하수인들이 다시 나타나 머키를 납치했고, 나침반과 교환하자고 제의했다. 제안을 받아들이거나 거부할 틈도 없이 아람과 탈리스는 골두니 오우거들에게 잡혀버렸다. 오우거들은 둘을 혈투의 전장으로 데려갔고, 아람은 고르독의 투기장에서 꼬마 놀 쓱싹과 억지로 결투를 해야만 했다. 그러나 아람과 쓱싹은 오히려 손을 잡았다. 말루스가 나침반과 교환할 머키를 데리고 나타났을 때, 아람과 친구들은 말루스와 고르독이 싸우는 틈을 타 고르독의 노예들을 모조리 풀어준 다음 도망쳤다.

그러나 치러야 할 대가가 있었다.

말루스 휘하의 트롤 자스라가 아람의 등을 향해 석궁 두 발을 쏘았다. 탈리스는 아람의 목숨을 앗아가려던 화살을 대신 맞고 치명적인 상처를 입었다.

그날 밤 탈리스는 숨을 거두었다. 마지막 순간조차 그는 아람의 마음을 달래주려 했다. 탈리스는 아람의 길을 '넓은 길'이라 칭하며 이렇게 말했다.

"그 길에 많은 영혼이 끌릴 게다. 첫 번째 일행이 될 수 있어서 영광스럽구나."

지금 아람은 마카사의 뒤를 따라 쓱싹과 머키 사이에서 함께 걸으며 탈리스의 말이 여러 가지로 들어맞는다는 생각을 했다. 아람이 머키를 만난 지는 일주일도 되지 않았고 쓱싹은 이틀도 되지 않았다. 그러나 아람은 머키와 쓱싹을 이미 단짝으로 여기고 있었다. 언젠가 둘과 헤어져 호숫골로 돌아온 후에는 못 견디게 보고 싶을 게 뻔했다.

오후로 접어들자 저물기 시작한 햇빛이 나무 사이로 비쳐들었다. 아람은 아직도 그동안 겪었던 일과 사무치게 그리운 집을 떠올리며 생각에 잠겨 있었다. 특히 배 속에서 천둥 치는 소리가 날 정도로 배가 고팠던 터라 어머니의 음식이 절실하게 그리웠다.

그렇게 여러 가지 생각에 골몰해 있다 보니, 아람은 지금 걸어가고 있는 길에서 불안해하는 쓱싹이 점점 더 조바심을 낸다는 사실을 눈치채지 못했다. 다행히 마카사가 아람보다는 감이 좋았다. 뒤쪽에서부터 밀려오는 정체 모를 불안감을 느낀 마카사는 아람이 초조해하고 있겠거니 생각하며 어깨너머로 돌아보았다. 그러나 아람은 자기 생각에 빠져 있었다. 머키는 마카사를 올려다보고는 활짝 웃어주었다.

마카사는 다른 쪽에 있는 쓱싹을 돌아보았다. 쓱싹의 얼굴을 보니 자신이 감지한 불안이 누구 때문이었는지 곧바로 알 수 있었다. 쓱싹이 입을 다물고 있을 때조차 삐죽 나와 있는 앞쪽 아랫니에 윗입술이 닿은 채로 계속 들썩이고 있었다. 불안한 듯 고개를 좌우로 휙휙 움직였고, 눈으로는 쉴 새 없이 주변을 두리번거렸다.

아람 일행은 마치 벽처럼 보이는 울창한 나무숲 사이의 드넓은 길을 가로지르는 상황이었다. 마카사는 걸음을 늦춰 다른 이들과 나란히 걸었다. 쓱싹은 전투 곤봉을 왼쪽 어깨에 둘러멨다가 오른쪽 어깨에 둘러멨다. 그러다 다시 왼쪽에 둘러멨다가 또 한 번 오른쪽 어깨에 둘러멨다. 한 걸음을 내디딜 때마다 쿵쿵거리며 주변 냄새를 맡았다. 그러다 자신도 모르게 목에서 으르렁거리는 소리를 내자, 마침내 참지 못한 마카사가 쓱싹의 어깨를 잡아 자기 쪽으로 휙 돌려세우고는 물었다.

"대체 왜 그래?"

아람과 머키가 걸음을 멈추었다. 쓱싹이 다시 으르렁거렸다. 아람이 마카사를 불렀다.

"마카사 누나, 왜……?"

"이 놈 녀석에게 무슨 문제가 있나 봐."

마카사가 쓱싹에게서 눈을 떼지 않고 낮은 목소리로 말했다.

"쓱싹, 무슨 일이야? 무슨 문제라도 있어?"

아람이 물었지만, 아무런 대답도 없었다. 그러나 마카사는 쓱싹이 경계하는 눈빛으로 계속 좌우를 살피는 것을 보았다. 쓱싹은 그것으로도 부족했는지 쿵쿵거리며 냄새를 맡았다.

"너, 이곳에 대해 뭘 좀 아는 거야?"

질문이라기보다는 비난에 가까운 말투였다. 아람이 나섰다.

"누나, 그냥 내버려둬."

마카사는 아람이 자기 마음을 움직이려 할 때 '누나'라고 부른다는 걸 알아챘다. 그 호칭을 남발하면 서로에게 의리를 지키겠다고 했던 서약의 가치가 훼손되는 것 같아서 마카사는 짜증이 났다. 하지만 자기도 어릴 적에는 손위 오라비 아카싱가에게 업히고 싶을 때마다 '오빠'라고 부르는 방법을 쓰긴 했었다. 무의식적으로라도 그런 잔꾀를 부리기에는 아람의 나이가 많다고 생각했지만, 오빠에 대한 추억을 떠올린 덕에 이 남동생에 대한 짜증은 다소 누그러졌다. 그래서 한마디 쏘아붙이려던 마카사는 아람의 말을 못 들은 척했다.

마카사는 다시 한 번 쓱싹에게 되물었다.

"너, 여길 아는 거지?"

쓱싹은 짧게 고개를 끄덕였지만, 여전히 입은 꾹 다문 채였다.

"우클 플룰루르 아아옳롤로음음음?"

머키의 말에는 아무도 신경 쓰지 않았다. 이제 아람도 쓱싹의 표정을 살피기 시작했다.

"여기가 네 고향이니?"

마카사의 물음에 아람이 끼어들었다.

"정말이야? 이곳이 덩굴발 일족의 영역이라는 거야?"

쓱싹이 멍하니 고개를 끄덕였다. 그러더니 세차게 고개를 흔들고는 깊은 한숨을 내쉬었다.

마카사가 소리를 빽 질렀다.

"억지로 입을 비틀어 말하게 할까? 이봐, 놀! 말해. 네가 입을 다물고 있으면 우리 모두 위험해진다고."

쓱싹이 쓸쓸히 고개를 끄덕이고는 알아들을 수 없는 말로 툴툴거리더니 마침내 입을 열었다.

"여긴 덩굴발 땅 아니지만, 지금 덩굴발이 사는 곳이다. 골두니가 우리 덩굴밭을 동쪽 여기까지 몰아냈다. 서쪽에서는 오우거들이 우리 나무를 벴다. 우리 사냥감을 몰아냈다. 놀을 노예로 잡았다. 그래서 덩굴밭 여기로 왔다."

아람이 의아하다는 듯 물었다.

"하지만 지금 넌 자유의 몸이잖아! 그러니 동족에게 그냥 돌아가면 되잖아."

"안 된다."

쓱싹이 인상을 쓰며 대답했다.

아람이 무어라 말하려 입을 뗐지만, 마카사는 쓱싹의 어조에서 무언가를 느끼고는 더 말하지 말라는 뜻으로 아람의 어깨를 잡았다. 마카사는 기다렸다. 그러고는 쓱싹처럼 잔뜩 경계한 채로 주변을 살폈다.

드디어 쓱싹이 자신의 이야기를 털어놓기 시작했다.

5장
애송이

쓱싹 꼬마였다. 쓱싹 이제 어리지 않다! 하지만 덩굴발 땅에 살 때 쓱싹 꼬마였다. 그리 오래전 일도 아니다.

그 당시 덩굴발 땅 살기 좋았다. 사냥감 많았다. 멧돼지가 많았다. 사슴도 있었다. 가끔 곰도 있었다. 사냥감 아주 많았다. 하이에나와 놀이 사이좋게 살아갈 만큼. 놀 뒤를 따라다니며 남긴 찌꺼기를 먹는 정도가 아니었다. 놀과 함께 살고 놀과 함께 사냥했다. 야영지에서 놀과 함께 지냈다.

그러다 하이에나가 떠난다. 쓱싹은 하이에나들이 어디로 갔는지 궁금하다. 쓱싹 어렸지만, 쓱싹 궁금했다. 하지만 덩굴발 일족의 여족장 매끈송곳니는 상관하지 않는다. 투사인 수렁발톱도 상관하지 않는다. 그리고 이렇게 말한다.

"하이에나는 길에 산다. 하이에나 가서 잘됐다. 놀은 이제 하이에나와 덩굴발 음식 나누지 않는다."

그때 알았어야 했다.

쓱싹은 나무 사이를, 숲속을 걷는다. 그리 오래전 일도 아니다. 쓱싹은 나무 좋아한다. 나무는 더운 날 시원하게 해준다. 개울이 흐른다. 쓱싹이 마신다. 다람쥐가 지나간다. 쓱싹이 먹는다. 나무는 그늘 준다. 쓱싹 잠잔다. 꼬마 쓱싹이 살기 참 좋았다.

쓱싹 훈련도 한다. 쓱싹의 아빠 입큰이와 엄마 갉작이는 둘 다 훌륭한 전사다. 매끈송곳니를 위해, 수렁발톱을 위해 싸웠다. 엄마 갉작이와 수렁발톱 친했다. 엄마는 꼬마들이 전사가 되도록 훈련시켰다. 쓱싹을 훈련시켰다. 매끈송곳니 아들 톱니를 훈련시켰다. 톱니는 쓱싹보다 형이다. 톱니가 쓱싹보다 크다. 그렇지만 톱니와 쓱싹 사이좋은 친구다. 톱니와 쓱싹 친하다. 그리 오래전 일도 아니다.

하지만 하이에나 없어졌다. 나무도 없어졌다. 전부는 아니었다. 하지만 많이 없어졌다. 그리고 더 없어졌다. 그때 알았어야 했다.

하지만 놀은 설인 원망한다. 매끈송곳니는 설인 원망한다. 그래서 수렁발톱도 설인 원망한다. 아빠 입큰이도 설인 원망한다. 엄마 갉작이도 설인 원망한다. 톱니도 설인 원망한다.

쓱싹은 이해 못한다. 설인은 나무 넘어뜨린다. 가끔, 설인은 나무 넘어뜨린다. 하지만 아주 많은 나무 베어졌다. 도끼로. 설인이 나무 베지 않았다고 쓱싹이 말한다.

"그러면 뭐냐?"

톱니가 묻는다. 쓱싹 모른다. 하지만 설인 아니다.

"엄마 매끈송곳니가 설인이라고 한다."

톱니가 말한다.

"매끈송곳니가 설인이라고 한다."

아빠가 말한다.

엄마는 말 안 한다.

쓱싹은 말한다.

"매끈송곳니가 틀리다."

그러자 톱니가 쓱싹 철썩 때린다. 세게. 쓱싹 작은 꼬마다. 입이
피투성이다. 그리고 뒤로 세게 넘어졌다. 쓱싹 굴 벽에 머리 찧는
다. 뒷머리에서 피 난다. 이제 쓱싹 말 안 한다.

설인들 동쪽 덩굴발 땅으로 움직인다. 설인들이 공격한다. 거친
흉터는 설인 투사다. 설인들은 투사라고 하지 않는다. 설인들은 말
안 한다. 하지만 거친흉터는 설인 투사와 같다. 여족장과 같다. 하
지만 여족장 아니다. 거친흉터는 남자 설인이다. 하지만 거친흉터
는 덩굴발 여족장 매끈송곳니처럼 설인들 이끈다. 거친흉터는 덩
굴발 투사인 수렁발톱처럼 전투 이끈다. 거친흉터는 설인 족장이
고 투사다.

거친흉터는 공격 이끈다. 설인은 덩굴발 일족 공격한다. 거친흉

터는 덩굴밭 일족 공격한다. 놀 몇 명 죽는다. 놀 서너 명 죽는다. 설인 하나 죽는다. 거친흉터는 아니다. 거친흉터 안 죽는다. 설인들 계속 움직인다. 동쪽으로 움직인다. 거친흉터 계속 움직인다. 동쪽으로 움직인다. 그래도 죽은 설인은 안 움직인다. 계속 안 움직인다. 동쪽으로 안 움직인다. 죽은 설인은 놀 식량 된다. 설인 고기 좋다. 곰 고기 같다. 어쩌면 더 낫다.

매끈송곳니 말한다.

"자, 설인이 나무 벤다. 그다음 설인이 공격한다. 나무는 설인 공격의 시작이다."

놀 모두가 여족장 매끈송곳니 말에 동의한다.

쓱싹 말 안 한다. 하지만 쓱싹 절레절레 고개 흔든다. 톱니가 쓱싹 또 철썩 때린다. 쓱싹 아빠와 수렁발톱이 고개 끄덕인다. 아빠 입큰이와 수렁발톱은 톱니가 쓱싹 잘 때렸다고 생각한다.

쓱싹 엄마 말 안 한다. 하지만 엄마 갑작이 수렁발톱에게 말한다. 엄마가 수렁발톱과 걷는다. 쓱싹 따라간다. 쓱싹은 엄마가 수렁발톱에게 나무 보여주는 것 본다. 나무가 뿌리까지 통째로 밀려 넘어졌다. 엄마 갑작이 말한다.

"설인은 나무 민다."

수렁발톱이 고개 끄덕이며 말한다.

"매끈송곳니가 옳다."

엄마가 수렁발톱에게 다른 나무 보여준다. 쓱싹도 따라가 지켜본다. 엄마가 수렁발톱에게 다른 나무 보여주지만, 나무 없다. 그루터기뿐이다. 낮은 그루터기다. 쓱싹보다 작다. 그때 쓱싹은 꼬마다.

"그루터기다. 나무 없다. 그루터기뿐이다. 그리고 봐라. 도끼로 나무 베었다. 거친흉터나 설인들 도끼 안 쓴다. 거친흉터는 나무 끌고 가지 않는다. 그루터기는 설인 아니다."

엄마의 말에 수렁발톱이 묻는다.

"그러면 뭐냐?"

"갑작이 모른다. 하지만 쓱싹이 옳다. 매끈송곳니가 틀리다."

그러자 수렁발톱이 쓱싹 엄마 찰싹 때린다. 하지만 세게 아니다. 피 안 난다. 수렁발톱이 그루터기 쳐다본다. 수렁발톱이 그루터기 생각한다. 수렁발톱 말한다.

"매끈송곳니가 옳다."

하지만 수렁발톱은 그루터기 생각한다.

다음 날, 수렁발톱이 매끈송곳니와 걷는다. 수렁발톱은 매끈송곳니와 이야기한다. 아마 수렁발톱이 매끈송곳니에게 나무와 다른 나무 보여준다. 쓱싹 알 수 없다.

수렁발톱과 매끈송곳니 돌아오지 않는다. 다시는 돌아오지 않는다.

톱니 화난다. 톱니 말한다.

"설인이 엄마 매끈송곳니 죽인다! 거친흉터가 엄마 죽인다!"

쓱싹이 말한다.

"설인들 동쪽으로 움직인다. 거친흉터 동쪽으로 움직인다. 거친 흉터 없다. 설인들 없다."

이번에는 톱니가 쓱싹 철썩 때리지 않는다. 톱니가 쓱싹 목 노린 다. 톱니는 쓱싹 친구다. 그리 오래전 일도 아니다. 그런데 목 노린 다. 톱니가 쓱싹 잡아당겼다. 톱니 이제 쓱싹 친구 아니다.

쓱싹 엄마 갉작이가 덩굴발 여족장 된다. 쓱싹 아빠 입큰이는 덩 굴발 투사 된다. 나무가 더 많이 없어졌다. 그늘 없다. 다람쥐 없다. 사냥감 부족하다. 그때 알았어야 했다.

결국, 오우거 공격한다. 골두니 오우거가 덩굴발 영역 공격한다. 깜짝 놀란다. 놀은 오우거와 싸울 준비 안 했다.

워르독과 마르주크는 골두니 투사다. 오우거는 워르독과 마르주 크를 투사라고 안 부르지만, 워르독과 마르주크는 투사와 같고 덩 굴발 땅, 덩굴발 일족 공격한다. 아빠 입큰이 싸운다. 엄마 갉작이 싸운다. 톱니 싸운다. 톱니 용감하다. 톱니 사납다. 오우거 죽인다. 쓱싹 싸운다. 꼬마지만 쓱싹 용감하다. 그래도 오우거 못 죽인다. 놀 많이 죽는다. 오우거는 셋만 죽는다. 톱니가 오우거 죽인다. 아 빠가 오우거 죽인다. 엄마가 오우거 죽인다. 그래도 워르독 못 죽인 다. 마르주크 못 죽인다. 워르독과 마르주크 안 죽는다. 다른 오우 거 셋이 죽는다. 놀은 오우거 안 먹는다. 오우거 고기 맛없다.

오우거 나무 벤다. 오우거 사냥감 잡는다. 워르독과 마르주크가 놀 잡아 고르독 노예 삼는다. 이제 덩굴발 땅은 전부 그루터기뿐이다. 나무 없다. 다람쥐 없다. 그늘 없다. 개울 말랐다. 사냥감 없다. 놀 배고프다. 놀 오우거와 싸우지만, 놀 배고프다. 놀 많이 죽는다. 덩굴발 많이 죽는다. 오우거 조금 죽는다. 워르독 아니다. 마르주크 아니다. 오우거 아주 조금만 죽는다.

여족장 갉작이 말한다.

"이동한다. 덩굴발 동쪽으로 움직여야 한다."

투사 입큰이가 고개 끄덕인다.

하지만 톱니 안 끄덕인다.

"여기 덩굴발 땅이다. 덩굴발 안 움직인다!"

여족장 갉작이가 톱니 철썩 때린다. 갉작이 말한다.

"덩굴발 동쪽으로 움직인다."

그래서 덩굴발 일족 덩굴발 땅 떠난다. 동쪽으로 움직인다.

오우거 여전히 서쪽에서 공격한다. 워르독과 마르주크 여전히 서쪽에서 공격한다. 설인은 동쪽에서 방어한다. 거친흉터는 동쪽에서 방어한다. 덩굴발 일족은 가운데 갇혔다.

여족장 갉작이 말한다.

"이동한다. 덩굴발은 남쪽으로 움직여야 한다."

투사 입큰이가 고개 끄덕인다.

하지만 톱니 안 끄덕인다. 톱니 말한다.

"갉작이는 안 싸운다. 갉작이는 항상 이동한다. 갉작이는 겁먹는다."

여족장 갊작이가 톱니 철썩 친다. 갊작이 말한다.

"덩굴발 남쪽으로 움직인다."

그래서 덩굴발 일족 남쪽으로 이동한다.

남쪽에서 덩굴발 일족 새 땅 발견한다. 그리 오래전 일도 아니다. 좋은 땅이다. 나무 있다. 개울 있다. 다람쥐 있다. 그늘 있다. 사냥감 있다. 하이에나 없다.

하이에나 이제 오우거 따라다닌다.

덩굴발 일족 설인과 싸운다. 오우거와 싸운다. 하지만 이제는 항상 안 싸운다.

여러 계절 지나간다. 쓱싹 자란다. 이제 꼬마 아니다. 꼬마 아니다. 톱니만큼 크게 자라지는 않았다. 다른 놈처럼 크게 자라지 않았다. 하지만 꼬마 아니다.

톱니는 크게 자랐다. 톱니는 입큰이만큼 크다. 톱니는 갊작이만하다.

덩굴발 싸울 때, 여족장 갊작이 일족 이끈다. 덩굴발 싸울 때, 투사 입큰이가 전투 이끈다. 톱니는 입큰이 옆에서 싸운다. 쓱싹은 엄마 갊작이 옆에서 싸운다. 톱니는 설인 죽인다. 톱니는 오우거 죽인다. 쓱싹은 설인 안 죽인다. 오우거 안 죽인다. 그러나 쓱싹 싸운다. 쓱싹은 전사다. 꼬마 아니다. 쓱싹은 싸운다.

큰 전투 온다. 오우거 온다. 워르독 온다. 마르주크 온다. 큰 전투다. 덩굴발은 싸운다. 덩굴발은 오우거와 싸운다. 놈 많이 죽는다.

오우거도 몇 명 죽는다. 워르독, 마르주크 아니지만 몇 명 죽는다.

그때 쓱싹 아빠 입큰이 죽는다. 워르독이 아빠 죽인다.

쓱싹 엄마 갋작이도 죽는다. 마르주크가 엄마 죽인다.

워르독이 놀 몇 명 노예로 잡는다. 마르주크가 놀 몇 명 노예로 잡는다. 고르독에게 바치려고. 오우거들 노예와 떠난다.

쓱싹 슬프다. 이제 쓱싹 전사지만 쓱싹 슬프다.

여족장 없다. 매끈송곳니 죽었다. 갋작이 죽었다. 여족장이 될 다른 여자 놀 없다.

투사 없다. 수렁발톱 죽었다. 입큰이 죽었다. 그래서 톱니 투사 된다. 톱니가 투사되는 것 놀 모두 찬성한다. 쓱싹도 찬성한다.

그때 톱니가 쓱싹 공격한다.

"톱니는 꼬마 필요 없다."

톱니 말한다.

"덩굴발은 꼬마 필요 없다."

"쓱싹 꼬마 아니다!"

쓱싹 말한다. 어쩌면 소리친다.

톱니가 고개 끄덕인다.

"맞다, 쓱싹은 꼬마 아니다. 쓱싹은 애송이다!"

쓱싹은 말 안 한다. 모든 놀이 말 안 한다.

마침내 쓱싹 말한다.

"쓱싹 애송이 아니다."

하지만 작게 말한다. 톱니가 말한다.

"누가 쓱싹 애송이 아니라고 하나? 입큰이가 쓱싹 애송이 아니라고 하나? 갉작이가 쓱싹 애송이 아니라고 하나?"

"아빠 입큰이 죽었다."

쓱싹이 말한다.

"엄마 갉작이 죽었다."

"놀들은 쓱싹 애송이 아니라고 하나?"

톱니가 물었다.

놀들이 말 안 한다. 덩굴발 말 안 한다. 쓱싹조차 말 안 한다.

톱니가 말한다.

"애송이는 설인과 싸움 안 한다. 애송이는 오우거와 싸움 안 한다. 애송이는 사냥감 잡지 않는다. 그래도 애송이는 사냥감 먹는다. 애송이는 덩굴발 도움으로 산다. 애송이는 하이에나처럼 덩굴발 입에서 사냥감 빼앗는다. 그러니 덩굴발은 애송이와 안 산다. 애송이 때문에 덩굴발 약해진다. 애송이는 가야 한다."

놀들은 말 안 한다. 덩굴발은 말 안 한다.

쓱싹이 말한다.

"쓱싹은 애송이 아니다. 쓱싹은 사냥감 잡는다."

톱니가 말한다.

"쓱싹은 다람쥐 사냥한다. 쓱싹은 혼자만 먹는다. 톱니는 멧돼지 사냥한다. 톱니는 덩굴발 먹인다. 쓱싹은 하이에나처럼 덩굴발 입에서 사냥감 빼앗는다."

쓱싹은 말한다.

"쓱싹은 애송이 아니다. 쓱싹은 싸운다."

톱니가 말한다.

"쓱싹은 오우거 안 죽인다. 쓱싹은 설인 안 죽인다. 쓱싹은 안 싸운다. 쓱싹은 갉작이 뒤에 숨는다. 이제 갉작이 죽었다. 쓱싹은 애송이다. 애송이 때문에 덩굴발 약해진다. 애송이는 가야 한다. 아니면 애송이 죽는다."

놀들은 말 안 한다. 덩굴발 말 안 한다. 심지어 쓱싹도 말 안 한다. 쓱싹은 수치스럽다.

그때 톱니가 쓱싹 철썩 때린다. 쓱싹 입 피투성이다. 톱니가 곤봉 든다. 톱니가 다시 말한다.

"애송이는 가야 한다. 아니면 애송이 죽는다."

쓱싹은 수치스럽다. 쓱싹은 간다.

쓱싹은 덩굴발에서 멀어진다. 덩굴발에게 잡히면 쓱싹 죽는다. 덩굴발 땅에서 덩굴발이 애송이 잡으면 애송이 죽는다. 그래서 덩굴발이 잡으면 쓱싹 죽는다.

그러나 쓱싹은 계획 있다. 쓱싹은 증명한다. 쓱싹이 거친흉터 잡으면 수치 없어진다. 쓱싹은 생각한다. 쓱싹이 거친흉터 죽인다. 쓱싹이 쓱싹은 애송이 아니라고 증명한다.

쓱싹은 거친흉터 찾는다. 설인 찾는다. 하지만 쓱싹은 설인 못 찾는다. 거친흉터 못 찾는다. 쓱싹은 오래 찾는다.

쓱싹은 사냥한다. 다람쥐 사냥한다. 다람쥐 먹는다. 멧돼지 사냥한다. 멧돼지 먹는다. 사슴 사냥한다. 사슴 안 먹는다. 사슴 너무 빠르다. 곰 사냥한다. 곰 안 먹는다. 곰 못 찾는다. 하지만 쓱싹은 좋은 사냥꾼이다. 다람쥐 먹는다. 멧돼지 먹는다.

쓱싹은 설인 사냥한다. 쓱싹은 거친흉터 사냥한다.

쓱싹은 거친흉터 찾는다!

이제 쓱싹은 거친흉터 죽이고 수치 끝낸다. 하지만 워르독이 먼저 쓱싹 찾는다. 워르독이 쓱싹 고르독 노예로 잡는다. 쓱싹은 또 수치스럽다.

쓱싹은 투기장에서 싸운다. 투기장에서 멀록과 싸운다. 투기장에서 멀록 죽인다.

쓱싹은 투기장에서 아람과 싸운다. 하지만 아람과 쓱싹 친구다. 쓱싹은 아람 안 죽인다. 아람은 쓱싹 안 죽인다.

쓱싹과 아람은 늙은 외눈박이와 싸운다. 아람과 늙은 외눈박이 친구된다. 쓱싹은 늙은 외눈박이 안 죽인다. 아람은 늙은 외눈박이 안 죽인다. 늙은 외눈박이는 쓱싹과 아람 안 죽인다.

모두 함께 오우거와 싸운다. 마카사는 오우거와 싸운다. 마카사는 워르독과 싸운다. 머키도 워르독과 싸운다. 마카사가 워르독 다치게 한다. 쓱싹이 워르독 죽인다. 쓱싹이 쓱싹 아빠 입큰이를 죽였던 워르독 죽인다. 쓱싹이 워르독의 곤봉 갖는다.

이제 쓱싹은 이곳에 마카사, 머키, 아람과 같이 있다. 쓱싹은 새로운 덩굴발 땅에 마카사, 머키, 아람과 같이 돌아간다. 하지만 쓱싹은 덩굴발에서 아직 애송이다. 아직 수치스럽다. 덩굴발이 잡으면 애송이 죽는다. 덩굴발이 잡으면 쓱싹 죽는다. 덩굴발이 잡으면 마카사, 머키, 아람 죽는다.

아람은 멍해졌다. 오우거의 노예 구덩이에서 처음 쓱싹을 만났을 때가 기억났다. 적의에 가득 차 방어적인 모습으로 잔뜩 화를 내며 아주 외롭게 있던 모습을. 아람은 이제야 당시 쓱싹이 자신의 이야기를 하고 싶어 했다는 사실을 깨달았다. 하지만 그럴 시간도 없이 노예들은 투기장으로 불려 나갔다. 구덩이에서나 투기장에서나 아람은 어떻게든 어린 놀을 자기편으로 만들려고 애썼다. 고르독은 둘이 서로 싸우지 않으려 한다면 둘 다 죽이겠다면서 외눈박이 와이번을 불러냈고, 아람과 쓱싹은 함께 와이번과 싸웠다. 우여곡절 끝에 마카사, 머키, 죽어가는 탈리스까지 모두 함께 외눈박이의 등에 올라 그곳을 탈출했다. 이제 모두 친구가 되었다. 아주 끈끈한 사이가 되었다. 하지만 끔찍한 일들을 겪고 생사를 건 모험이 이어지면서 쓱싹의 이야기에 더는 관심을 두지 않았던 것이다. 오히려 무뚝뚝한 마카사가 다그친 덕분에 쓱싹은 자신의 이야기를 털어놓을 수 있었다.

마카사가 입을 열었다.

"알았어. 그럼 덩굴발 땅을 피해 멀리 돌아가자."

그러고는 왼편의 물에 잠긴 버섯구름 봉우리 협곡을 흘끗 쳐다보았다.

"가젯잔까지 헤엄쳐서 갈 생각이 아니라면 동쪽으로는 더 갈 수 없어."

"머키 플르루르록."

머키가 한마디 했지만, 마카사는 그 말을 무시하고 말을 이었다.

"그러니까 서쪽으로 가야겠어. 길에서 너무 벗어나지 않는 한 놀, 네가 원하는 만큼 서쪽으로 가자."

쓱싹이 고개를 끄덕였지만, 아람이 갑자기 나섰다.

"정말 그렇게 해야 해? 놀을 상대하는 방법을 알잖아. 쏜 선장님이 성난꼬리 부족을 어떻게 상대했는지 생각해봐. 쓱싹과 날 봐. 이렇게 하면 되잖아. 쓱싹과 덩굴발 일족이 화해할 수 있도록 해보자."

"아옳옳옳롤롤음음음."

머키가 거들었다.

하지만 쓱싹은 고개를 저었고, 마카사도 표정이 굳어졌다.

"굳이 그런 위험을 무릅쓸 필요가 없어. 이미 우리를 노리는 적이 많아. 할 일도 많고……."

마카사가 손가락을 꼽으며 하나씩 짚어갔다.

"식량을 찾고, 수정을 찾고, 말루스를 피하고, 가젯잔에 가고, 탈리스의 씨앗을 전달하고, 널 호숫골로 데려다줘야 해. 놀 부족이 오랫동안 지켜온 관습을 바꾸겠노라며 덩굴발 일족 전체를 상대하는 일은 무의미할 뿐이야."

"관습을 바꾸게 할 필요는 없어. 그저 쓱싹이 애송이가 아님을 증명하기만 하면 돼."

"애송이는 애송이다."

느닷없이 낯선 목소리가 갑자기 날아들자 쓱싹이 낮게 으르렁거렸다.

"톱니."

톱니만이 아니었다. 아람, 마카사, 쓱싹, 머키는 몸을 숨길 곳 하나 없는 넓은 길 한복판에서 열에서 열둘 정도 되는 놀 전사들에게 완전히 포위되어버렸다.

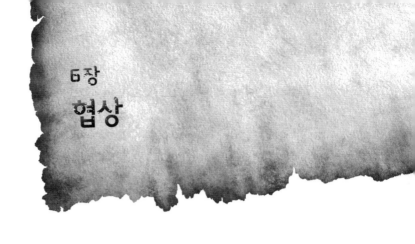

6장
협상

마카사는 자신에게 화가 치밀었다. 쓱싹의 이야기에 귀를 기울여야 했다지만, 그렇다고 대로 한복판에서 떠들게 놔두다니 어떻게 그런 멍청한 짓을 할 수 있지? 게다가 이야기에 너무 몰두한 나머지 열두어 명이나 되는 놀이 사방에서 무기를 겨누고 에워싸는 동안 어떻게 아무 소리도 못 들을 수 있지?

쓱싹이 이야기할 때 톱니의 외양에 대해 설명하진 않았지만, 마카사는 곧바로 알아봤다. 꽤 젊긴 해도 여태껏 본 놀 중 단연코 가장 크고 나무줄기만큼 건장했으며, 등을 구부리고 있는데도 178센티미터 정도로 마카사만큼 키가 컸다. 갈색과 황금색이 섞인 털에는 군데군데 검은 점이 있었고 적갈색 갈기가 뒷머리에서 무성하게 자라 등까지 흘러내렸다. 장식은 뾰족한 귀 한쪽 끝부분을 뚫어

작은 쇠막대기를 단 게 전부였다. 아주 큰 도끼를 자랑스럽게 들고 서 가소로워하는 표정을 짓고 있었다. 도끼는 아마 오우거에게서 뺏은 듯했고, 비웃는 표정은 타고 난 듯했다.

그러거나 말거나 마카사는 이미 톱니와 싸울 태세를 갖추었다. 비록 작살이 절실하게 필요하긴 했지만, 톱니를 상대하는 대결에서 자신의 승산이 그리 적지 않다고 생각했다. 다만, 공격을 시작하면 곧바로 큰 싸움이 벌어질 걸 알기에 마음이 편치 않았다. 톱니 혼자만 있는 게 아니었기 때문이다. 투사 톱니 외에 남자 놀 셋과 여자 놀 여섯으로 이루어진 전사 아홉이 있었다. 몇몇은 쓱싹만큼 어렸고 몇몇은 나이가 꽤 있었다. 키가 톱니의 허리에도 못 미칠 정도로 작은 꼬마 여자 놀도 있었다. 손에 든 무기는 톱니의 도끼를 작게 줄여놓은 듯한데 양날 손도끼에 가까웠다. 그리고 톱니의 얼굴을 축소해놓은 듯 똑같이 비웃는 표정을 짓고 있었다. 마카사가 내기를 좋아했다면, 그 꼬마 놀이 톱니의 딸이라는 데 은화라도 걸었을 터였다.

톱니 하나는 충분히 처리할 수 있었지만, 이렇게 많은 놀 전사 전부를 한꺼번에 처리할 수는 없었다. 쓱싹이 거든다 하더라도 지금처럼 잔뜩 주눅 든 상태로는 별 도움이 되지 않을 터였다. 그리고 어떻게 하더라도, 아람이 위험에 그대로 노출될 게 뻔했다.

그래서 마카사는 방어 태세를 취했다. 한 손엔 흰날검을 쥐고, 다른 손으로는 언제든 쇠사슬을 풀 수 있게 자세를 잡았다. 마카사는 놀들이 어떻게 나오든 상대할 수 있도록 모든 대비를 마쳤다. 미처 대비하지 못했던 것은 아람이었다. 아람은 톱니를 향해 몸을 날렸다. 마카사는 몸을 날리는 아람의 허리에 묶여 있던 가죽 코트 끝자락을 가까스로 붙잡아 끌어당겼다. 톱니의 육중한 도끼가 방금 전 아람의 머리가 있던 곳을 갈랐다.

톱니는 자신의 일격이 빗나갔다는 사실에 크게 개의치 않는 듯했다. 그저 큰 소리로 웃으며 물었다.

"멍청한 녀석이다. 뭐 하는 거지?"

"녀석은 안 멍청하다. 녀석은 아람이다. 아람은 공격해서 아람이 놀과 대화할 가치 있다고 증명한다."

쓱싹의 말에 톱니는 쓱싹을 쳐다보고는 낮게 으르렁거렸다.

그러자 톱니를 쏙 빼닮은 작은 꼬마 놀이 날카롭게 짖으며 작지만 자신감 넘치는 목소리로 말했다.

"애송이는 톱니에게 말 안 한다. 애송이는 덩굴발 놀 누구에게도 말 안 한다."

투사인 톱니는 자랑스러운 표정으로 아래를 내려다보며 어린 놀의 머리를 두드렸다. 그러고는 쓱싹에게 눈길조차 주지 않고 말했다.

"톱니는 덩굴발 땅에서 애송이 잡히면 어떻게 되는지 애송이에게 경고했다. 이제 애송이 죽는다. 그다음 톱니가 애송이 먹는다. 애송이의 친구도 먹는다. 애송이의 친구는 멍청해서 애송이와 친구했다. 그러니 먹혀도 싸다."

아람은 당혹감을 느꼈다.

"놀이 놀을 먹는다고?"

놀들 모두 질문의 의도를 모르겠다는 듯 어깨를 으쓱해 보였다. 심지어 쓱싹까지 어깨를 으쓱했다.

"고기는 고기다."

놀 한 명이 말하자 몇 명이 당연한 얘기라며 맞장구쳤다.

"있잖아."

아람이 말문을 열었다.

마카사는 끙 하는 소리가 나오려는 것을 겨우 억눌렀다.

'위험한 순간에는 끽소리도 못하던 애였는데 어떻게 된 거지?'

이 열두 살짜리 녀석이 언제 쏜 선장의 축소판이 됐을까? 미묘한 말장난으로 다른 종족과 관계를 맺던 쏜 선장의 방식을 이어받고, 그럭저럭 말발도 나쁘지 않았다. 다만 문제는, 아람에겐 쏜 선장처럼 아슬아슬한 줄타기를 뒷받침해줄 만한 검술 실력이 없다는 점이다. 그러나 이 남동생은 그런 미묘한 차이를 이해하지 못한 채 경솔하게 바보 같은 짓을 저질러버렸다.

"쓱싹은 애송이가 아니야."

"애송이는 애송이다."

아람의 말에 톱니가 거만하게 손사래를 치며 대답했다.

"아니야. 쓱싹은 용감한 전사야. 고르독의 투기장에서 싸웠어.

내 옆에서 외눈박이 와이번과 싸웠어. 오우거 워르독도 죽였어."

톱니는 이 말이 거슬린 모양이었다. 고개를 번쩍 들더니 크게 으르렁거렸다.

"애송이는 워르독 못 죽인다."

이 말은 쓱싹이 거슬린 모양이었다. 쓱싹은 고개를 들고 침착하고 당당한 태도로 말했다.

"쓱싹은 워르독 죽였다! 쓱싹이 죽였다!"

하지만 곧바로 고개를 푹 숙이고는 중얼거렸다.

"마카사와 쓱싹이 같이 워르독 죽였다."

톱니가 한 번 더 큰 소리로 웃었다.

"맞다. 애송이는 워르독 못 죽인다. 톱니는 애송이가 워르독 못 죽일 줄 알았다."

듣다 못한 마카사가 처음으로 나섰다.

"쓱싹이 워르독 죽였어. 나는 마카사 플린트윌이다. 내가 워르독에게 상처를 입혔어. 그건 맞아. 하지만 죽이진 못했어."

당시 마카사가 워르독을 처치하지 못한 이유가 있긴 했다. 머키가 붙잡고 놔주지 않는 통에 죽일 수가 없었던 것이다. 하지만 그 이야기는 하지 않기로 했다.

"쓱싹이 마카사 구했다. 쓱싹이 워르독 죽였다. 쓱싹이 워르독 곤봉 차지했다."

쓱싹이 용케 기운을 차렸다. 그리고는 오우거의 묵직한 전투 곤봉을 오른쪽 어깨에 둘러메고서 최대한 거만하게 보이려고 애썼다.

"쓱싹이 워르독 죽였다."

그 사실을 재차 강조하듯 짧게 고개를 끄덕이며 말했다.

"그러니까 이제 알겠지?"

아람이 어린아이에게 찬찬히 설명할 때처럼 조심스럽게 입을 열었다.

"쓱싹은 애송이가 아니야. 쓱싹은 덩굴발 일족에 어울리는 전사야."

톱니가 아람을 빤히 쳐다보았다. 그러고는 쓱싹을 빤히 쳐다보았다. 마카사는 아직 한 손을 흰날검에, 다른 한 손을 쇠사슬의 잠금쇠에 올려둔 상태였다. 톱니는 다시 쓱싹을 쳐다보았다. 표정이 좀 풀린 걸 보니 쓱싹의 엄마 갉작이 밑에서 함께 훈련받으며 친구로 지내던 때를 떠올린 모양이었다. 그리 오래전 일도 아니었으니까. 톱니는 자기 다리에 매달려 있는 꼬마 놀을 내려다보았다. 꼬마가 톱니의 얼굴에서 잠시 사라진 그 비웃음을 만면에 띄운 채 빤히 쳐다보고 있었다. 톱니가 고개를 저었다. 어딘가 슬픈 듯 보였다. 톱니가 다시 입을 열었다.

"애송이는 애송이다. 애송이가 덩굴발 땅에 돌아왔다. 애송이 죽는다."

놀들이 한 발 앞으로 나섰다. 마카사는 검을 뽑아 들고 위험을 무릅쓴 채 놀 전사들을 쓰러뜨릴 만반의 준비를 했다. 아람까지도 검을 뽑아 들었다.

"애송이 죽는다."

그때 쓱싹의 말이 들려왔다. 하지만 그 말투에는 패배감이나 체념이 담겨 있지 않았다. 오히려 날이 잔뜩 선 말투였다.

"아니면 거친흉터 죽여서 쓱싹이 애송이 아니라고 증명한다."

톱니와 꼬마 놀을 제외한 나머지 놀들은 거친흉터의 이름만 듣고도 눈앞에 그 거대한 설인 투사가 나타나기라도 한 듯 한 발 뒤로 물러났다.

그러나 톱니는 개의치 않았다. 다시 크게 웃었다.

"애송이는 거친흉터 못 죽인다. 애송이는 거친흉터 찾지도 못한다. 거친흉터는 덩굴발 일족 모르는 데 부하 설인들과 숨어 있다. 거친흉터는 사냥부대 공격하고, 놀 죽인 다음 언덕으로 사라진다."

"쓱싹은 이미 거친흉터 찾았다. 워르독이 쓱싹 잡기 전에 거친흉터 찾았다. 이제, 워르독 죽었다. 쓱싹이 워르독 죽였다. 이제, 쓱싹이 워르독 곤봉으로 거친흉터 죽인다."

톱니가 쓱싹을 빤히 보더니 고개를 저으며 말했다.

"못한다."

"한다."

쓱싹이 받아쳤다.

"톱니는 쓱싹과 친구들 보내준다. 쓱싹과 아람과 마카사와 머키가 다시 거친흉터 찾는다. 그런 다음 쓱싹이 워르독 전투 곤봉으로 거친흉터 죽인다. 쓱싹이 목숨 걸고 맹세한다."

구릿빛 털에 처진 회색 눈을 한, 나이 든 여자 놀 하나가 입을 열었다.

"애송이가 거친흉터 못 죽이면, 거친흉터가 애송이 죽인다. 애송이가 거친흉터 못 찾아내면, 톱니가 애송이 죽인다. 어느 쪽이든 애송이 죽는다."

그 말에 쓱싹이 고개를 끄덕였다.

"맞다. 하지만 쓱싹이 거친흉터 찾으면, 쓱싹이 거친흉터 죽이면, 톱니는 쓱싹과 친구들 덩굴밭 땅 지나가게 한다."

이 말에 만족한 듯한 여자 놀이 톱니에게 고개를 끄덕여 보였다.

하지만 톱니는 다시 고개를 저었다.

"애송이가 거친흉터 숨은 곳을 안다면, 애송이는 톱니에게 거친흉터 숨은 곳 말한다. 톱니가 거친흉터 죽인다."

침묵이 길어지자 마카사가 쓱싹을 힐끗 보고는 모두의 목숨이 걸린 정보를 단 하나라도 주면 안 된다고 경고했다. 하지만 곧, 걱정할 필요가 없음을 깨달았다. 쓱싹이 웃고 있었다. 짙은 갈색 눈은 반달 모양이 되어 신이 난 기색이 역력했다. 밝은 청색 눈은 반짝이다 못해 광채가 흘렀다.

쓱싹이 톱니를 보고 웃음을 터뜨렸다.

"쓱싹은 바보 아니다. 쓱싹은 톱니에게 아무것도 말 안 한다. 쓱싹 보내주면, 쓱싹이 거친흉터 죽인다.”

나이 든 여자 놀이 말했다.

“애송이 보내준다. 덩굴발 손해 아니다.”

그 순간, 아무런 경고도 없이 톱니가 여자 놀을 향해 도끼를 휘둘렀다. 도끼는 한 끗 차이로 주둥이를 비껴갔는데, 일부러 그런 듯했다.

여자 놀이 뒤로 휘청거리며 물러나 고개를 조아리자 톱니가 말했다.

“카리온은 여족장 아니다. 덩굴발은 지금 여족장 없다.”

톱니는 꼬마 놀을 힐끗 내려다봤다.

“덩굴발은 아직 여족장 없다.”

그런 다음 도끼날로 자기 가슴을 탁 하고 쳤다.

“그래서 투사가 덩굴발 다스린다. 톱니가 덩굴발 다스린다. 카리온은 톱니가 할 일 말하지 않는다.”

그러자 카리온이 비굴하게 굽신거리며 말했다.

“톱니가 투사다. 카리온은 여족장 아니다. 톱니가 덩굴발 위해 결정한다.”

“톱니가 덩굴발 위해 결정한다.”

톱니가 한 번 더 말하고는 쓱싹에게 돌아섰다.

“톱니가 애송이와 친구들 보내면, 애송이와 친구들 도망간다. 거친흉터 안 찾는다. 거친흉터 안 죽인다. 애송이 그냥 도망간다. 애송이들은 항상 도망간다."

"쓱싹은 안 도망간다."

쓱싹이 힘주어 다시 한 번 말했다.

"쓱싹은 안 도망간다."

"그러면 애송이는 친구 두고 간다. 애송이 도망가면, 친구 죽는다."

"안 돼!"

아람이 외쳤다.

"톱니가 된다고 말한다!"

톱니가 으르렁거리며 맞받아쳤다.

"애송이는 친구 두고 간다. 그리고 애송이는 시베트 데리고 가서 애송이가 거친흉터 죽였는지 확인하게 한다."

"시베트가 누군데?"

모두가 아람의 질문을 무시해버렸다. 마카사는 꼬마 놀의 얼굴에서 의기양양한 표정을 보고 시베트가 누구인지 단박에 알아차렸다. 톱니가 이런 위험한 일에 자기 딸을 보낸다니 놀라웠다. 하지만 마카사는 자신의 어머니가 네 명의 자녀를 이와 비슷한 상황에 맞서도록 했던 기억이 떠올랐다.

"애송이는 무슨 친구 두고 갈 거냐?"

톱니가 묻자 머키가 먼저 대답했다.

"머키 머키 아오로로옳. 똑딱 칭구 머키 아오로로옳."

그러자 아람이 맹렬히 반대하며 나섰다.

"머키, 안 돼! 이러지 않아도 돼!"

머키가 어깨를 으쓱했다.

"아옳, 아옳. 머키 아옳옳옳. 머키 아오로로옳."

머키의 말이 끝나기 무섭게 쓱싹이 말했다.

"쓱싹 친구 머키 덩굴발과 남는다. 시베트는 쓱싹, 아람, 마카사와 함께 간다. 시베트는 쓱싹이 거친흉터 죽이는 것 본다. 시베트는 돌아와 톱니에게 쓱싹이 애송이 아니라고 말한다. 톱니는 머키와 쓱싹과 쓱싹 친구들 보내준다."

쓱싹의 말에 톱니가 고개를 끄덕이고는 시베트를 떠밀다시피 쓱싹에게 보냈다. 쓱싹은 머키를 톱니에게 떠밀었다.

아람이 마카사에게 속삭였다.

"머키를 이 놈들에게 인질로 남겨둔 채 떠나고 싶지 않아. 말루스에게서 구해낸 지 얼마 되지도 않았잖아."

마카사도 속삭이며 대답했다.

"동생아, 무슨 다른 방법이라도 있니? 나한테는 없거든?"

아람이 원하는 걸 얻어내려 할 때 '누나'라고 부른다면, 마카사라고 같은 방법을 쓰지 말란 법은 없었다.

아람은 아무 말도 하지 않았지만, 고개를 떨구는 것으로 보아 다른 방법이 없는 게 분명했다.

협상을 끝낸 쓱싹은 시베트, 아람, 마카사를 이끌고 길을 따라 걷

기 시작했다. 톱니와 놀 전사 아홉 명 사이에 서서 미소를 지은 채
손을 흔드는 머키의 모습이 점점 멀어져 갔다.

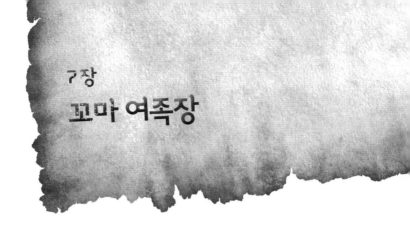

덩굴발 놀들의 시야에서 벗어나자마자, 쓱싹은 다리가 아플 정도로 빠르게 일행을 이끌고 길을 벗어나 언덕으로 올라갔다. 1, 2미터 뒤떨어져 따라오던 아람은 배가 고픈 나머지 어지럽기까지 했다.

시베트가 그런 아람을 돌아보더니 작은 소리지만 잔뜩 경멸하는 말투로 말했다.

"멍청한 녀석, 뒤처지지 말고 걷는다!"

아람은 마카사가 살짝 미소를 머금는 것을 보고 말을 건넸다.

"누구랑 참 비슷하지?"

마카사의 미소는 곧바로 사라졌다.

"누구랑 비슷하다는 거야? 잘 모르겠는데."

"덩굴발 일족의 시베트는 누구와도 비슷하지 않다."

시베트가 쏘아붙이고는 한마디 덧붙였다.

"시베트는 여족장 될 거다."

쓱싹이 고개를 끄덕이며 맞장구쳤다.

"시베트는 여족장 될 거다."

그러자 꼬마 놀 시베트가 침을 탁 뱉으며 말했다.

"애송이는 시베트한테 말 안 한다. 애송이가 거친흉터 죽일 때까지 애송이는 아무 말도 안 한다. 애송이가 거친흉터 찾아내 죽여야 시베트와 말한다."

쓱싹은 아무 말도 하지 않았다. 하지만 분명히 조금은 자신감을 되찾은 듯했다. 미소를 지었고, 주눅 들지도 않았다. 아람은 쓱싹이 정말로 그 설인을 찾아내 죽일 자신이 있는지 확신이 들지 않았다. 정작 시베트는 적어도 그 설인을 찾아내리라는 확신이 있는 모양이었다.

마카사가 쓱싹에게 물었다.

"톱니가 쫓아오지 않는 건 확실해?"

그 물음에 쓱싹 대신 시베트가 대답했다.

"톱니가 시베트 보냈다. 톱니는 애송이와 멍청한 인간들 따라올 필요 없다."

마카사의 움직임은 날렵했다. 순식간에 꼬마 놀의 손에서 작은 도끼를 빼앗은 다음, 손으로 시베트의 목을 단단히 움켜잡고 말했다.

"나는 가시덤불 골짜기 출신인 마카사 플린트윌이야. 나는 애송이가 아니야. 그리고 너도 아직 여족장이 아니지. 꼬마야, 너보다 나이가 많거나 너보다 나은 이들을 존중하는 법을 배워. 안 그랬다간 더 나아질 기회도, 더 나이들 기회도 없을 테니까."

시베트는 버둥거리지 않았다. 겁도 없이 마카사의 눈을 똑바로 바라보고는 자신의 목을 움켜잡은 인간의 빠르기와 힘을 인정하며 고개를 한 번 끄덕였다.

마카사가 시베트를 놔주고는 도끼를 내밀자, 시베트가 순순히 도끼를 받아들었다. 휙 돌아선 마카사는 쓱싹 옆으로 가서 계속 걸었다. 시베트 바로 뒤에 있던 아람은 꼬마가 마카사의 등에 도끼를 꽂으면 어떡하나, 하는 걱정을 잠시 했다. 하지만 시베트는 속도를 내어 마카사의 옆으로 따라붙은 뒤 존경해 마지않는 시선으로 힐끗 올려다보았다. 마카사는 시베트를 내려다보고 고개를 끄덕이며 꼬마의 존경심을 받아주었다.

아람은 절레절레 고개를 저었다. 간신히 세 명의 뒤를 쫓으며 파도타기호에 있을 때, 화가 난 이등항해사 마카사의 눈빛에 저런 식으로 대응했으면 어떻게 됐을지, 마카사도 자기를 인정해주었을지, 아람은 곰곰이 생각해보았다.

막 해가 질 무렵, 일행은 시냇가 앞에서 잠시 멈췄다. 네 명 모두 잔뜩 말랐던 목을 축였다. 아람과 마카사는 손으로 물을 떠서 마셨고, 쓱싹과 시베트는 네 다리를 딛고 몸을 숙여 혀로 핥아 마셨다. 마카사는 잊지 않고 탈리스의 물통도 가득 채웠다.

시베트가 땅바닥에 편하게 앉았다. 그러고는 허리띠의 작은 주머니에서 멧돼지 육포 한 줄을 꺼내 이빨로 적당히 찢었다. 나머지 일행은 심지어 마카사조차 그 육포가 제단에 바칠 신성한 제수인 양 뚫어지게 바라보았다.

시베트가 피식하고 웃음을 지었다. 그러고는 주머니에서 기다란 육포 한 줄을 더 꺼내 마카사에게 건넸다. 시베트는 마카사가 한 조각을 찢어 아람에게 건네는 모습을 잠자코 지켜보았다. 하지만 마카사가 두 번째 조각을 찢어 쓱싹에게 주자 버럭 소리를 질렀다.

"안 돼! 애송이는 덩굴발 음식 못 먹는다!"

쓱싹이 멈칫했다. 마카사도 멈칫했지만, 곧장 단호하게 말했다.

"쓱싹이 우리를 거친흉터에게 데려가는 중이잖아. 쓱싹이 덩굴발을 위해 거친흉터를 죽일 거야. 그러니 쓱싹은 덩굴발 음식을 먹고 강해져야지."

시베트는 정말 마음에 들지 않았지만, 마카사의 의견을 받아들이며 마지못해 고개를 끄덕였다. 마카사가 육포 한 조각을 내밀자, 쓱싹이 그걸 받아들고는 혹시 마카사나 시베트가 마음을 바꿀까봐 허겁지겁 입안으로 쑤셔 넣었다.

쓱싹은 다시 일행을 이끌고 개울을 따라 바위투성이 비탈로 올라갔다. 아람은 감사한 마음으로 짭짤하고 맛 좋은 육포를 씹으면서 시베트를 다루는 마카사의 솜씨에 경탄했다. 마카사가 놀 꼬마의 마음을 움직이는 방법을 제대로 알고 있다는 생각이 들었다. 시베트는 그야말로 거울에 비친 마카사였으니까.

물론 겉모습은 비슷한 구석이 하나도 없었다. 나이도, 종족도, 신체도 모든 면에서 달랐다. 하지만 아람은 시베트에게서 마카사의 어릴 적 모습이 묻어나온다고 생각했다. 가시덤불 골짜기의 삐쩍 마르고 건방진데다 아무도 못 말리는 소녀를 떠올렸다. 하지만 아람은 귀한 육포 조각을 걸고서라도 장담할 자신이 있었다. 오빠 셋이 마카사에게 올바른 품행을 가르칠 때, 조금도 애먹지 않았으리라는 것을.

쓱싹은 일행을 이끌고 북서쪽으로 향하면서 우묵한 지대로 내려간 다음, 다시 언덕으로 올라갔다. 아람은 지금 정확히 가젯잔의 정반대 방향으로 걷고 있다는 사실을 곧바로 알아챘다. 그리고 골두니 오우거들이 있는 혈투의 전장 방향으로 간다는 점도 어렴풋이 짐작했다. 그렇지만 쓱싹을 돕고 머키를 구해내고 싶은 마음이 더 컸던 터라 반대할 생각은 조금도 없었다. 다만 거친흉터라는 설인 투사가 덩굴발 일족이 생각하는 만큼 정말 위험한 존재라고 가정했을 때, 쓱싹이 그런 존재를 쓰러뜨릴 수 있을지가 걱정이었다. 하지만 마카사가 싸움을 도울 테고 밥상을 다 차려놓을 게 분명했다. 쓱싹은 그저 숟가락만 얹는 격으로 최후의 일격을 날리면 될 터였다.

최후의 일격이라고? 그 생각에 아람은 잠시 주저했다. 목숨을 빼앗는 걸 목표로 해야 할까?

아람은 외눈박이 와이번을 떠올렸다. 아람 자신이나 쓱싹은 처음에, 목숨을 부지하려면 외눈박이 와이번을 처치해야 하는 괴물로밖에 생각하지 않았었다. 하지만 알고 보니 외눈박이는 자신의 새끼들이 오우거에게 잡혀 있었기 때문에 어쩔 수 없이 고르독의 기분을 맞춰줘야 하는 어미였을 뿐이었다. 결국, 새끼들을 구할 방법을 찾아낸 아람은 외눈박이와 한편이 되어 공동의 적에 맞섰다.

그건 쏜 선장이 즐겨하던 수업이었다. 수백 가지 다른 방식으로 여러 차례 배웠지만, 대부분 한 가지로 결론이 났다.

"모든 종족에는 어떤 가치, 어딘가 귀하게 여길 만한 구석이 있는 법이란다."

이는 놀에게도 적용되는 말 아닌가? 처음 놀 일족을 보았을 때, 아람은 그저 괴물에 지나지 않는다고 단정 지었다. 그러나 지금은 가장 친한 친구 중 한 명이 되었다.

아버지의 가르침이 놀과 와이번에게 적용되는 내용이라면, 설인에게 적용되지 말라는 법은 없지 않은가?

아람이 조심스럽게 물었다.

"설인이 적인 건 확실해?"

시베트가 어이없다는 표정을 지었다. 사실, 얼굴만이 아니라 온몸으로 어처구니가 없음을 드러내고는 깩깩거렸다.

"설인은 적이다! 설인은 놀 죽인다. 멍청한 녀석!"

그러고는 걱정스러운 눈빛으로 새로운 영웅인 마카사를 쳐다보고는 아람에게 나쁜 말을 한 게 괜찮은지 눈치를 살폈다.

마카사의 표정이 일그러지고 있었다. 아람이 추측하기에는 속으로 갈등하는 듯했다. 당연히 아람은 '멍청한 녀석'이라고 불려도 아무런 문제가 없을 터였다. 아람이 한 질문은 스스로 생각해도 터무니없었기 때문이었다. 왜냐하면 마카사는 종족과 상관없이 누구든 거의 다 적으로 여기는 사람이었다. 쏜 선장이 누구나 친구가 될 수 있다고 생각하듯이 마카사는 누구나 적이 될 수 있는, 그래서 평등한 존재라고 생각했다. 한편으로는 어이없어하는 표정을 몹시도 싫어했다. 직접 경험한 바에 따르면, 그런 표정을 보면 마카사가 특히 더 짜증을 낸다는 사실을 알고 있었다.

그래서 마카사가 잔뜩 인상을 쓴 채 어떤 대답을 할지 고심하는 동안, 아람은 자신의 의견을 조금 더 밀어붙였다.

"맞아, 설인이 놀을 죽였지. 하지만 놀도 설인을 죽였잖아? 만약 서로 죽이는 일을 그만둔다면……."

"죽이는 일 안 그만둔다."

쓱싹이 무심코 한 발로 귀를 벅벅 긁으며 말했다.

"죽이는 일, 절대 안 그만둔다."

기쁘지도 슬프지도 않은 말투였다. 마치 다 알고 있다는 듯 덤덤히 말했다.

하지만 아람은 상황을 다르게 보았다. 아니, 이제야 다르게 볼 참이었는지도 모른다. 어쨌거나 아버지에게서 배운 내용을 설명했다. 외눈박이 이야기도 끄집어냈다. 아버지가 성난꼬리 부족의 놀여족장을 상대할 때 어땠는지도 자세히 얘기했다.

쓱싹은 끙 하는 소리를 내며 내키지는 않지만, 알았다는 뜻을 내비쳤다. 그러나 시베트는 그런 말을 하다니 믿을 수 없다는 듯 멍하니 아람을 바라보았다.

아람은 뒷주머니에서 스케치북을 꺼내 그 안에 들어 있는 좋은 마법을 시베트에게 보여줬다. 놀 종족 사이의 공통점을 보여주면, 대부분 새로운 관점으로 상황을 보았다. 어쨌든 이전에도 항상 통했던 방법 아닌가! 그런데 마카사가 제동을 걸었다.

"그럼 골두니 오우거에게 있는 '귀하게 여길 만한 구석'은 뭔데?"

그 한마디에 아람은 말문이 막혔다. 머리를 쥐어짜 봤지만, 늘 피에 굶주려 있는 그 어떤 오우거에게서도 귀하게 여길 만한 구석을 떠올릴 수 없었다.

속절없이 입만 벌린 채 마카사를 바라보는 아람의 눈에 놀랍게도 다정하게 내려다보는 마카사가 보였다.

"아람, 네가 모두를 구할 수는 없어. 그리고 누구나 구해줄 만한 가치가 있는 건 아니야."

아람은 동의하는 뜻에서 고개를 끄덕였다가 순순히 인정하는 자신의 모습에 화가 치밀었다. 하지만 마카사의 주장을 반박하고 자신의 견해를 뒷받침할 만한 증거를 찾아내지 못한 터라 그저 마음만 답답할 뿐이었다.

시베트는 자신의 이상대로 밀고 나가려던 아람이 좌절한 채 잔뜩 풀 죽은 그 순간을 놓치지 않고 낄낄 웃어댔다. 그 모습을 본 아람은 이 오만하기 짝이 없는 꼬마 놈을 구해줄 가치가 있는지 잠시 의문을 품었다.

그리고 그 의문은 곧 현실의 문제가 되었다.

쓱싹이 일행을 이끌고 간 곳은 깎아지른 산마루였는데, 주위가 온통 커다란 소나무로 둘러싸인 까닭에 시야가 막혀 있었다. 산마루 측면에 숨겨진 계곡은 작지만 깊었고, 험했지만 우거진 신록이 돋보였다. 몇 천 년 전에 어마어마한 강의 침식 작용으로 이 화강암 지형에 얕은 협곡이 생긴 게 틀림없었다. 얕은 협곡이 깊은 협곡이 되었고, 깊은 협곡이 계곡이 되었다. 이제 강의 흔적으로 남은 건, 저 아래 계곡 바닥에서 이름도 없이 졸졸 흐르는 냇물이 되어 있었다. 아람에게는 이 세계에서 변치 않는 것은 없다는 사실을 다시 한 번 일깨워주는 증거였다. 거대한 바위나 너른 강처럼 영원하리라 여겨지는 것들조차도…… 아버지의 가르침에 대한 아람의 굳은 지조도.

해가 저물었다. '하얀 아가씨'는 아직 떠오르지 않았지만, '푸른 아이'는 어느새 휘영청 나무 위에 걸려 있었다. 아직 분이 다 풀리지 않았음에도 달빛을 받아 푸른빛으로 빛나는 개울을 보고 있자니, 예술가적 기질이 다분한 아람은 자신도 모르게 속삭이듯 중얼거렸다.

"아름답기도 하지……."

쓱싹과 시베트 둘 다 어깨너머로 아람을 돌아봤다. 놀의 두 눈에도 푸른 아이의 푸르스름한 빛이 반사되어 섬뜩하게 보였다. 시베트는 잠시 아람을 빤히 쳐다보더니 경멸감을 잔뜩 드러낸 채 작은 소리로 킹킹 웃어댔다.

그때 쓱싹이 조용히 하라며 속삭였다.

"쉿, 우리 지금 설인 동굴 바로 위에 있다. 거친흉터 동굴 위다."

계곡의 절반을 걸어온 참이었기에 시베트는 쓱싹을 노려보며 으르렁거렸다.

"애송이가 시베트 뱅글뱅글 돌게 한다. 애송이가 거짓말한다. 애송이는 거친흉터 어디 있는지 모른다."

그 '애송이'는 대답할 시간이 없었다. 아니면 그럴 필요가 없었는지도 모른다. 바로 그 순간에, 거대한 털북숭이 손이 하얀 석회질 땅을 뚫고 나오더니 시베트의 다리를 붙잡고 아래로 세차게 잡아당겼다. 시베트는 그대로, 아제로스의 지하 깊숙한 곳으로 비명을 지를 새도 없이 사라져버렸다.

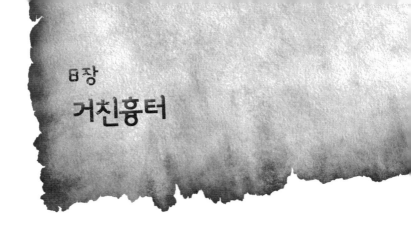

8장
거친흉터

쓱싹은 머리 위로 곤봉을 들어 올리며 외쳤다.

"쓱싹은 시베트 따라간다! 동굴 입구는 아래다! 간다!"

말이 끝나자마자 전투 곤봉으로 땅을 내리쳐 구멍을 자기 어깨 너비만큼 넓혔다. 그러고는 곧장 아래로 뛰어내려 순식간에 사라져버렸다.

멍해진 아람은 그대로 서 있었다. 구멍 아래를 내려다보았지만, 그저 캄캄한 어둠만 있을 뿐이었다. 고개를 돌려 마카사를 보려는데…… 없었다.

"어디 있는 거야?"

"여기야!"

아람은 뒤늦게 산마루 가장자리를 향해 몸을 날리고는 주위를 살펴보았다. 저 아래, 산허리로 사라지는 마카사의 모습이 보였다. 위에서는 동굴 입구가 보이지 않았지만, 그제야 상황 파악이 된 아람은 저 아래쪽에 동굴이 있다는 것을 알았다.

동굴 입구 앞에 있는 바위 턱은 약 3미터 아래에 있었다. 마카사가 어떻게 내려갔는지 도무지 알 수가 없었다. 뛰어내렸으리라 짐작하고 똑같이 해보려 마음먹었지만, 쉽사리 용기가 나지 않았다. 아람은 조심스럽게 산등성이 가장자리에 있는 돌을 붙잡고 몸을 흔들며 착지할 곳을 가늠했다. 최대한 팔을 쭉 뻗은 채로 몸을 늘어뜨린 다음, 바닥까지 1.5미터 정도 남은 상태에서 손을 놓고 입을 떡 벌린 동굴 입구 앞에 웅크린 채 떨어졌다.

무사히 착지한 아람은 자리를 털고 일어나 흰날검을 뽑아 들고 아랫입술을 질끈 깨문 채 동굴 안으로 달려 들어갔다.

동굴에서는 사향 비슷한 냄새가 났다. 푸른 달빛이 틈 사이로 들어와 동굴 천장을 비추며 으스스한 광경을 연출했다. 그리고……
온몸이 털과 근육으로 뒤덮인, 아마도 거친흉터로 보이는 거구의 설인이 육중한 오른손으로 시베트를 움켜쥐고 있었다. 시베트는 아직 의식이 있었지만, 팔 하나 옴짝달싹 못할 만큼 몸 전체가 붙들린 채 온몸이 조여드는 상태였다. 아람은 시베트가 가지고 다니던 작은 손도끼가 동굴 바닥에 떨어져 있는 것을 보았다.

설인의 커다란 머리에는 두 개의 긴 뿔이 가로로 뻗어 있었는데, 쓱싹은 그중 오른쪽 뿔에 한 발로 매달려 있었다. 쓱싹은 나머지 손으로 워르독의 곤봉을 설인에게 던졌다. 날아간 곤봉이 설인의 오른쪽 어깨를 탁 때렸지만, 별 효과는 없었다. 고작 그 정도의 타격으로 손에서 시베트를 떨어뜨릴 리 없었다.

그때 마카사가 한 손에는 검을 쥐고, 다른 한 손에는 사슬을 잡고서 설인 앞에 섰다. 사슬은 옆구리 쪽에 늘어져 있었다. 쇠사슬을 날리지는 않았다. 아니, 그럴 수 없었다. 왜냐하면 거친흉터가 분명한 설인이 시베트를 앞으로 내밀었기 때문이었다. 갑자기 아람의 마음에 궁금증이 일었다.

'혹시 이 멍청한 설인에게 뜻밖의 행운이 따른 걸까? 사실은 시베트를 쓱싹으로부터 멀리 떨어지게 하려고 했을 뿐인데, 어쩌다 보니 마카사의 공격을 막은 셈이 된 걸까? 아니면 설인이 다 알고서 계획적으로 한 행동일까?'

작살이 있었으면 좋았으련만, 하는 마카사의 마음속 소리가 들리는 듯했다. 처음에는 쓱싹의 곤봉이 거친흉터의 두꺼운 털가죽에 부딪치며 탁 하고 튕기는 소리 외에는 아무 소리도 들리지 않았다. 누구도 손끝 하나 움직이지 않았기에 사방이 쥐죽은 듯 고요했다. 거친흉터는 머리를 앞뒤로 흔들면서 쓱싹을 뿔에서 떼어내려고 했지만, 쓱싹은 꼭 달라붙은 채 떨어지지 않았다. 거친흉터는 왼손을 뻗어 쓱싹을 잡으려고 했지만, 쓱싹은 재빨리 다리를 움직여 피했다. 마치 한 편의 무언극을 보는 것 같았다. 시베트는 비명도 지르지 않은 채 가쁜 숨만 몰아쉬고 있었고, 쓱싹과 마카사는 고함 소리 한 번 내지 않았다. 아람은 숨조차 제대로 못 쉴 지경이었다.

그리고 설인인 거친흉터도 포효하거나 큰 소리로 울부짖지 않았다.

놀라운 일이었다. 저 정도 크기의 괴물이라면 동굴의 돌벽이 무너지고도 남을 만큼 크게 울부짖으리라 생각했다. 하지만 아무 소리도 내지 않았다. 쓱싹이 뿔에 매달려 있는 터라 상당히 불편할 텐데도 거친 숨소리조차 내지 않았다. 그리고 저 표정은 무슨 의미일까? 무언가 결심이라도 했다는 뜻일까?

시베트가 들릴 듯 말 듯, 숨이 막혀 괴로워하며 신음했다. 설인은 자신의 손으로 시베트의 자그마한 몸을 우그러뜨리고 있다는 사실을 알아차렸다. 당장이라도 시베트의 조그마한 머리가 터져버릴 것만 같았다.

아람은 마카사에게 다가갔다. 돕고 싶었지만 어떻게 해야 할지 몰랐고 걸림돌이 되고 싶지도 않았다. 둘은 시선을 주고받았다. 마카사에게도 뾰족한 수가 없는 듯 보였다.

하지만 쓱싹에게는 방법이 있는지 설인의 뿔에 매달린 채 말했다.

"마카사, 아래로 간다."

아람은 무슨 말인지 몰랐지만, 마카사는 쓱싹의 말을 곧바로 알아듣고는 쇠사슬을 작게 빙빙 돌리며 뒤로 물러났다. 그러자 시베트를 움켜잡은 거친흉터의 손이 마카사 쪽으로 움직이는 게 똑똑히 보였다. 거친흉터는 시베트를 방패 삼아 자신의 머리를 보호하고 있었다. 하지만 마카사는 설인의 머리를 노리지 않았다. 아무런 경고도 없이, 아래로 몸을 숙인 마카사는 설인의 다리를 향해 쇠사슬을 날렸다. 그러자 나무줄기만큼이나 굵은 설인의 발목에 쇠사슬이 돌돌 감겼다. 사슬이 팽팽해지자 마카사는 설인이 쓰러지도록 있는 힘껏 잡아당겼다. 하지만 거친흉터는 미동도 하지 않았다. 마카사가 고갯짓으로 신호를 보내자, 무슨 뜻인지 알아차린 아람이 달려와 사슬을 당기는 데 힘을 보탰다. 조용했던 동굴 안에 끙끙거리는 소리가 울릴 정도로 마카사와 아람은 젖 먹던 힘까지 다해 사슬을 당겼다.

그럼에도 거친흉터는 꼼짝도 하지 않았다. 번쩍이는 노란색 눈을 가늘게 뜬 채 무시하는 듯한 표정을 지었다. 반응은 그게 다였다. 거친흉터는 시베트를 들어 올려 쩍 벌린 입으로 가져갔다. 아직 머리가 터지지 않았다면 거친흉터가 그대로 씹어 먹으려는 찰나였다. 아니면 그냥 통째로 삼켜버릴지도 몰랐다.

다시 동굴 안에 적막이 감도는 가운데, 마침내 소리가 들려왔다. 동굴 안이 아니라 밖에서였다. 곰이 사냥개들에게 공격받을 때 낼 법한 울부짖음이었다. 잔뜩 성이 났으면서도 애처롭고, 목숨이 위태로운 상황의 절망감이 아람에게까지 전해졌다.

거친흉터는 무언가 다른 소리를 더 들었다. 마카사의 사슬이나 쓱싹의 발버둥을 상대할 마음이 사라진 듯했다. 그러고는 눈앞의 적이 아니라 바깥에서 들려온 소리에 응답하듯 크게 울부짖고는 앞으로 돌진하는 바람에, 마카사와 아람은 양옆으로 몸을 날려 피해야 했다. 거친흉터는 머리를 약간 기울여 쓱싹을 동굴 벽에 세게 내리친 다음 뿔에서 떼어냈다.

마카사는 사슬로 설인을 넘어뜨리려 했지만, 거친흉터가 커다란 발로 사슬의 손잡이 부분을 짓밟는 바람에 손에서 놓치고 말았다. 거친흉터는 발목에 사슬이 감긴 채로 한쪽 손에는 시베트를 움켜쥐고서 동굴 밖으로 나가려고 했다. 그때 쓱싹이 벽을 박차고 달려나와 전투 곤봉으로 거친흉터의 손목을 힘껏 내리쳤다. 고통스러운 비명을 내지를 법했지만 아무 소리도 나지 않았다. 대신 거친흉터는 움켜쥐고 있던 시베트를 손에서 놓았다. 시베트는 그대로 동굴 바닥에 떨어져서는 숨을 몰아쉬더니 작은 도끼를 휙 낚아채듯 들어 올리고는 아람보다도 더 빠르게 자리를 잡고 설인과 싸울 채비를 했다.

하지만 거친흉터는 이미 사라지고 없었다.

넷은 여러 가지 뜻이 담긴 눈빛을 주고받았다. 그러고는 마카사와 쓱싹이 동굴 밖으로 나갔고, 그 뒤를 시베트와 아람이 서둘러 따라갔다. 달려가면서 아람이 시베트에게 물었다.

"너 괜찮아?"

시베트가 알아들을 수 없는 말로 중얼거렸다. 중얼거리기만 해도 몸이 아픈지 움찔거렸다. 그래도 계속 달렸다. 뭐라고 말했는지는 알아듣지 못했지만, '멍청한 녀석'일 가능성이 제일 컸다.

넷은 모두 동굴에서 나왔다. 머리 위에 하얀 아가씨가 푸른 아이 아래로 모습을 드러냈다. 하얀 아가씨의 밝은 빛이 거친흉터가 간 길을 밝혀주었다. 거치적거리는 나무들을 전부 밀쳐내고 뭉개면서 계곡 아래로 간 흔적이 뚜렷했다.

거칠게 숨을 몰아쉬며 시베트가 말했다.

"쓱싹은 거친흉터 죽여야 한다."

"쓱싹도 안다." 쓱싹이 대답했다.

만약 쓱싹이, 시베트가 자신을 이름으로 불렀다는 사실을 알아차렸다면 놀란 나머지 아무 대답도 하지 못했을 것이다.

아람이 마카사를 쳐다봤다. 속이 부글부글 끓는 모양이었다.

"그 짐승 같은 놈이 내 사슬을 가져갔어."

작살을 잃어버렸던 마카사였다. 사슬까지 잃어버릴 생각은 없었다. 마카사는 산마루에서 뛰어내리더니 아래로 미끄러져 내려갔다. 쓱싹이 뒤를 따랐다. 그다음엔 시베트가, 그다음엔 아람이었다.

짐승이라…… 거친흉터는 정말 짐승에 불과할까? 죽이는 것 말고 다른 방도가 있으리라. 아람은 그렇게 생각했지만 마카사와 오우거에 관해 토론한 후에는 그런 생각을 억눌러버렸다. 하지만 다시금 자신의 생각이 옳다는 확신이 들기 시작했다. 거친흉터는 아무 생각이 없는 짐승이 아니었다. 전략을 사용했다. 결심과 경멸을 표현하고 인내심까지 발휘했다. 무턱대고 아람 일행을 먼저 죽이려 들지도 않았다. 거친흉터는 도망친 게 아니었다. 달려 나갔을 뿐이었다. 무언가를 향해서. 아마도 다른 설인이 부른 듯했다. 인간 둘과 놀 둘로 구성된 4인조가 급격한 경사로에서 밀고 당기고 넘어지는 동안, 아람은 문득 이 굶주린 4인조가 방향을 잘못 짚어도 한참 잘못 짚었다는 확신이 강하게 들었다.

거친흉터가 간 길은 따라가는 게 쉽지 않았다. 설인의 모습은 놓쳤지만, 뭉개고 지나간 흔적은 있었다. 곧장 계곡으로 내려가는 경로였다. 그 어떤 것도 설인을 막을 수 없었다. 4인조도, 커다란 나무도, 이름 없는 개울도. 거친흉터는 깊은 협곡의 끝, 경사로를 따라 언덕을 오르기 시작하면서부터는 거대한 바윗덩이마저 옆으로 밀어버렸다. 4인조는 할 수 있는 한 빠르게 흔적을 따라갔다. 심지어 거친흉터가 가는 길에 있었다는 이유로 뿌리까지 뽑혀 쓰러진 떡갈나무 옆에서 버려진 사슬을 발견했을 때에도 마카사는 멈추지 않았다.

음울한 미소를 머금은 마카사는 사슬을 집어 들더니 멈추지 않은 채 계속 나아가며 말했다.

"설인이 굉장히 급한 모양이야."

몇 분 후 마카사, 쓱싹, 시베트, 아람은 또 다른 동굴 입구 앞에 다다랐다. 거친흉터의 발자국이 동굴 안으로 나 있었다.

"안에 설인들 많을지도 모른다."

쓱싹이 말하자 시베트가 대답했다.

"그럴지도 모른다. 하지만 거친흉터가 안에 있는 건 확실하다."

쓱싹이 고개를 끄덕이고는 발걸음을 옮겼고, 시베트가 그 뒤를 따랐다. 그다음은 마카사였고 이번에도 아람이 제일 뒤였다.

통로 끝에서 희미한 빛이 보였다. 차가운 푸른색과 은색이 섞인 빛이었다. 동굴을 통과하는 데는 시간이 좀 걸렸다. 6미터 정도마다 갈림길이 나왔기에, 그때마다 발걸음을 멈춰야 했다. 하지만 거친흉터의 커다란 발자국은 흙 위에 찍힌 지 얼마 되지 않은 터라 힘들이지 않고 따라갈 수 있었다.

마카사가 입을 열었다.

"우리를 함정으로 유인하는 것일 수도 있어."

"설인이 우리를 그렇게까지 위협적으로 여긴다고는 생각하지 않아. 지금 이러는 건 다른 이유 때문이야."

아람의 말이 끝나기 무섭게 마카사가 아람을 노려봤다. 저렇게 거대한 짐승이 하는 생각을 어떻게 확신할 수 있냐고 따져 묻는 듯했다. 하지만 흐릿한 빛 아래에서도 아람의 얼굴에 드러난 확신에 찬 표정을 보고는 더는 아무 말도 하지 않았다. 마카사가 본능적으로 잘 아는 부분이 있고, 아람이 본능적으로 잘 아는 부분이 있었다. 그리고 둘은 그동안 서로의 직감을 존중하는 법을 배웠다. 적어도 어느 정도까지는 그랬다.

드디어 동굴의 긴 통로가 끝나고 산마루 반대편의 얕은 계곡으로 나왔다. 아람은 곧바로 여기가 설인들이 숨어 사는 곳, 즉 은신처임을 직감했다. 하지만 그건 본능이나 직감이 없어도 뻔히 알 만한 사실이었다. 왜냐하면 100미터 정도 아래, 오우거와 설인의 시체로 뒤덮인 살육의 현장 한가운데에 골두니 오우거의 습격 부대가 버티고 있었기 때문이었다. 오우거의 지휘관은 워르독만큼 덩치가 컸는데, 살아남은 설인들에게 사슬을 채웠다. 남녀노소를 가리지 않고 심지어 아람보다 작은 아이까지 포함된 거친흉터 일족 스물네댓 명은 이제 노예로 끌려가 현 고르독의 투기장에서 죽을 때까지 싸우는 신세가 될 판이었다.

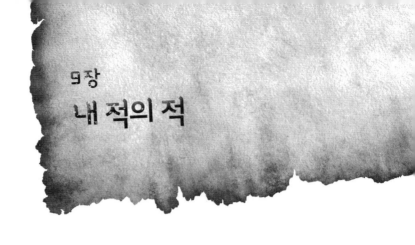

9장
내 적의 적

고르독 노예 찾으라고 워르독 서쪽으로 보낸다. 마르주크 동쪽으로 보낸다. 고르독 마르주크에게 말한다.

"새 노예 없이는 돌아오지 마라."

노예는 멍청하다고 마르주크 생각한다. 아무것도 안 한다. 물론, 투기장에서 싸운다. 하지만 노예 재미없게 싸운다. 고르독이 노예 싸움으로 멍청한 오우거들을 계속 즐겁게 해준다고 마르주크 생각한다. 멍청하고 즐거운 오우거들 고르독에게 도전하지 않는다. 마르주크가 고르독에게 도전한다고 마르주크 생각한다. 마르주크 새로운 고르독 된다. 곧. 하지만 아직 아니다. 고르독 아직 강하다.

그래서 마르주크 동쪽으로 간다. 마르주크 새 노예 찾는다. 놀 찾는다. 설인 찾는다. 전에 놀 찾았다. 전에 설인 찾았다. 타우렌까지 찾았다.

이번엔 마르주크 놀 못 찾았다. 설인 못 찾았다. 타우렌 못 찾았다. 마르주크 멀록까지 못 찾았다. 하지만 마르주크 새 노예 없이 혈투의 전장으로 돌아가지 않는다. 그래서 마르주크 계속 찾는다.

마침내 마르주크 설인 찾는다. 설인 하나다. 작은 설인이다. 마르주크 작은 설인 잡을 수 있다. 하지만 마르주크 설인 안 잡는다. 마르주크 설인 따라간다. 설인 많이 발견한다. 마르주크한테 마르주크 명령 따르는 오우거 스물 있다. 마르주크 공격하라고 명령한다.

설인 노예 되고 싶지 않다. 설인 싸운다. 오우거 싸운다. 마르주크 싸운다. 마르주크 설인 둘 죽인다. 마르주크 기쁘지 않다. 죽은 설인 투기장에서 못 싸운다. 오우거 몇 명 죽었다. 많이는 아니다. 몇 명이다. 그건 괜찮다. 마르주크 새 노예 데리고 돌아가야 한다. 마르주크의 오우거 전부 데리고 돌아갈 필요 없다. 혈투의 전장에 오우거 많다.

설인 너무 많이 죽는다. 하지만 마르주크 살아 있는 설인들에게 사슬 채운다. 설인 투기장에서 좋은 노예다. 아주 재미없게 싸우지 않는다. 고르독 기뻐한다. 마르주크 기쁘다.

그때 거친흉터 왔다. 그다음 인간 소년 왔다. 그다음 놀 왔다. 그다음 인간 여자 왔다. 꼬마 놀도 왔다.

거친흉터는 다른 이들과 잘 어울리지 않았지만, 자기 부족을 사랑했다. 그러나 계곡의 은신처는 작았다. 그리고 거친흉터는 컸다. 자기 몸을 자유롭게 가눌 자리가 필요했다. 자기 마음을 가눌 자리가 필요했다. 해야 할 일을 생각해야 했기 때문이다.

은신처 밖에 자신만의 동굴을 마련했다. 그래도 은신처와 가까운 곳이었다. 부족원이 큰 소리로 부르면 그 소리가 들릴 정도로 가까웠다. 하지만 할 일을 생각할 수 있을 정도로 떨어진 거리였다.

거친흉터는 설인의 땅이 그리웠다. 버리고 떠난 땅이 그립지는 않았다. 그 땅은 죽어버렸다. 오우거들이 나무를 전부 베어버리고 모든 사냥감을 쫓아내고, 설인을 죽이거나 어딘가로 데려가기 전의 땅이 그리웠다.

이전의 땅은 비옥하고 광활했다. 설인이 자유롭게 몸을 가눌 수 있는 땅이었다. 그 땅에서 거친흉터는 몸을 자유롭게 가눌 수 있었다. 근처에 놀이 있었지만, 놀과 설인이 공존하며 살기에 충분했다. 놀이 지나치게 가까이 다가올 때는 해치워버리면 그만이었다.

하지만 그건 오래전 일이었다.

오우거들이 땅을 파괴하고, 나무를 파괴하고, 사냥감을 파괴하자, 거친흉터는 설인들이 이동해야 한다는 것을 알았다. 설인들은 놀 땅을 지나면서 몇몇을 죽여야 했다. 그들은 계속 이동했다. 그리고 은신처를 찾았다.

설인 부족이 모두 머물기엔 은신처가 턱없이 좁았지만, 안전했고 오우거나 놀에게 들키지 않을 만한 곳이었다. 그러나 설인은 몸을 자유롭게 가늘 수 있어야 했다. 항상 은신처 안에서만 머무는 것도 아니었고, 그럴 수도 없었다. 설인들은 돌아다녔다. 하지만 돌아다니면 흔적을 남길 수 있다는 걸 거친흉터는 알았다. 이건 큰 문제였다. 이 점이 바로 거친흉터가 자신의 동굴에서 고민하는 문제였다.

고민하는 동안에도, 거친흉터는 부족의 외침을 잘 들으려고 항상 귀를 기울이고 있었다.

그런데 동굴 위에서 발소리가 들렸다. 목소리도 들렸다. 말하는 소리가 들려왔다. 놀의 소리였다. 머리 바로 위에서 놈들의 소리가 들렸다. 거친흉터는 생각했다.

'이 놈들은 은신처를 찾지 못했다. 하지만 너무 가까이 왔다. 이 놈들은 죽어야 한다.'

거친흉터는 동굴 천장을 주먹으로 쳐서 구멍을 낸 다음, 가장 가까이에서 가장 시끄럽게 떠들던 놀을 붙잡았다. 그리고 아래로 끌어내렸다. 막상 보니 그저 꼬마 놀일 뿐이었다. 한 입 거리도 되지 않았다. 죽일 가치도 없었다. 그런데 다른 놀 한 마리가 천장에 난 구멍으로 뛰어내렸다. 이 놀 역시 그저 덜 자란 어린 놀에 지나지 않았다. 두 번째 놀은 거친흉터의 뿔에 매달렸지만, 있는지 없는지조차 모를 지경이었다. 그때 또 다른 놀 두 마리가 동굴 안으로 달려 들어왔다. 둘은 이상하게 생겼다. 비쩍 마른 놀이었다. 털도 없었다. 여자와 남자 꼬마였다. 여자는 쇠사슬을 들었다. 그 사슬을 거친흉터의 머리를 향해 빙빙 돌리기 시작했다. 하지만 거친흉터가 가장 작은 꼬마 놀을 앞으로 내밀자 이상하게 생긴 여자 놀은 사슬 돌리기를 멈췄다. 그러고는 사슬을 떨어뜨렸다. 그 여자 놀은 어떻게 해야 할지 모르는 것 같았다. 거친흉터는 여자 놀이 똑똑하지는 않다고 생각했다. 어쩌면 이상하게 생긴 놀 둘 다 아주 멍청한지도 몰랐다. 털도 없이 이상하게 생긴 두 놀은 어쩌면 작은 오우거인지도 몰랐다. 아주 작은 오우거 둘이 사슬을 던져서 거친흉터를 넘어뜨릴 수 있다고 생각했는지도 모른다.

하지만 아니었다. 둘은 오우거가 아니었다. 오우거와 놀이 단결하여 싸울 리가 없었다. 어쩌면 못생긴 엘프인지도 몰랐다. 거친흉터는 멸시하는 눈빛으로 둘을 쳐다봤다. 못생긴 엘프 주제에 멍청하기까지 하다니.

그때 부족원의 외침이 들려왔다. 은신처가 공격받고 있었다. 오우거들, 진짜 오우거들이 설인을 공격하고 있었다. 거친흉터는 놀과 못생긴 엘프와 놀아주고 있는 중이었다. 하지만 지금은 놀아줄 시간이 없었다. 뿔에 붙어 있던 놀 하나를 떼어내고는 동굴 밖으로 나가려고 했다. 한 손에 꼬마 놀을 쥐고 있다는 것도 잊었다. 그때 뿔에서 떨어진 놀이 달려들어 거친흉터의 손목을 곤봉으로 내리쳤다. 약간 따끔했다. 거친흉터는 움켜쥐고 있던 꼬마 놀을 떨어뜨렸다. 그럴 것까진 없었지만, 거추장스러운 건 필요 없었다. 특히 부족원들의 은신처로 서둘러 돌아갈 때는 더더욱 그랬다.

거친흉터는 한순간도 낭비하지 않았다. 계곡으로 내려갔다가 곧장 올라갔다. 앞에 있는 건 나무든 바위든 뭐든 치워버렸다. 거친흉터는 컸다. 나무를 치워버리는 일쯤이야 간단했다. 발목에 감겨 있던 사슬도 까맣게 잊고 있다가 땅에 떨어졌을 때 알아차렸다. 그래도 돌아볼 생각 따위는 없었다.

긴 동굴까지 왔다. 멈추지 않았다. 길은 잘 알고 있었다. 동굴을 가로질러 반대편으로 나왔다. 그제야 거친흉터가 잠시 멈춰 섰다.

생각보다 훨씬 심각했다. 예상했던 것보다 훨씬 심각했다. 오우거들이 은신처를 발견했다. 설인들은 이미 많이 죽어 있었다. 심장 자매가 죽었다. 힘줄 형제가 죽었다. 강한 전사들과 현명한 장로들이 죽었다. 어린 설인들도 죽었다.

오우거도 많이 죽었지만, 죽은 설인에 비하면 별것 아니었다. 오우거는 살아 있는 설인 부족민에게 사슬을 채웠다.

거친흉터는 비탈길을 달려 내려가며 포효했다. 속도를 줄이거나 멈추지도 않은 채 그대로 달려가 가장 가까이에 있던 오우거의 목을 잡아 뽑았다. 뿔로 오우거 둘을 들이받았다. 다른 오우거들은 마구잡이로 거칠게 헤치며 나아갔다. 사지를 뜯어버렸다. 물고 때렸다. 하지만 몇몇 오우거는 컸다. 거친흉터만 한 크기였다. 무기를 들었다. 망치였다. 창이었다. 놈들이 거친흉터를 망치로 쳤다. 창으로 사정없이 찔렀다. 거친흉터는 자신이 결코 잡혀가지 않으리라는 걸 알았다. 하지만 지금 죽으리라는 것도 알았다. 거친흉터는 죽을 때까지 싸울 생각이었다. 그리고 그 후에는 설인의 저세상 땅에서 여유롭게 몸을 가눌 터였다. 이제 저세상 땅에 갈 준비가 되었다.

그때 못생긴 엘프 소년이 왔다. 덜 자란 놈이 왔다. 못생긴 엘프 여자가 사슬을 휘감아 쥐고 왔다. 조그만 꼬마 놈까지 왔다…….

* * *

"쓱싹은 쓱싹을 위해 할 일이 있다."

시베트의 말에 쓱싹이 눈살을 찌푸리면서도 고개를 끄덕이며 대꾸했다.

"쓱싹은 영원히 애송이다."

미래의 작은 여족장 시베트는 쓱싹의 대꾸에 약간 당황한 듯했다. 쓱싹에 대한 생각이나 평가가 급격하게 변한 게 분명했다.

거친흉터는 오우거들을 닥치는 대로 공격하며 이미 큰 피해를 주었다. 그러나 오우거들의 숫자가 너무 많았다. 너무 많기도 하거니와 아주 무시무시한 지휘관이 오우거들을 이끌고 있었다. 그럼에도 죽음을 무릅쓰고 싸우는 거친흉터의 모습을 보니, 항복은 절대 하지 않을 것 같았다. 죽을 때 죽더라도 오우거 절반은 저세상으로 보낼 태세였지만, 위대한 설인은 죽음을 피하지 못할 게 분명했다. 마카사 입장에서는 어떻게 되는 상관없지만, 거친흉터는 쓱싹의 손에 죽어야 했다. 그렇지 않으면 머키를 되찾는 일이 복잡해지기 때문이었다.

그 순간 아람이 언덕 아래로 달려가기 시작했다. 마카사가 붙잡으려 했지만 손이 닿지 않았다. 사슬을 던진다면 잡아챌 수도 있는 거리라 그럴까도 싶었지만, 그렇게 잡아봤자 무의미할 터였다. 결국 잠시 후에는 마카사와 쓱싹도 싸움에 뛰어들었다. 시베트까지도.

시베트가 속으로 생각했다.

멍청한 녀석은 멍청하다.

쓱싹은 용감하지만, 쓱싹은 멍청한 녀석 따른다. 그러니 쓱싹도 멍청하다.

마카사는 용감하지만, 멍청한 녀석과 쓱싹과 같이 싸운다. 어쩌면 마카사도 멍청하다.

시베트도 같이 싸운다.

지금은 시베트도 멍청하다.

그대로 달려 나간 아람은 사실 마음보다 몸이 먼저 반응했다. 창을 든 오우거 하나가 거친흉터의 등을 겨누고 있었다. 아람은 달려가 그 오우거의 팔을 향해 칼을 휘둘렀다.

깊이 베지는 못했지만, 그 공격 때문에 황갈색 피부에 입이 벌어질 정도로 큰 엄니가 있는 오우거가 자신을 방해하는 게 뭔지 확인하려고 몸을 돌렸다. 오우거는 자그마한 소년을 발견하고는 눈이 휘둥그레졌다. 어쩔 수 없다는 듯이 어깨를 으쓱하고는 다시 창을 들었다. 이번엔 아람을 찌르겠다는 심산이었다.

아람의 머리 위로 무언가 날아가는 것이 힐끗 보였다. 쓱싹이었다. 경사로에서 위로 뛰어오른 것이다. 쓱싹은 워르독의 곤봉에 몸무게를 전부 싣고서 있는 힘껏 내리쳐 황갈색 오우거의 머리를 박살 냈다. 아람은 자기도 모르게 움찔했다. 그러고는 한 발짝 뒤로 물러나, 쓱싹이 오우거의 어깨에서 균형을 잡으며 애도라도 하듯 깍깍거리고는 곧장 다른 골두니 오우거를 향해 덤벼드는 모습을 지켜보았다.

황갈색 오우거가 땅에 쿵 쓰러졌고, 아람은 뒤늦게 자기가 멍청이처럼 넋 놓고 서 있기만 했다는 사실을 깨달았다. 까딱했으면 그대로 창에 꿰뚫릴 상황이었다. 마카사가 재빨리 아람을 확 잡아당겨 간신히 창을 피할 수 있었다.

"바깥쪽에 가만히 있어!"

마카사가 소리쳤다. 자신을 뒤따르라는 말은 결코 아니었지만, 아람은 어느새 흰날검을 뽑아 들고 있었다. 마카사는 크게 원을 그리며 쇠사슬을 빙빙 돌리기 시작했다. 위험하긴 했지만, 아람은 전세가 바뀌고 있다고 확신했다.

마카사는 아람에게 몹시 화가 났다. 하지만 꾸지람은 나중으로 미뤄야 했다. 마카사는 빠르게 상황을 파악했다. 이미 계곡 바닥에 뻗어버린 오우거 숫자로 보건대, 예비로 남겨둔 오우거 전사가 없으리라는 판단이 섰다. 약 스무 명 정도로 구성된 부대였을 것이다. 처음 전투를 치르고 거친흉터와 싸우느라 오우거 열두어 명이 죽었다. 쓱싹이 방금 하나를 죽였다. 그러니까 남은 건…… 다섯, 여섯, 일곱이었다. 엄청나게 큰 오우거 지휘관을 포함하여 덩치가 큰 일곱이 남았지만, 그래 봤자 일곱이었다. 당연히 스무 명보다는 일곱 명이 훨씬 나았다.

마카사가 사슬을 던졌다. 가장 가까이 있던 오우거의 거대한 이두박근에 쇠사슬이 칭칭 감겼다. 마카사가 힘껏 당기자, 거친흉터와는 달리 휘청거리다 쓰러졌다. 쓰러진 오우거를 향해 마카사는 곧장 칼을 휘둘렀다. 이제 여섯이 남았다.

마카사의 검과 다른 검이 맞부딪쳤다. 정확히 말하면, 마카사의 검과 오우거의 도끼가 맞부딪쳤다. 오우거는 크고 강했지만, 느렸다. 마카사는 그대로 오우거를 베어버렸다. 이제 다섯이 남았다.

아람 일행이 전투에 참여했다는 사실을 오우거들도 눈치챘다. 두 명이 거친흉터를 뒤로하고 돌아섰다. 그것은 돌이킬 수 없는 실수였다. 기회가 있을 때 거친흉터를 끝장냈어야 했다. 거친흉터는 날카로운 발톱으로 돌아선 오우거의 등을 깊숙이 찔렀다. 이제 넷 남았다.

마카사가 곁눈으로 힐끗 보니 광분한 쓱싹이 그중에서 가장 큰 오우거 지휘관을 지목하는 게 보였다. 골두니 부족의 왕이었던 전 고르독만큼 큰 놈이었다. 이 오우거는 자그마한 몸집에 커다란 곤봉을 든 놀의 모습이 어이가 없다는 듯 쳐다봤다. 그때 시베트가 조그마한 양날 도끼를 휘두르며 달려와 쓱싹과 합류하자 크게 웃음을 터뜨렸다. 오우거 지휘관은 아주 큰 양날 도끼를 들었는데, 제대로 휘두르기만 하면 놀 둘의 머리쯤은 한 방에 날려 보내고도 남을 정도였다. 그러나 이렇게 작은 적과 싸우는 데는 익숙하지 않은 모양이었다. 쓱싹은 몸을 굽혀 오우거 지휘관이 휘두르는 도끼를 쉽게 피했고, 시베트는 몸을 굽힐 필요도 없었다. 오우거의 쭉 뻗은 팔 밑으로 피한 쓱싹은 곤봉으로 지휘관의 발을 있는 힘껏 내리찍었다. 오우거가 울부짖으며 쓱싹과 전투 곤봉을 노려보고는 외쳤다.

"그거 워르독 곤봉이다! 작은 놀이 어디에서 워르독 곤봉 얻었느냐?"

쓱싹이 큰 소리로 맞받아쳤다.

"쓱싹이 워르독 시체에서 곤봉 차지했다! 쓱싹이 마르주크 끝장내면, 마르주크 도끼도 차지한다!"

지휘관 마르주크는 포효하며 머리 위로 도끼를 들어 올리고는 빠른 속도로 힘껏 내리쳤다. 쓱싹과 시베트는 재빨리 다른 쪽으로 몸을 피했다.

마카사는 자신이 도와줘야 한다는 사실을 알았다. 하지만 2.4미터짜리와 3미터짜리 오우거 둘을 상대해야 했고 쓸모없는 아람은 계속 지켜만 보고 있었다.

사실 아람은 마카사의 명령에 따라 바깥쪽으로 피하긴 했지만, 가만히 있지 않았다. 다시 거친흉터를 도우러 달려 나갔고 뒤에서 거친흉터를 공격하려던 오우거를 베었다. 하지만 이번에도 상대를 살짝 긁었을 뿐이었고, 긁힌 오우거는 휙 돌아서서 아람의 흰날검을 손으로 쳐냈다. 다행스럽게도 아람이 그렇게 오우거의 시선을 분산시키는 동안 거친흉터가 뒤에서 오우거의 목을 꺾었다. 이제 셋 남았다.

마카사는 아람과 거친흉터가 서로 의미 있는 눈빛을 주고받는 모습을 본 것 같았다.

'저 짐승이 지금 아람에게 고맙다는 뜻으로 고개를 끄덕인 거야? 설마! 말도 안 돼!'

검을 놓쳤으니 아람은 바깥쪽으로 다시 물러나 흰날검을 되찾아야 할 상황이었다.

순간 마카사는 오우거 셋 중 하나의 행방을 놓쳤다. 마카사는 지금 사슬로 측면을 방어하면서 오우거 둘을 가까이 오지 못하게 막고 있었다. 마카사는 옛날 방식이긴 하지만 잘 먹히는 속임수를 쓰기로 했다. 3미터가 넘는 여자 오우거에게서 등을 돌리고는 앞에 있는 2.4미터의 남자 오우거를 향해 휙휙 돌리던 사슬을 기울였다. 그러자 여자 오우거가 몸을 숙이고 사슬 밑으로 마카사를 치려고 했다. 그 순간 마카사는 돌리던 사슬의 각도를 재빨리 꺾어 여자 오우거를 향해 날려 보냈다. 쇠사슬은 여자 오우거의 턱에 정통으로 맞았고 그 충격으로 마카사도 비틀거렸다. 남자 오우거가 마카사에게 덤벼들었지만 거친흉터가 달려들어 땅에 넘어뜨리고는 발톱으로 숨통을 끊었다. 이제 둘 남았다.

마카사는 3미터짜리 여자 오우거를 향해 돌아섰다. 그러고는 턱을 맞은 충격에서 아직 벗어나지 못한 여자 오우거의 심장에 그대로 검을 꽂아 넣었다. 이제 하나 남았다.

그 남은 '하나'는 오우거 지휘관인 마르주크였다. 마르주크는 어린 놈들 둘을 끝장내려 했지만 실패했고, 어린 놈들도 마르주크를 해치우려 했지만 성공하지 못했다. 차이가 있다면, 거친흉터와 마카사가 이제 어린 놈들을 도우러 갈 수 있다는 점이었다. 마르주크는 세 방향에서 포위되었다. 조금 전까지 호탕하게 웃던 웃음은 이미 사라지고 없었다. 마르주크는 도끼를 크게 휘둘렀는데, 누군가를 죽이려는 행동이라기보다 오우거 머리로 작전을 짜내는 동안 시간을 벌 목적에서 한 행동이었다. 거친흉터는 그런 시간을 줄 생각이 없었다. 그래서 도끼가 스치고 지나가자마자 마르주크를 향해 가까이 다가갔다.

그때 느닷없이 쓱싹이 소리를 질렀다.

"안 돼! 거친흉터는 마르주크 안 죽인다! 마르주크는 갉작이 죽였다! 쓱싹 엄마 죽었다! 쓱싹이 마르주크 죽인다!"

그러자 거친흉터가 뒤로 물러섰다. 마카사는 설인이 얼마만큼

이해했는지 궁금하기보다는 지금 이 순간, 작살이 없다는 게 새삼 아쉬웠다. 쓱싹의 요청 따위는 무시하고 상황이 더 나빠지기 전에 거리를 둔 상태에서 마르주크를 해치워버리고 싶었다.

그렇지만 이런 상황에 어느 정도는 대비하고 있었다. 원래 마카사는 쓱싹이 거친흉터를 처치할 수 있도록 도울 계획을 세워두었다. 그 계획은 저 오우거 지휘관에게 더 잘 먹힐 듯싶었다. 다시 한번 마르주크가 도끼를 휘둘렀을 때, 마카사는 사슬을 날려 보냈다. 쇠사슬이 마르주크의 팔에 빙빙 감겼다. 마카사가 있는 힘껏 사슬을 잡아당기자 괴성을 지르던 마르주크는 중심을 잃고 비틀거렸다. 그 순간 쓱싹이 곤봉으로 마르주크의 무릎을 내리찍었고, 마르주크의 무릎이 꺾였다. 무시무시할 정도로 커다란 오우거 지휘관은 그대로 풀썩 주저앉았다. 쓱싹이 곤봉을 위로 휘두르자 마르주크의 턱이 박살 났다. 거친흉터가 발톱으로 마르주크의 등을 찢었다. 마르주크가 또다시 괴성을 질렀다. 이번에는 고통에 찬 괴성이었다. 시베트가 작은 손도끼를 휘두르며 달려들었다. 마르주크는 손으로 얼굴을 가렸지만, 굵은 손가락 몇 개가 없어져버렸다.

*　　*　　*

아람은 10미터 정도를 빠르게 움직여 흰날검을 되찾았다. 오우거가 쉽게, 너무나도 쉽게 아람의 손에서 검을 쳐냈다. 처음 있는 일도 아니었다. 당황스러웠지만 아람은 흰날검 탓을 했다.

'진짜 내 검이 아니라서 그래.'

그 검은 아람의 아버지 쏜 선장을 말루스에게 팔아넘긴 콥 영감의 것이었다. 쏜 선장의 배에서 전투가 벌어졌을 때, 콥 영감은 아람을 구석에 몰아넣고 찌를 참이었다. 그때 파도타기호의 돛대가 쓰러지면서 오히려 콥 영감이 뭉개져버렸다. 그 전투에서 흰날검 두 자루를 잃어버렸던 아람은 어쩔 수 없이 쓰러진 콥 영감에게서 검 하나를 빼내 써야 했는데, 그게 바로 지금 가지고 다니는 검이었다. 하지만 어떤 미신 때문인지, 아람은 그 검을 신뢰하지 않았다. 아직도 콥에게 충성하는 검이 일부러 자기 손에서 미끄러졌으며 아람이 죽는 모습을 보고 싶다던 콥의 마지막 소원을 들어주려 한다고 생각했다.

그렇지만 유일하게 갖고 있는 무기인 터라 되찾으러 달려갔던 것이다. 돌아왔을 때는 이미 다른 이들이 마르주크와 싸우고 있었다. 유리해 보이는 뒤쪽부터 마카사의 왼쪽까지 살펴보며, 아람은 얼굴을 찡그렸다. 오우거에게는, 그것도 쓱싹의 어머니를 죽인 오우거에게는 특히나 아무런 동정심도 들지 않았다. 하지만 마음속으로는 공정하지 않은 싸움이라고 생각했다. 넷이 하나를 상대하는 것도 모자라 그중 하나는 설인 중에 가장 으뜸인 투사 설인이었고, 다른 하나는 마카사였으며, 복수심에 불타는 쓱싹까지 있었다. 마르주크라는 이 오우거 지휘관이 조금 안됐다는 생각도 들었다.

아주 조금, 거의 없을 정도로 조금이었지만 말이다. 그런데도 아람은 끼어들어 무언가를 말할 생각이었다. 아람이 무슨 말을 할지, 싸움을 어떻게 중지시킬지 고심하는 동안 마르주크가 좌우로 고개를 돌리며 자신의 목숨을 끝장내려고 하는 각기 다른 종족의 기묘한 조합을 둘러봤다. 그러고는 쓱싹을 응시하며 한마디를 내뱉었다.

"갑작이 죽이기 쉬웠다."

쓱싹이 온 힘을 다해 곤봉을 내리쳤고, 그렇게 끝이 났다. 지휘관 마르주크의 생명은 그렇게 끝났다. 아람은 결국 할 말을 찾지 못했다.

잠시 정적이 흘렀다. 마카사가 다가가 죽은 오우거의 팔에서 자신의 사슬을 풀어냈다.

거친흉터는 자기 동족들에게 다가가 묶여 있는 쇠사슬을 풀어주었다.

그때 쓱싹이 그 자리에서 소리쳤다.

"거친흉터!"

모두가 돌아보았다. 이제 쓱싹의 손에는 마르주크의 도끼가 들려 있었다. 쓱싹이 공격적인 눈빛으로 바라보자, 거친흉터는 짜증이 난 듯 툴툴거리며 몸을 곧게 펴고서 쓱싹을 똑바로 바라봤다.

시베트는 흥분한 채 쓱싹이 자신의 이름을 완전히 되찾을 수 있을지 지켜보았다. '애송이'를 업신여길 때도 이와 비슷하게 흥분하긴 했지만, 지금은 오히려 잠자코 응원하는 편을 택한 모양이었다.

마지막 결판을 제대로 마무리 지을 수 있도록 마카사 또한 뒤로 물러났다.

하지만 아람에게는 다른 생각이 있었다. 그리고 이번에는 해야 할 말이 준비되어 있었다.

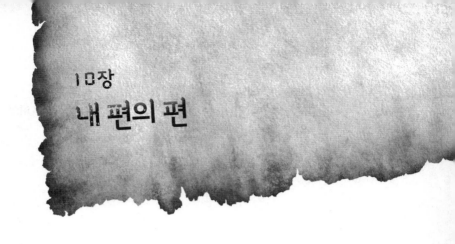

10장
내 편의 편

"뚬느."

"톱니."

"아니다. 톱─니."

"뚬─누. 뚬누."

톱니가 벌컥 성낸다.

"그 정도면 비슷하다."

하지만 조금도 비슷하지 않다. 하룻낮과 하룻밤이 지났을 뿐이다. 톱니는 작은 멀록 인질 밉다. 멀록은 밤이나 낮이나 온종일 조잘거리고 촐랑대면서 덩굴밭 마을 어디든 톱니 졸졸 따라다닌다. 아침 되면 톱니가 장작더미 가져온다. 멀록이 장작더미 위에 앉아 조잘거린다. 톱니가 장작으로 난롯불 지핀다. 멀록이 난롯가에서 조잘거린다. 톱니가 강에서 물 길어온다. 멀록은 강가에서 잠잔다. 멀록은 헤엄도 치지 않는다! 하지만 자면서는 조잘대지 않는다. 톱니가 오두막에서 낮잠 잔다. 오두막 지붕에서 춤추며 조잘거리는 멀록 보인다!

톱니가 멀록에게 고함친다. 멀록이 아래로 내려온다. 톱니가 멀록 잡아 멀록 단단히 묶는다. 멀록이 밧줄 본다. 멍청한 멀록은 기쁘다. 멀록 말한다.

"머키 플루르를록 아옳옳옳옳!"

멍청한 멀록 또 춤춘다. 톱니에게서 밧줄 받는다. 멀록은 밧줄 묶기 시작한다. 멍청한 멀록이 밧줄 엉망진창 만든다.

카리온 말한다.

"멀록은 그물 원한다. 그물 만든다. 멀록에게 고기 그물 중요하다."

멀록 말한다.

"아옳, 아옳. 머키 플룰루르록 아옳옳옳옳! 머어어얼록 플룰루르 아옳옳옳옳!"

두 손 두 발 다 든 톱니 말한다.

"멀록에게 밧줄 준다. 멀록이 그물 만들게 한다. 하지만 멀록이 톱니에게 못 오게 한다!"

톱니는 오두막 안으로 들어간다. 톱니가 낮잠 자려고 눕는다. 톱니는 낮잠 못 잔다. 톱니는 잠 못 잔다. 톱니는 오두막 밖에서 멀록이 카리온과 조잘대는 소리 듣는다.

"쿠룬."

"카리온."

"쿠론."

"아니다. 카—리—온."

"쿠—리이—운. 쿠리이운."

"그 정도면 비슷하다."

오두막 안에서 톱니 으르렁거린다.

멀록은 인질이다. 시베트와 멀록 맞바꿔야 한다는 걸 톱니 안다. 톱니는 멀록 인질 풀어줘야 한다고 생각한다. 그렇지 않으면 톱니는 멀록 인질 죽인다. 멀록 인질 죽이면 시베트 위험하다. 하지만 멀록은 그물만 만들지 않는다. 멀록은 톱니를 화난 놀 만든다.

톱니는 낮잠 못 잔다. 톱니는 밖으로 나간다. 멀록 죽일 것 같다.

"뚬누!"

멀록이 톱니 보며 외친다. 멍청한 멀록은 톱니 보면 기뻐한다.

톱니가 도끼 집어 들고 멀록에게 살금살금 다가간다. 바로 그때 시베트가 숲에서 뛰어나온다.

'이 일을 해낸다면, 지금까지의 마법 중 가장 좋은 마법이라고 할 수 있겠지!'

아람은 시베트에게 먼저 가라고 일렀다. 그러자 시베트는 깡충 깡충 뛰면서 앞장섰다. 그저 고분고분하게 말을 듣는 정도가 아니었다. 열정적으로 협조했다. 시베트를 설득하는 일도 대수롭지 않았다. 거친흉터가 왜 시베트를 공격했는지, 무엇 때문에 설인 종족을 놀 종족에게서 보호해야 한다고 생각했는지 아람은 자신이 이해한 바를 최대한 쉽게 설명하기 시작했을 때, 시베트는 안달하며 말을 막고는 말했다.

"시베트도 안다. 멍청한 녀석."

'얘도 넘어왔네. 쏜 선장님의 가르침에 완전히 넘어왔어.'

아람은 속으로 생각했다.

놀 마을에 들어서자마자 시베트는 톱니를 외쳐 부르고는 달려가 복슬복슬한 머리를 톱니의 북슬북슬한 옆구리에 대고 비볐다.

아람과 쓱싹은 톱니의 성난 표정이 기쁨으로 바뀌는, 아니 녹아내리는 광경을 보았다. 톱니는 머키가 있는 곳을 험악한 눈길로 쳐다보았지만, 머키는 이미 톱니와 시베트의 옆을 껑충껑충 뛰며 지나쳐서는 친구들과 포옹했다.

"우룸! 똑딱! 칭구들! 웅르크 아욹올름 므르크사?"

"쉿!"

아람이 머키의 머리를 쓰다듬으며 톱니가 시베트를 한쪽 팔 밑에 끼고 천천히 걸어가는 모습을 지켜보았다.

톱니는 커다란 삼베 자루에 무언가를 넣어 가져온 쓱싹을 내려다보며 피식 웃었다.

"애송이가 거친흉터 머리 가져왔나?"

놀 방식으로 빈정거리는 말투였다.

쓱싹은 천천히 고개를 저었다.

"하! 톱니 알았다! 애송이는 거친흉터 찾지도 못했다!"

"쓱싹은 거친흉터 찾았다."

쓱싹이 차분하고 침착한 목소리로 말했다.

톱니가 다시 콧방귀를 뀌고는 자신의 말에 맞장구쳐주기를 기대하면서 어린 딸 시베트를 내려다보았다.

하지만 시베트는 오히려 쓱싹의 말에 맞장단을 쳤다.

"쓱싹은 거친흉터 찾았다."

톱니가 생각지도 못했던 대답이었다. 톱니가 빤히 쳐다보자 시베트는 고개를 끄덕였다. 톱니는 천천히 쓱싹을 향해 돌아섰다. 그리고 한 번 더 물었다.

"쓱싹이 거친흉터 머리 가져왔나?"

이번에는 빈정대지 않고 진지하게 물어보았다. 그리고 일부러 그랬는지는 알 수 없지만, 시베트와 마찬가지로 쓱싹을 이름으로 불렀다.

쓱싹이 고개를 저었다.

그러자 톱니가 넌더리를 내며 손사래를 쳤다.

"그러면 애송이는 아직 애송이다."

지금까지는 아람이 계획한 그대로였다.

"쓱싹은 거친흉터 안 죽였다."

쓱싹은 이 말과 함께 삼베 자루를 열고 마르주크의 머리를 톱니의 발 옆으로 툭 던졌다.

"하지만 쓱싹은 마르주크 죽였다."

톱니가 마르주크의 머리를 빤히 내려다봤다. 아람도 그랬다. 그러다가 곧바로 고개를 돌려버렸다. 반쯤 뭉개진 해골과 주위에서 윙윙거리는 파리를 보고 있자니 역겹기 짝이 없었다.

천천히, 톱니가 고개를 저었다.

"아니. 애송이는 마르주크 안 죽였다. 인간 여자가 마르주크 죽였다. 여자 어디 있나?"

하지만 쓱싹은 굽히지 않았다.

"쓱싹이 마르주크 죽였다."

그리고 이번에도 시베트가 쓱싹의 말이 사실임을 확인해주었다.

"마르주크는 갉작이 죽였다. 갉작이는 쓱싹 엄마다. 그래서 쓱싹은 워르독의 곤봉으로 마르주크 죽였다."

쓱싹이 다시 자루에 손을 넣고 마르주크의 거대한 양날 도끼를 꺼냈다. 쓱싹은 톱니 앞에 무릎을 꿇고 복종하듯 머리를 조아렸다. 그리고는 도끼를 들어 올려 놀 투사 톱니에게 바쳤다.

"쓱싹은 마르주크 도끼 차지했다. 그래도 쓱싹은 도끼 안 갖는다. 쓱싹은 덩굴발 투사에게 도끼 준다. 쓱싹은 쓱싹의 옛 친구 톱니에게 마르주크 도끼 준다."

톱니는 자신의 도끼를 내려놓고 머뭇거리며 한 발 앞으로 나와 쓱싹이 내민 도끼를 잡았다. 앞발로 도낏자루를 꽉 잡아보더니 마음에 든 표정을 짓고는, 마르주크의 도끼를 머리 위로 들어 올리며 웃음을 터뜨렸다.

하지만 다시 쓱싹을 바라봤을 때는 미소가 사라져 있었다. 분노나 멸시가 아닌 후회와 슬픔이 얼굴에 어렸다. 톱니는 들어 올렸던 도끼를 내리고 고개를 저었다.

"마르주크 죽이다니 애송이 잘했다. 하지만 그건 조건 아니다. 애송이가 이름 되찾고 친구들 구하려면 거친흉터 죽여야 한다. 애송이는 거친흉터 머리 안 가져왔다. 애송이와 친구들은 죽어야 한다."

쓱싹은 어깨를 으쓱하면서 말했다.

"쓱싹은 거친흉터 데려왔다."

하나씩 계획이 진행될 때마다 어리둥절하던 톱니는 주위를 둘러보며 소리쳤다.

"어디 있나? 어디에 거친흉터 있나?"

때맞춰 마카사가 어떤 형체 하나를 이끌고 나무숲 사이에서 모습을 드러냈다. 아주 크고 살아 있는 게 분명한, 거친흉터였다. 카리온과 다른 놀들은 거대한 설인을 피해 슬금슬금 뒤로 물러났다.

하지만 쓱싹, 시베트, 톱니는 미동도 없이 그대로 자리를 지켰다. 톱니는 거대한 설인을 빤히 쳐다보더니 고맙다 못해 기쁨이 넘쳐흐르는 눈빛으로 쓱싹을 내려다봤다. 그러고는 마른침을 꿀꺽 삼키더니 애정이 듬뿍 담긴 말을 건넸다.

"쓱싹은 톱니에게 마르주크 도끼 줬다. 이제 톱니가 거친흉터 죽일 수 있다. 쓱싹은 진정한 친구다."

드디어 아람이 나설 차례가 됐다.

"톱니는 거친흉터 죽일 수 없어. 그랬다가는 설인들이 놀들을 죽일 거야."

거친흉터가 낮게 으르렁거리자 마을 사방의 숲에서 설인들이 나타나 덩굴발 놀들을 완전히 에워쌌다.

조금 전 느꼈던 기쁨은 온데간데없이 사라지고 격렬한 분노를 느끼며 톱니가 사납게 으르렁거렸다.

"배신자!"

톱니가 쓱싹을 치려고 도끼를 쳐들었다.

"톱니는 배신자 애송이 죽인다. 톱니는 인간 죽인다. 톱니는 멀록 죽인다! 톱니는 거친흉터 죽인다! 톱니 죽는다! 놀 전부 죽는다! 하지만 배신자와 인간과 설인도 죽는다!"

아람이 앞으로 나섰다.

"아니야. 아무도 죽지 않아. 설인들은 너희를 죽이러 온 게 아니야. 단 한 명도 죽일 생각이 없어. 설인은 놀의 적이 아니야. 하지만 오우거는 놀의 적이고, 설인의 적이야. 그러니 놀과 설인은 친구가 되어야 해. 같은 편 말이야. 함께 힘을 합쳐 골두니 오우거에 맞서 싸워야 해. 서로 해치지 않고 땅을 함께 써야 해."

"아니다!"

톱니가 으르렁거리자, 작은 목소리가 톱니의 말을 단호하게 잘랐다.

"아빠, 아람이 옳다."

"뭐라고?"

톱니가 돌아보며 앞발을 들고 딸 시베트를 때리려고 했다.

시베트는 움찔하지도 않은 채 말을 이었다.

"시베트가 봤다. 시베트는 놀, 인간, 설인이 힘 합치는 것 봤다. 힘 합쳐서 마르주크와 골두니 오우거에 맞서 싸우는 것 봤다. 오우거 스물이다. 놀은 오우거 스물과 싸우다 죽는다. 인간은 오우거 스물과 싸우다 죽는다. 설인은 오우거 스물과 싸우다 죽었다. 하지만 인간, 놀, 설인이 함께 오우거 스물 죽였다. 놀, 설인, 인간 함께하면 더 세다. 아빠, 아람이 옳다."

"톱니, 아람이 옳다." 쓱싹이 고개를 끄덕였다.

"우룸 음음음음을." 머키가 말했다.

그 말을 듣자 톱니는 다시 한 번 분노가 차올랐다. 하지만 화를 억누르고 의심스러운 눈초리로 마을을 둘러봤다.

어느 틈엔가 시베트는 톱니에게서 벗어나 거친흉터에게 성큼성큼 다가가고 있었다. 그러고는 설인의 거대한 앞발을 붙잡고서 톱니를 향해 이끌었다. 거친흉터는 시베트가 서면 잠시 멈춰 섰고, 시베트가 움직이면 다시 움직이면서 조심스럽게 따라갔다.

마침내 설인 투사 거친흉터와 덩굴발 투사 톱니가 마주 섰다. 톱니는 새로 생긴 커다란 전투 도끼를 쥐고 있었다. 거친흉터는 몸 전체가 타고난 무기 같은 존재였다. 모두가 숨을 죽인 채 둘을 바라봤다.

그때 톱니가 고개를 끄덕였다.

거친흉터가 그르렁거렸다.

그렇게 동맹이 결성되었다.

놀들이 모두 환호했다. 설인들은 하늘이 울릴 정도로 포효했다. 아람은 크게 안도의 한숨을 내쉬었다. 정말 좋은 마법이었다. 그러나 혼자 해낸 마법이 아니었다. 쓱싹의 어깨에 팔을 두르고는 서로 마주 보며 씩 웃었다.

다가오는 시베트도 씩 웃고 있었다. 아람이 말했다.

"시베트, 넌 언젠가 위대한 여족장이 될 거야."

쓱싹도 맞장구쳤다.

"맞다."

심지어 마카사까지도 이런 상황이 도무지 믿기지 않는다는 듯 고개를 절레절레 흔들며 말했다.

"그래, 위대한 여족장."

시베트가 활짝 웃었다.

잔치가 벌어졌다.

설인들은 곰 고기와 사슴 고기를 선물로 가져왔다. 잠깐이었지만, 아람은 조금 꺼림칙했다. 드루이드 탈리스는 아람과 함께 여행하는 동안 곰과 사슴의 모습으로 변했었다. 하지만 그런 기분도 금세 지나갔다.

'나이트 엘프일 리가 없지.'

아람은 혼자 중얼거렸다. 놀이 말했듯 고기는 고기일 뿐이고 이렇게까지 굶주려본 것도 평생 처음 겪는 일이니 닥치는 대로 먹어야 할 판이었다.

오늘 밤은 채워야 할 배가 많으니 일단 곰 고기는 설인들과 톱니가 먹도록 두꺼운 스테이크로 썰어놓았다. 남은 이들을 위해서는 사슴 고기와 카리온의 용숨결 칠리를 한 솥 가득 끓였다. 아람은 군침을 삼키며 간절한 마음으로 카리온이 솥에 기름을 두르고 후추와 양파를 넣는 모습을 지켜보았다. 너무나도 길게, 아주 길게 느껴지는 5분여 동안, 카리온은 채소가 물러져 푹 익을 때까지 익혔다. 그다음은 고기 차례였다. 다진 사슴 고기, 크게 깍둑썰기한 곰 고기, 놀의 저장소에서 꺼내와 얇게 저민 돼지고기 소시지를 넣고는 모두 노릇노릇해질 때까지 저었다. 고문이라도 받는 듯한 5분이 다시 지나갔다.

다음은 양념이었다. 커민, 고추, 아람이 알지 못하는 양념 등이 조금씩 들어갔다. 이어서 토마토, 놀 맥주, 다른 주전자에서 끓고 있던 국물을 섞어 되직하게 쑨 것을 넣었다. 콩과 토마토도 더 넣었다.

끝없는 기다림이 계속되었다. 칠리가 끓을 때까지 기다리던 마지막 두 시간 동안은 난롯불에 올려놓은 솥에서 감미로운 냄새가 계속 풍겨 나오는 통에, 오우거의 노예 구덩이에 있을 때보다 더 고통스러웠다. 그리고 거친흉터와 톱니가 덜 익은 생고기 스테이크를 뜯는 소리 때문에 더욱 괴로웠다. 아람이 당장이라도 접시에서 몰래 하나 집어 오기라도 할 것처럼 안절부절못하자 마카사는 이를 제지해야 했다.

"아람, 불가능했던 동맹을 오늘 네가 직접 이뤄냈는데, 그걸 죄다 네 손으로 무너뜨려야겠어? 그것도 고작 몇 분 빨리 먹으려고?"

"그래야겠어!"

아람의 대답에 마카사가 눈을 부릅떴다.

"더는 못 참겠어."

아람이 고집을 부렸지만, 목소리는 조금 수그러들었다.

마카사가 눈을 더 크게 부릅떴다.

"어쩌면……."

마카사의 눈빛은 조금도 누그러지지 않았다.

"알겠어. 안 그럴게."

모두 허기를 꾹 참으며 기다리고, 또 기다렸다. 그리고 더 기다렸다. 15분쯤 더 기다리고 나서 아람이 말했다.

"이건 '몇 분'이 아니잖아."

아람은 마카사가 '야, 나도 배고프거든.'이라고 말할 줄 알았는데 실제로 나온 대답은 달랐다.

"스케치북 꺼내봐."

스케치북! 그래! 그거면 배고픔을 잊을 수 있어!

정말 그랬다. 아람은 거친흉터부터 그려나가기 시작했는데, 이전에 싸울 때는 알아차리지 못했던 설인의 세세한 부분들까지 보이기 시작했다. 그때는 어마어마한 몸과 어마어마한 뿔과 어마어마한 발톱만 눈에 들어왔었다. 하지만 지금은 달랐다. 거친흉터의 몸 전체는 붉은색이 살짝 섞인 갈색 털로 뒤덮여 있으며 배와 수염은 눈처럼 하얀색이고 얼굴에는 털이 없었다. 또한 이름처럼 오른쪽 눈 위에서부터 왼쪽 입꼬리까지 길게 들쭉날쭉한 대각선의 흉터가 나 있다는 걸 알아챘다. 이빨은 구부러졌고 귀는 뾰족했으며 뿔은 나이테를 연상시키는 작은 고리 무늬로 되어 있었다.

거친흉터 말고도 함께 앉은 시베트와 톱니, 칠리를 젓는 카리온 등 흥미로운 그림 소재가 많았다. 설인과 놀들로 스케치북을 채워나가는 동안, 죽을 것 같았던 배고픔과 식욕은 서서히 사라졌다. 마카사가 예상한 대로였다.

그리고 아람이 생각지도 못한 순간에, 카리온은 칠리를 그릇에 담고 알 수 없는 포유류의 젖으로 만든 치즈를 뿌린 다음 아람에게 내밀었다.

몹시 배가 고팠던 아람은, 스케치북을 모닥불에 떨어뜨릴 뻔했다. 하지만 정신을 가다듬고 조심스레 소중한 스케치북을 싸서 주머니에 넣은 다음, 제대로 맛을 느껴보지도 못한 채 첫 번째 그릇을 게걸스레 비우고서 한 그릇을 더 달라고 했다.

카리온은 모두에게 한 그릇씩 돌아갈 때까지 아람의 요청을 무시했다. 그렇지만 막상 아람에게 한 그릇을 더 주고 난 다음에야 카리온 자신의 몫을 펐다. 그러고는 한마디 일렀다.

"소년, 천천히 먹는다. 이건 용숨결 칠리다."

아람은 먹는 속도를 늦춰보려고 했다. 한 입 떠서 입에 넣고는 고기가 잔뜩 들어간 스튜의 맛을 음미하며 생각했다.

'아, 이건 천국의 맛이야!'

약간 톡 쏘는 맛이 있었다. 하지만 아버지나 새아버지나 매운 음식을 좋아했기에 아람도 매운맛에는 익숙했다. 적어도 그렇다고 믿었다. 하지만 배가 너무 고픈 나머지 제대로 맛보며 천천히 먹을 수가 없었다. 계속해서 입안으로 음식을 떠 넣느라 카리온이 넣은 비밀 재료의 맛이 계속 쌓이고 있다는 사실을 깨닫지 못했다.

그랬다. 아람은 전혀 눈치채지 못했다. 그러다가 뒤늦게 깨닫고 말았다! 갑자기 입이 불타는 것처럼 느껴졌다! 아람은 탈리스의 물통을 집어 들고 벌컥벌컥 물을 들이켰지만, 어째서인지 점점 더 매워지기만 했다.

카리온과 시베트, 쓱싹과 톱니 모두 아람을 보고 놀리듯 웃음을 터트렸다. 마침내 쓱싹이 아람에게 옥수수 만나빵 한 개를 주며 말했다.

"물은 아람 입에서 용숨결 빙글빙글 돌게 한다. 아람은 만나빵 씹는다. 만나빵이 용숨결 빨아들인다. 그런 다음 아람 용숨결 삼킨다. 아람 강해진다."

아람은 서둘러 빵을 받아들고서 우걱우걱 씹었고, 불타는 듯한 느낌이 서서히 가라앉았다.

"구츤흥트."

머키가 애쓰고 있었다.

"거친흉터."

시베트가 제대로 알려주었다.

"구츤흥트……."

"아니다. 거-친-흉터."

시베트가 다시 고쳐주었다.

"구-춘 흥투. 구춘흥투."

"그 정도면 비슷하다."

톱니가 낮게 으르렁거리자 쓱싹은 재빨리 아람더러 톱니와 시베트에게 마법 책을 보여주라고 했다. 놀 셋 사이에 앉아 있던 아람은 스케치북에 담긴 마법을 펼쳐 보였다. 톱니와 시베트는 아람이 자신들을 그린 그림에 금방 빠져들었다.

쓱싹이 아람에게 무어라 귓속말을 하자, 아람이 스케치북을 앞으로 넘겨 성난꼬리 부족의 놀 여족장 깍깍의 그림을 보여주었다.

"이건 깍깍이다."

쓱싹이 설명하자 시베트가 손가락으로 그림을 가리키며 물었다.

"깍깍?"

"맞다!"

쓱싹이 신나서 대답했다.

"쓱싹은 쓱싹이다!"

톱니가 말했다.

"쓱싹도 안다!"

"깍깍, 쓱싹! 깍깍, 쓱싹! 깍깍, 쓱싹!"

셋은 함께 이름을 계속 외쳐대다가 약속이라도 한 듯 큰 소리로 웃어대기 시작했다.

아람은 왜 놀들이 그런 단순한 운율 맞추기에 그토록 배꼽을 잡고 웃어대는지 이해하지 못했다. 하지만 이제 그 누구도 쓱싹을 애송이라고 부르지 않는 것은 분명했다. 단순히 애송이가 깍깍과 운율이 맞는 단어가 아니라서 '쓱싹'이라고 부르는 건 아니었다.

웃어대던 톱니는 숨을 고르고 쓱싹을 애정 어린 시선으로 내려다봤다. 그 감정은 아마 방금 함께 웃었던 일, 부른 배, 새롭게 동맹을 맺은 설인들, 어릴 적 우정을 그리워하는 마음이 섞인 감정일 터였다. 하지만 이유가 뭐든, 톱니는 약속을 지키고자 입을 열었다.

"쓱싹은 애송이 아니다. 쓱싹은 쓱싹이다. 쓱싹은 덩굴밭에 다시 들어온다."

시베트는 아람이 두안 펜을 바라볼 때와 같은 눈빛으로 쓱싹을 보고 있다가 쓱싹의 앞발을 잡아 들어 올렸다.

"그렇다. 쓱싹은 덩굴발에 다시 들어온다."

아람에게는 차분히 생각할 시간조차 없었다.

'쓱싹이 무척 그리울 거야.'

그런데 쓱싹이 고개를 저었다.

"쓱싹은 덩굴발이라서 기쁘다. 쓱싹은 항상 덩굴발이다. 하지만 지금 쓱싹이 있을 곳은 아람 옆이다."

쓱싹은 앞발을 시베트에게서 슬그머니 빼냈고, 그 모습을 지켜보던 아람이 진심을 담아 말했다.

"쓱싹, 원한다면 동족들과 함께 있어. 난 쓱싹이 아주 많이 그리울 거야. 하지만 네가 내게 빚졌다고 생각하는 건 이제 다 갚았어, 친구야."

"쓱싹은 쓱싹이 있을 곳 아람 옆이라는 것 안다."

쓱싹의 말에 톱니가 고개를 끄덕였다. 시베트는 한숨을 쉬었지만, 꼬마 놀 역시 고개를 끄덕였다.

쓱싹이 다시 말했다.

"쓱싹이 있을 곳 아람 옆이다."

YETI AND
WOODPAW FEAST
설이과
낭군받이의 잔치

R. Thone

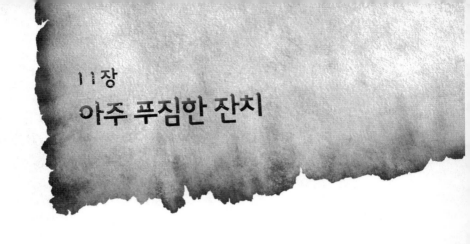

11장
아주 푸짐한 잔치

새벽이 밝아오자, 머리 위에서 선회하는 와이번 외눈박이의 모습이 모두의 눈에 들어왔다. 아침 햇살을 받으며 새끼 와이번 셋과 함께 대기를 가르며 춤을 추듯 빙빙 돌고 있었다. 가려진 자들이 와이번과 싸울 생각이라면, 이곳에서 머뭇거려서는 안 될 일이었다.

자스라가 오우거들에게 쉭 하며 경고했다.

"안 보이게 숨어 있어."

그런 다음 어깨너머를 힐끗 돌아보고는 자기가 한 말이 얼마나 멍청한 말이었는지를 깨달았다. 3.6미터가 족히 넘는 슬렙가르가 입이 찢어지게 하품을 하더니 그 어마어마한 몸집을 가릴 만큼 커다란 나무가 있는지 느릿느릿 둘러보았다. 스로그를 비롯해 카르가와 로쿨도 굼뜬 몸짓으로 주변을 둘러보고 있었다.

로자크와 구즈루크 그리고 두 머리 오우거인 긴수염과 짧은수염도 눈에 띄기 쉬운 건 마찬가지였다. 특히 위에서라면 더더욱 잘 보일 터였다.

오우거 여전사 카르가가 옆으로 몸을 기울이면서 뻔한 사실을 속삭였다.

"숨는 거 소용없다. 오우거 오래 머물지 않는 게 최고다."

카르가는 와이번이 새끼들과 함께 자기 둥지로 돌아오리라 생각하고 일행을 여기, 하늘봉우리의 산자락까지 이끌었다.

"마르주크와 워르독과 아르쿠스 하늘봉우리 오른다. 둥지에서 새끼들 꺼낸다. 가시 전당에 넣는다. 이전 고르독은 새끼 이용해 늙은 외눈박이를 고르독이 원하는 대로 했다. 하지만 지금 외눈박이 새끼들 자유다. 지금 외눈박이 자유다. 외눈박이, 오우거 보는 대로 모조리 죽인다. 아마 트롤도 죽인다."

발드레드가 킬킬거리며 속삭였다.

"이런, 나는 그 명단에 없다니 하늘에 감사할 일이군."

말리꽃 향기와 함께 포세이큰인 발드레드가 히죽거리며 두건 아래에서 활짝 웃는 듯했지만, 자스라는 이를 무시해버렸다. 곧이어 자신이 섬기는 세 로아, 야수 군주 에라카 노 킴불, 죽음의 신 위테이 노 무에잘라, 심지어 와이번의 침에 계속 독이 흐르도록 해주는 맹독의 어머니 엘로르사 노 샤드라에게까지 묵상 기도 3종을 올리

146

면서 와이번이 계속 하늘만 보고 있게 해달라고 기도했다. 그러고는 석궁 화살을 꺼내 자기 손가락을 찌른 다음 피 세 방울을 땅에 떨어뜨렸다. 피가 모래 속으로 스며들자, 자신의 기도가 로아께 전달되었음을 확신했다.

쌩쌩이는 피 냄새를 맡고 잠에서 깨어나 피를 갈구하며 딱딱거렸다.

"자매야, 가만히 있어라."

자스라가 자신의 가슴에 흉갑처럼 매달려 있는 전갈 쌩쌩이를 가볍게 두드리면서 말했다.

"저 피는 널 위한 것이 아니야. 저 피는 에라카, 위테이, 엘로르사를 위한 피지."

쌩쌩이가 다시 딸깍거리긴 했지만, 이내 잠잠해졌다.

자스라는 이제 주위를 수색하며 저 날짐승 와이번이 소년과 그 친구들을 어디에 데려다줬는지 알 수 있는 흔적을 살폈다.

"놈들이 저 와이번 둥지에 없다면, 이 근처 어딘가에서 가젯잔을 향해 갔을 것이야."

자스라는 신속하게 도망자들의 흔적을 잔뜩 찾아냈다. 폭포 근처에는 갓 만들어진 무덤이 있었다. 무덤의 크기나 형태로 보아 그 나이트 엘프의 무덤임을 알 수 있었다.

"그 드루이드가 내 손에 죽었으리라는 생각이 계속 들었지."

혼잣말로 중얼거리는 자스라의 얼굴에 '거봐'라고 말하는 듯한 표정이 스쳐 갔다. 자스라의 석궁에서 날아간 화살 두 발을 등에 맞았기 때문에 그 나이트 엘프는 지금 땅속에 누워 있는 셈이었다.

무덤 이외에도 여러 흔적을 찾아냈다. 소년, 여자, 멀록, 놀의 흔적이었다. 보는 법을 아는 이에게는 아주 뚜렷하게 보이는 흔적들이었다.

"이쪽이다."

자스라가 앞장서자 카르가, 스로그, 발드레드, 그리고 고르독의 정예 전사 오우거들이 뒤를 따랐다.

자스라가 마지막으로 위쪽을 힐끗 올려다보았다. 와이번 네 마리는 아직도 춤을 추듯 하늘봉우리 주위를 날아다니고 있었다. 어느 와이번도 아래를 내려다볼 생각은 없는 듯했다.

"로아 님, 감사합니다. 다음에 기회가 생기면, 피 몇 방울이 아니라 더 많이 바치겠습니다. 어쩌면 그 소년과 친구 모두를 바칠 수도 있을 겁니다."

자스라가 나직이 중얼거렸다.

아람과 친구들 모두 갓 자른 야자사과로 아침을 먹었다. 달콤하고 과즙이 풍부하며 가볍고 산뜻한 맛이 일품인 과일이었다.

이제 톱니는 완전히 다른 놀이 되어 있었다. 쏙싹이 덩굴밭 음식을 먹을 자격이 없다는 생각은 이미 사라지고 없었다. 이제 놀 투사 톱니는 옛 친구에게 더 베풀지 못해 안달이 난 듯했다. 야자사과 두

개를 넣어둔 가죽 배낭에 아람이 좋아하는 멧돼지 육포가 크게 두 묶음, 그날 저녁으로 먹게끔 전날 밤에 구워서 거대한 군네라 잎으로 싸둔 곰 고기 스테이크 한 토막까지 담아 쓱싹에게 주었다.

다들 기분이 좋았다. 설인들은 밤사이 떠났지만, 놀들은 먹구름이 걷힌 듯 마을을 뛰어다녔다. 사실, 그렇긴 했다. 설인들은 놀의 친구가 됐을 뿐만 아니라, 오우거에 맞서는 동맹이 되었다. 게다가 최악의 오우거 노예 사냥꾼인 워르독과 마르주크의 위협도 사라졌다. 부족의 어른 놀들은 뜻깊은 공동체의 삶을 시작하느라 아침부터 분주했다.

시베트보다 작은 꼬마 놀들이 쪼그만 무기로 어른 전사들 흉내를 내며 이리저리 뛰어다녔고, 또 어떤 꼬마 놀들은 새로 친구가 된 설인 흉내를 내며 작은 발톱을 휘둘렀다. 자그마한 놀 꼬마가 자신을 거친흉터라고 하며 가상의 오우거와 싸우는 모습만큼 귀여운 광경은 또 없을 터였다. '우왕! 우왕!' 하는 소리와 함께 큰 소리로 깔깔거리는 웃음이 야영지에 가득했다.

아람은 놀과 설인 사이에 평화를 이끌어낸 자신이 자랑스러웠다. 마카사도 자랑스럽다고 생각했지만, 아람이 기고만장해질까 봐 자기 생각이 겉으로 드러나지 않기를 바랐다. 그리고 말루스에게 따라잡히기 전에 이제 슬슬 움직여야 한다고 생각했다.

톱니와 쓱싹은 함께 껄껄대며 서로 가볍게 툭툭 치고 있었다. 시베트는 존경 어린 눈빛으로 마카사와 쓱싹과 자신의 아빠를 번갈아 가며 보고 있었다. 아람에게는 존경 어린 시선을 보내지 않았지만, 그래도 무시할 마음은 없는 모양이었다. 그것만으로도 굉장한 일이긴 했다.

머키는 한쪽에서 이따금 야자사과 조각을 쩝쩝거리며 새 그물을 짜는 데 온 신경을 집중하고 있었다.

카리온은 새로 만들어낸 요리를 한 입 맛보고는 만족스럽다는 듯 고개를 끄덕였다.

아람은 빙그레 웃었다. 아람도 많은 것들이 만족스러웠다.

아람 일행은 다시 나침반을 따라 남동쪽의 가젯잔을 향해 출발했다. 그렇게 한참을 가던 중, 아람은 머키에게 그물이 없다는 걸 알아차렸다. 대신, 아주 짧은 창을 들고 있었다. 놀 꼬마들이 전쟁놀이할 때 쓰던 것과 비슷했다.

"머키, 그물은? 그물 어딨어? 잃어버렸어?"

"응크, 응크. 머키 플를름 쿠리이운 아옳옳옳옳 프루 음음음음 아오로로옳 아올올로롤롤."

"뭐라는 거야?"

마카사가 짜증을 냈다.

"모르겠어. 그러니까…… 머키, 그물을…… 그 창으로 바꿨어?"

"아옳, 아옳."

머키가 대답하고는 가상의 오우거를 상대로 싸우는 시늉을

했다.

"으르륵르르르 응크 아옳올롤롤로 우룸 아옳올 머키 옳올름!"

그런 다음 새 창을 들고 허공을 쿡쿡 찔러댔다.

"그물도 괜찮았는데. 그걸 장난감이랑 바꿨단 말이야?"

얼떨떨한 마카사의 물음에 아람이 잠시 생각해보고는 대답했다.

"누나, 그 그물은 머키한테 아주 소중한 물건이야. 그런데 그 그
물을 우리가 싸울 때 도우려고 무기와 바꿨어."

아람의 말에 쓱싹이 고개를 끄덕이며 덧붙였다.

"마카사 눈에 저 창 장난감처럼 보인다. 하지만 창은 창이다. 작
지만 진짜다."

그러자 마카사의 표정이 달라지더니 머키를 보며 고개를 끄덕였
다. 머키는 마카사가 눈곱만큼이었지만 자신을 인정해주자 몹시
기뻤는지 아주 활짝 웃었다. 하지만 그 표정으로는 또 다른 말을 하
고 있었다.

"누나라면 긴 창이랑 바꿨겠다고 생각하고 있지."

아람의 추측에 마카사는 어깨를 으쓱하려다가 고개를 저었다.

"아니야. 바꿀 가치가 있는 진짜 작살을 찾을 때까지 기다릴 거
야. 나한테 바꿀 만한 물건이 있는지는 그때 가봐야겠지만."

일행은 계속 걸었다.

발드레드 남작은 두건을 뒤로 젖히고 눈앞에 펼쳐진 광경을 보

았다. 언제나 그렇듯이, 얇고 창백한 피부가 두개골 위에서 팽팽하게 당겨져 웃는 해골 모양이 되었는데, 지금 기분과 아주 잘 맞았다. 눈에 들어온 광경이 매우 흡족했으니까. 지루하기 짝이 없는 일들만 있었던 터라 기분 전환을 하기에는 아주 그만이었다. 머리 없는 오우거 하나가 나무에 매달려 있었다. 두꺼운 밧줄이 오우거의 겨드랑이 밑에 칭칭 감겨 있었고 남은 밧줄은 나무줄기에 여러 번 묶여 있었다.

같은 부대의 오우거들에게도 아주 재미있는 광경이었다.

하지만 카르가는 아니었다. 조용히 스로그의 귀에 대고 속삭였다.

"저거 마르주크다."

당혹스러워진 스로그가 표정이 굳어지며 물었다.

"카르가는 마르주크 머리 없어도 마르주크 알아보나?"

"저거 마르주크다."

카르가가 자신 있게 같은 대답을 했다.

스로그는 고개를 끄덕이며 말했다.

"허, 그러면 스로그 마르주크 못 죽인다."

카르가가 바라던 일을 해줄 수 없어서 실망한 듯한 말투였다.

"골두니에 대한 경고야."

자스라가 시체를 살펴보며 말했다.

"흠, 머리가 도끼로 잘렸어. 그것도 한 방에. 죽은 다음에 말이지."

"그럼 죽기 전엔?"

발드레드가 신이 난 목소리로 속삭이며 물었다.

"죽기 전에 발톱으로…… 발톱 자국은…… 설인 것이야."

"재미있군. 설인이 도끼를 쓴다는 말은 들어본 적이 없는데."

발드레드가 중얼거렸다.

"맞아. 설인은 도끼를 쓰지 않아. 하지만 설인 혼자서 이 오우거를 죽인 게 아니야. 여길 봐, 팔 쪽. 그 인간 여자의 쇠사슬 때문에 생긴 멍이 있어."

"이런, 우리 마카사 양은 참 바쁘기도 하지. 안 그래?"

"오우거는 전투 곤봉에 맞기도 했어."

자스라가 이맛살을 찌푸리며 고개를 끄덕이자 카르가가 끼어들었다.

"놀이 워르독에게서 가져간 곤봉 같다."

"그리고 손가락은 좀 더 작은 검에 베였어. 어쩌면 그 소년의 흰 날검에 베인 것인지도 몰라."

"그러니까 설인과 인간과 놀이 제대로 협력해서 싸웠다는 얘기군."

속삭이는 발드레드의 목소리에는 재미있어하는 기색이 역력했다. 사실 지금 눈앞에 벌어진 상황 대부분이 재미있었다.

"그 아람이라는 소년의 무리에 이제 설인까지 합류했다는 거지?"

언데드 검객 발드레드는 크게 웃지 않으려고 애썼다. 잘못 웃었다가는 턱이 빠질 수도 있었으니까.

"모르겠어. 여기는 전투가 일어난 장소가 아니야. 이곳엔 인간들의 흔적은 없어. 멀록의 흔적도 없고. 놀과 설인의 흔적뿐이야."

그때 나이든 오우거 구즈루크가 중얼거렸다.

"놀과 설인 손잡았다? 고르독 안 좋아한다."

구즈루크는 잠시 이 문제에 대해 생각해보더니 한마디 더 덧붙였다.

"어쨌든 고르독 죽었다."

"새 고르독이 이런 소식에 그리 관심이 있을 것 같진 않군. 이 얘기는 내가 전달하게 해주겠어? 아, 그리고 저쪽과 만난 다음에 싸르빅에게도 내가 얘기했으면 해. 그 아라코아가 분명 기절초풍할 반응을 보일 테지. 그 장면은 무슨 일이 있어도 놓칠 수 없지."

"발드레드, 두건이나 제대로 쓰고 그만 싱글거리지그래."

분한 기색이 역력한 자스라가 딱딱거리며 쏘아붙였다.

"놈들의 흔적을 놓쳤어. 게다가 이 시체는 여기에 걸린 지 이틀도 더 됐다고."

발드레드 남작은 자스라가 전갈을 깨워 먹잇감의 흔적을 찾도록 내보내는 모습을 지켜보았다. 스로그를 제외하고, 쌩쌩 달려가는 전갈 쌩쌩이가 무서워 모든 오우거들이 두 발을 동시에 떼려고 하는 광경은 조금 재미있었다.

발드레드가 마르주크의 시체를 올려다보고는 물었다.

"이 불쌍한 녀석을 내려줘야 하나?"

그러자 슬렙가르가 늘어지게 하품을 하며 말했다.

"왜? 발드레드 배고픈가?"

그 말에 너무 크게 웃음을 터뜨린 나머지 포세이큰 발드레드의 턱이 진짜로 빠져버리고 말았다.

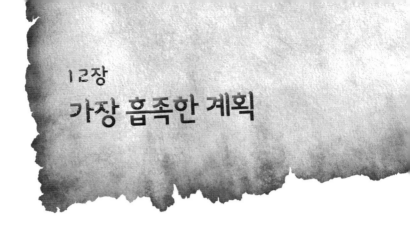

12장
가장 흡족한 계획

이번에는 실제적이고 구체적인 계획이 따로 있었다. 칼림도어 지도를 보니, 가는 길 오른쪽으로 물에 잠긴 버섯구름 봉우리 협곡 해안에 나이트 엘프 전초기지인 신 탈라나르가 있었다. 그곳에서 하룻밤을 보내며 나이트 엘프들에게 탈리스의 죽음을 전하고 필요한 물품을 다시 갖춘 다음, 가능하면 가젯잔으로 향하는 배를 빌릴 작정이었다. 아람이 지도를 접어 넣는 동안, 마카사조차 좋은 계획이라고 생각하며 만족스럽다는 듯 고개를 끄덕였다.

하지만 쾌활한 드워프 더간 원갓은 파도타기호의 일등항해사로서 이런 말을 하곤 했다.

"우리는 계획하지. 생명의 어머니께서는 웃으시고."

이틀이 지나 해가 중천에 떠 있는 지금, 신 탈라나르가 내려다보이는 언덕 위에 서서 바라본 전초기지는 완전히 포위된 상태였다. 총 세 부대로 구성된 파견대 전사들이 세 방향에서 신 탈라나르를 에워싸고 있었다. 그 말은 즉, 물에 잠긴 버섯구름 봉우리 쪽을 제외한 나머지 모든 방향이 포위되었다는 뜻이었다. 엘프 보초병과 궁수들이 신 탈라나르 주위에 임시변통으로 흉벽을 쌓고 있었지만, 날아드는 화살은 없었다. 적어도 지금은 그랬다.

"그림토템 부족이다. 타우렌이다."

쓱싹이 공격 부대를 가리키며 말했다.

아람은 이 상황을 받아들이기가 어려웠다. 친구인 나이트 엘프 탈리스와 타우렌 우울 브리즈라이더를 생각해보면, 나이트 엘프와 타우렌이 왜 그렇게까지 사이가 나쁜지 그 이유를 알 수 없었다.

"칼도레이는 얼라이언스고 타우렌은 호드라는 걸 알고 있지만……."

"타우렌 대부분 호드 맞다. 하지만 그림토템은 호드 증오한다."

궁금해하는 아람에게 쓱싹이 설명해주었다.

"그러면 그림토템이 얼라이언스에 가담한 거야?"

더 혼란스러워진 아람이 물었다.

"아니다."

재미없는 얘기라는 듯한 말투였다. 쓱싹은 주저앉아 뒷발로 목덜미를 긁었다. 그러다 긁는 걸 멈추고 설명을 덧붙였다.

"그림토템은 얼라이언스 증오한다. 그리고 그림토템은 호드 증오한다. 그림토템은 모두 증오한다. 그림토템은 타우렌도 증오한다."

"음, 얘기를 듣고 보니 더 모르겠는걸."

아람이 눈살을 찌푸리며 말했다. 하지만 그것도 잠시뿐이었다. 아람의 머릿속은 이미 바삐 돌아가고 있었다.

무의식적으로 아람은 반걸음 앞으로 나섰다. 그러자 마카사가 옷깃을 붙잡고 소리쳤다.

"아니, 그러면 안 돼!"

"뭘?"

아람이 통 모르겠다는 듯 시미치를 떼고 물었다.

"동생아, 네 속셈을 모를 줄 알고. 네 얼굴에 다 쓰여 있어. 놀과 설인이 서로 동맹을 맺고 손잡게 했던 일을 생각하고 있지? 그 성공에 흥분해서는 저 아래로 내려가 나이트 엘프와 타우렌을 화해시키고 이어주는 중재인이 될 수 있다고 생각하잖아."

"그게 그렇게나 해서는 안 될 일이야?"

"모르지. 왜냐하면 내가 널 어느 쪽으로든 근처에도 못 가게 할 거니까. 손발을 묶어서라도 막을 거야."

"그래도……."

"안 돼."

"밧줄도 없으면서."

아람이 시무룩한 표정을 지으며 말했다.

"네 목에 사슬을 걸어서 질질 끌고 다닐 거야."

아람은 좀 도와달라는 뜻으로 머키와 쓱싹을 바라봤지만, 둘 다 마카사의 제안에 반론의 여지가 없다는 듯 그저 무심하게 고개만 끄덕거릴 뿐이었다.

"너 때문에 네 목숨이나 우리 목숨을 헛되이 버릴 순 없어."

마카사가 차분하게 말을 이었다.

"그저 그래야 한다는 생각만으로 온 아제로스에 평화와 야자사과를 가져다줄 수는 없어."

"우리 아버지한테는 그런 말 안 했겠지?"

"쏜 선장님은 이상주의자셨어. 하지만 순진하지도 않으셨지. 어쨌거나 너처럼 순진하고 대책 없는 분은 아니셨어."

"마카사 누나……."

"잊어버려. 말루스가 아직도 우리 뒤를 쫓고 있을 텐데 우린 이미 많은 시간을 낭비했어. 아람, 설령 쏜 선장님이라고 해도 한계라는 게 있는 법이야."

*　　*　　*

일행이 습격을 피하고자 어느 정도 경로를 벗어나 서쪽으로 걸어가는 동안, 아람은 잔뜩 나오려는 입을 겨우 밀어 넣었다. 이윽고 언덕 꼭대기에 올라 아주 넓은 개울, 혹은 아주 좁은 강을 내려다보았다. 물줄기는 신 탈라나르 주위를 돌아 남쪽으로 흐르다가 동쪽으로 꺾여 전초기지 아래에서 버섯구름 봉우리로 흘러들었다. 개울 저쪽에 있는 나무 사이에서 꼼짝하지 않는다면 타우렌을 피해 가젯잔으로 계속 갈 수 있었다.

하지만 그러려면 굽이치는 물줄기를 건너 서쪽으로 가야 했다. 아람은 내키지 않는 기색이 역력했다. 엘프와 타우렌에게 평화와 야자사과를 전하고픈 바람 때문이 아니라 물 자체가 꺼려졌다. 지난 달, 이미 두 번이나 물에 빠져 죽을 뻔했다. 한 번은 파도타기호의 구명정에서 해안으로 헤엄쳐올 때였고, 다른 한 번은 이곳과 비슷한 개울인지 강인지 모를 곳에서 머키를 구할 때였다. 아람은 자신이 물과는 영 맞지 않는다고 생각했지만, 아무 말도 하지 않았다. 뭐랄까, 바보같이 보일지도 모른다는 판단에서였다.

머키는 누운 채로 작은 창을 물 밖으로 내밀고 물살과는 상관없이 능숙하게 헤엄쳐 건넜다. 가장 키가 큰 마카사가 쓱싹이 마지못해 맡긴 전투 곤봉을 비롯하여 물품 대부분을 들고 그 뒤를 따랐다. 물 높이는 마카사의 무릎 높이밖에 되지 않았지만, 한 발 한 발 흔들림 없이 신중하게 발걸음을 내디뎠다. 쓱싹은 아람에게 고개를 한 번 끄덕였고 아람 역시 고개를 살짝 끄덕인 후 어색한 미소를 지으며 물로 뛰어들었다. 세 걸음 만에 물이 아람의 허리 높이까지 올 정도로 깊어졌지만, 그래도 꿋꿋하게 계속 나아갔다. 장화 밑으로 느껴지는 강바닥 돌이 미끄러워서 넘어질 뻔했지만 재빨리 자세를 잡았다. 침을 꿀꺽 삼키고는 위를 올려다보자 마카사와 시선이 마주쳤다. 자신이 두려워한다는 사실을 마카사가 알아차린 듯했다.

마카사가 외쳤다.

"한 발 한 발 천천히 디뎌!"

아람은 고개를 끄덕이고 한 발 한 발 천천히 발을 내디뎠다. 어깨 너머로 힐끗 돌아보니 쓱싹이 앞장선 머키를 따라 수영, 그러니까 개헤엄을 치며 건너고 있었다. 머키는 헤엄을 멈추고 이제 절반쯤 오는 아람을 기다렸다.

아람은 갑자기 반바지 뒷주머니에 넣어둔 스케치북 생각이 났다. 지금 딱 물 높이에 해당하는 위치였다. 하지만 언제나 방수포로 싸두었기에 구명정에서 바다로 뛰어내릴 때에도, 머키를 구하느라 완전히 잠수했을 때도 멀쩡할 수 있었다. 그래서 아람은 이번에도 괜찮으리라 확신하며 앞으로 나아갔다.

'그런데 도토리는 괜찮을까?'

'탈리스의 씨앗'은 가죽 주머니에 넣어 허리춤에 묶어두었다. 마찬가지로 방수포에 싸두긴 했지만 제대로 잘 쌌을까? 탈리스는 마지막 유언을 남기면서 아람에게 주먹 크기의 마법 도토리를 건네며 절대로 젖게 하지 말라고 당부했다. 그런데 지금은 도토리를 물속에 넣는 꼴이었다. 아람은 걸음을 멈추고 주머니를 잡았다. 그러다가 그것도 그만두었다. 주머니는 이미 축축하게 젖어 있었다. 방수포가 제 역할을 해주거나 아니면 이미 늦었거나 둘 중 하나였다. 지금 확인하려다가는 오히려 멀쩡한 도토리를 물에 적실 수도 있었다.

마카사가 다시 외쳤다.

"아람, 한 번에 한 걸음씩 디뎌!"

아람은 건너편 뭍까지 무사히 가겠다는 각오를 다지며 앞으로 나아가기 시작했다. 그래야 가능한 한 빨리 도토리를 확인할 수 있을 테니까. 하지만 바로 그 순간, 아람의 발이 미끄러졌다.

헛디딘 오른발이 그대로 물살에 휩쓸려 장화 안의 발가락이 물 위로 나올 정도로 들어 올려졌다. 아람은 뒤로 넘어졌고 바로 그 자리에 있던 쓱싹이 붙잡으려 했다. 하지만 입고 있는 옷 때문에 물에 뜬 아람은 강바닥에 발을 디딜 수 없었고, 쓱싹의 손에서 벗어나 빠른 물살에 떠밀린 채 아래로 떠내려갔다.

물은 차가웠지만 더 추운 물속에도 있어봤다. 물살은 빨랐지만 더 빠른 해류도 이겨냈었다. 머리가 몇 번 물속으로 잠기긴 했지만, 재빨리 물 밖으로 머리를 내밀고 숨을 쉬며 호흡을 이어갔다.

그토록 두려워했던 게 바로 이런 상황이었지만, 생각보다는 견딜 만해서 오히려 자신감이 생겼다. 강인지 개울인지 알 수 없었지만 아람이 현재 있는 곳은 꽤나 깊어서 바닥에 발이 닿지 않았다. 하지만 익사하지 않고 강가에 닿을 수 있으리라는 확신이 들었고, 사력을 다해 헤엄치기 시작했다.

뒤를 돌아보니 쓱싹이 10미터 정도 뒤에서 헤엄치며 따라오고 있었다. 강가를 쳐다보니 마카사가 따라 달리면서 뛰어들 채비를 하고 있었다. 그때 보이지 않던 머키가 갑자기 물속에서 모습을 드러냈다. 머키는 가냘프지만 놀라울 정도로 강한 팔로 아람의 가슴을 끌어안고는 물갈퀴가 달린 두 발로 물을 차 마카사가 있는 쪽으로 나아갔다.

어느새 둘은 강가에 도착했고 모래사장을 비틀거리며 걷고 있었다. 쓱싹이 뒤를 따라왔다. 아람은 몇 번 쿨럭거리긴 했지만, 그저 좀 민망할 뿐 다른 문제는 없었다.

"고마워, 미안해, 미안해."

아람은 머키에게 고맙다고 인사한 다음 마카사와 쓱싹에게 사과했다.

머키는 아람을 도운 것이 정말 기쁜 모양이었다. 그리고 도움이 될 기회를 주어서 고맙다고 인사했다.

"아옳, 아옳!"

마카사는 작은 멀록의 머리를 두드려주기까지 했다. 실로 엄청난 칭찬이었다! 게다가 머키가 다시 아람에게 눈을 돌리고 난 다음에야 마카사는 손에 묻은 점액을 닦아냈다.

쓱싹이 머리부터 엉덩이까지 온몸의 물기를 털어대는 통에, 세 동료는 물론 사방으로 물이 튀었다. 그 모습을 보니 호숫골 채석장에서 실컷 수영한 후 물기를 터는 검둥이 모습이 생각나 절로 미소가 지어졌다.

"정말 괜찮은 거지?"

"괜찮아, 맹세해."

마카사를 안심시키던 아람은 나침반이 아직 제자리에 걸려 있는지 확인했다. 그런 후에야 다시 도토리 생각이 났다. 물가에서 좀더 걸음을 옮기자마자 흠뻑 젖은 주머니에 손을 뻗었다. 다행히 가죽 주머니는 허리띠에 단단히 묶여 있었다.

"도토리가 젖지 않았는지 확인해보려고."

"잠깐, 네 손이 젖어 있잖아."

아람은 반바지에 손을 닦으려 했지만, 반바지 역시 푹 젖어 있었다.

마카사가 무언가 알아들을 수 없는 말로 투덜거리더니 뒤로 돌아서서 등에 둘러멘 방패를 풀었다.

"내 튜닉 뒤에 닦아."

얼핏 들어도 싫은 기색이 역력했다.

아람은 손바닥과 손가락을 마른 튜닉에 문지르고는 조심스럽고 신중하게 가죽 주머니를 열었다. 수정 조각은 주머니 안에 무사히 들어 있었다. 그리고 방수포로 싼 도토리도 있었다. 방수포가 제 역할을 한 모양이었다. 아람이 방수포로 싼 도토리를 집어 들자 겉에 송골송골 맺혀 있던 물방울이 또르르 굴러떨어졌다. 이번에도 조심스럽고 신중하게 방수포를 벗겨 도토리를 꺼냈다. 젖지 않았다. 안도의 한숨이 절로 나왔다. 네 명 모두 미소를 지으며 서로를 바라보았다.

'다 잘됐어. 나는 물에 빠져 죽지 않았고, 도토리는 젖지 않았잖

아. 그저 약간 불편한 일이 생겼을 뿐이야. 그게 다야.'

아람은 이런저런 생각을 하며 다시 도토리를 방수포로 쌌다. 그런데 무엇 때문인지, 어떻게 된 일인지 도토리가 툭 미끄러졌다. 잡으려고 했지만 그대로 놓쳐버렸다. 마카사, 쓱싹, 머키 모두 헉하는 소리와 함께 숨을 멈췄다. 넷이 도토리를 잡으려고 달려들었지만 누구도 미끄러지는 도토리를 붙잡지 못했다. 도토리가 떨어졌다…… 온몸에서 물이 뚝뚝 떨어지는 아람의 발아래 고인 물웅덩이로 곧장.

도토리가 얕은 물웅덩이에 떨어졌다. 참방하는 소리와 함께 물이 튀었다.

2부
___

버섯구름 봉우리를 항해하며

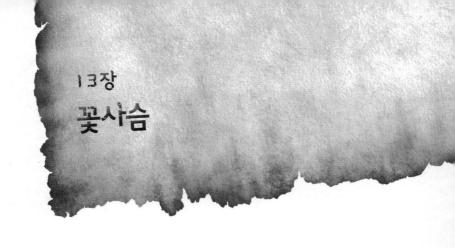

13장
꽃사슴

아람은 그대로 굳은 채, 물웅덩이에 떨어진 도토리를 내려다
보았다. 다른 세 명도 마찬가지였다. 몇 초가 흐르고 나서야
넷이 동시에 몸을 굽혀 도토리를 집으려다가 유랑 극단이 선보이
는 희극의 한 장면처럼 서로 머리를 부딪히고 말았다.

합창하듯 모두의 입에서 터져 나온 '아야!'가 도토리 곧 '탈리스의
씨앗'에서 막 부화한 어떤 존재가 듣는 첫 감탄사가 되었다. 그 존
재를 제대로 표현하자면 '꽃사슴'이라고 하는 게 맞을 듯하다. 어쨌
거나, 도토리가 갈라지더니 마치 화덕에서 옥수수 알갱이가 터지
듯 뒤집혔다. 뒤집힌 껍질에서 연보랏빛과 밝은 옥색의 꽃이 피어
나며 푸르스름한 자줏빛 줄기가 빠른 속도로 자라났다.

곧이어 줄기가 어떤 형태를 이루며 실체를 갖추기 시작했다. 줄

기는 넓어지고 길어지더니 머리카락이 자라고, 뼈대와 근육이 되고, 그 위에는 피부가 덮였다. 이윽고 커다란 초록색 두 눈이 아람의 고동색 눈을 바라보았다. 둘은 강렬한 시선으로 서로에게서 조금도 눈을 떼지 않았다. 새로운 존재가 눈을 깜빡였을 때, 이미 이 신비한 존재는 순식간에 형태를 갖췄고 아람은 그 변화를 제대로 감지하지도 못했다.

뒤늦게나마 이 존재를, 정확히 말하면 이 소녀의 존재를 조금은 파악할 수 있었다. 존재를 파악하면서 그 화려한 아름다움에 눈길이 갔다. 소녀는 봄철 아람의 어머니가 가꾸던 화단과 막 깎은 잔디의 향이 동시에 났다. 그러나 가장 먼저 눈에 들어온 것은 색깔이었다. 갖가지 고운 색조를 뿜어내는 모습이 마치 난초가 가득한 온실 전체를 하나의 작은 형태로 응축한 듯했다. 눈앞의 존재는 아람보다 한 뼘 정도 작았다. 피부는 자주색이 도는 장밋빛이었고 머리카락은 암적색이었는데 뿌리부터 멀어지면서 연자주색, 보라색, 남색, 하늘색으로 점점 옅어졌다. 엘프의 귀처럼 뾰족한 귀는 잘 익은 복숭앗빛이었는데 끝부분은 벚꽃색이었다. 커다란 초록색 눈을 가지고 있었지만, 다른 이목구비는 미묘했으며 전체적으로 보았을 때 아주 예쁜 얼굴이었다.

처음에 꽃 부분은 선홍색과 자홍색이 어우러진 중심부와 그 주위를 연한 노란색과 분홍색이 섞인 하얀색 꽃잎이 둘러싼 모양이었는데, 지금은 소녀의 긴 목 주위의 장식이 되어 있었다. 꽃사슴의 일부분이 된 셈이었다. 그리고 더 많은 꽃이 있었다. 연한 노란색 꽃과 연한 분홍색 꽃다발이 목 주위를 빙 에워쌌고, 가운데 노란빛이 도는 벚꽃이 작은 가슴을 알맞게 가려주었다. 몸 전체를 뒤덮은 연자주색 이파리가 허리 주위로 퍼지면서 진한 바다색의 허리 부분과 이어지며 상반신과 하반신을 나누는 경계가 되었다.

이 존재는 네 발 달린 켄타우로스와 비슷했다. 하지만 아람이 껍질깎이 거점에서 본 켄타우로스하고는 전혀 달랐다. 그 반인반수는 거대하고 육중했으며 조금은 무서워 보이기도 했는데, 이 존재는 작고 섬세했으며 우아했다. 하반신은 튼실한 야생마보다는 새끼 사슴의 가녀리고 나긋나긋한 하반신을 연상케 했고, 하반신을 뒤덮은 진자주색 짧은 털에는 적갈색과 암적색이 조금씩 섞여 있었다. 검은색의 작은 발굽에는 진자주색 털이 조금 덮여 있었고, 머리카락 색과 똑같은 암적색의 꼬리가 달려 있었다. 아람과 비슷한 나이로 보이는 이 소녀의 예사롭지 않은 외모에, 어린 영웅 아람은 마음을 빼앗겼다. 아람은 입을 벌린 채, 꼼짝없이 소녀의 눈을 빤히 바라보았다.

느닷없이 등장한 이 소녀를 멍하니 바라보고 있는 건 아람만이 아니었다. 마카사 역시 입을 다물지 못한 채 이 기묘한 자연의 아이 뒤에 멍하니 서 있었다. 쏙싹과 머키도 소녀의 양옆에 서서 넋을 잃고 바라봤다.

새롭게 피어난 소녀가 입을 열었다. 그 어조나 떨림, 깨끗한 목소리는 말이라기보다 노래에 가까웠다. 나중에 가서야 든 생각이지만, 소녀의 목소리는 롭 아저씨가 한가할 때 대장간에서 만들어 시장에 팔던 풍경 소리와 비슷하다는 결론을 내렸다. 소녀가 처음으로 한 말은 이랬다.

"봄이 왔네요!"

소녀의 첫마디에 아람은 떨리는 마음을 진정시키고 간신히 대꾸했다.

"말할 수 있군요!"

"그럼요. 당신도 말할 수 있군요!"

소녀와 아람 둘 다 서로 말할 수 있다는 것이 놀랍다는 말투였다.

얼빠진 듯 고개를 끄덕이는 아람의 모습은 마치 자신에게 말할 수 있는 능력이 있다는 사실에 스스로 감명을 받은 듯했다. 정작 지금은 제대로 쓰지도 못하고 있는 능력이긴 했지만. 사실, 소녀가 한 말이 정확히 기억나지 않아 생각해내려고 허둥거리는 중이었다. 결국 아람은 소녀에게 직접 물어보는 방법을 선택했다.

"미안한데, 뭐라고 했어요?"

"당신도 말할 수 있다고 했어요."

"아니, 그 전에요."

꽃사슴은 잠시 생각에 잠겼다.

"음…… 아, 맞아요! 내가 '봄이 왔네요!'라고 말했어요."

"사실 지금은 여름이에요. 그것도 늦여름."

소녀는 아람이 아주 멍청하다는 듯이 고개를 절레절레 저었다.

"여름은 오고 있어요."

보아하니 논쟁할 거리가 아닌 듯하여 아람은 다른 질문을 했다.

"미안한데, 음…… 당신 정체는 뭐죠?"

"난 드리아드예요."

아람은 또다시 얼빠진 듯 고개를 끄덕였다. 생전 처음 들어보는 단어였지만, 소녀의 종족을 지칭하는 것 같았다.

소녀는 아람이 이해하지 못한 것을 감지했는지 설명을 덧붙였다.

"세나리우스의 딸이에요."

아람은 다시 한 번 고개를 끄덕였다. 어렴풋이 탈리스가 세나리온 의회에 대해 언급했던 기억이 나면서 그것이 이 소녀의 아버지와 관련이 있으리라 추측했다. 하지만 아무리 머리를 굴려봐도 생각해낼 수 있는 건 그게 다였다.

소녀는 아람이 딱하게 여겨졌는지 다시 미소를 짓고 말했다.

"내 이름은 타린드렐라예요. 하지만 당신 같은 존재들이 편하게 부르기에는 좀 길 수도 있어요. 그러니까 그냥 드렐라라고 불러도 돼요."

"두룰라."

머키가 말했다.

"드렐라."

소녀가 바로잡아줬다.

Drella
드 렐 라

A. Thorne

"두룰라."

머키가 다시 도전했다.

"아니, 드-렐-라."

"드-를-라. 드를라."

"그 정도면 비슷해요."

드렐라는 명랑하게 대답했다. 그러고는 눈앞의 아람 일행을 하나하나 둘러보더니 섬세한 네 발굽으로 서서 몸을 빙글 돌린 후에 마카사를 찬찬히 살펴보고는 말했다.

"정말 아름다워요. 게다가 아주 다르기도 하고요."

"어…… 고마워."

마카사가 중얼거렸다.

"어느 분이 탈리스 그레이오크 님인가요?"

네 명의 눈이 드렐라의 시선과 마주쳤다. 그리고 세 명은 아람에게로 시선을 돌렸다. 그 시선을 따라 드렐라도 아람을 빤히 쳐다보았다.

입이 바짝 마른 아람은 침을 꿀꺽 삼키고는 말했다.

"유감이지만, 탈리스 님은…… 돌아가셨어요."

"저런."

"편히 잠드셨을 거예요."

손을 뻗어 드렐라를 토닥이고 싶었지만, 그런 행동을 허락해줄지 확신이 없었다.

드렐라가 어깨를 으쓱했다.

"만물은 모두 죽기 마련이에요."

아람은 드렐라의 냉정한 말에 조금 발끈했다. 그렇지만 드렐라의 태도는 그다지 냉정해 보이지 않았다. 오히려 그 반대였다.

"그래도…… 그분과 나눴던 이야기는 무척 그리울 거예요."

드렐라의 말을 듣고 마카사가 물었다.

"탈리스 님과 얘기를 했다고? 언제?"

"음, 내가 말을 한 건 아니고…… 여러분이 생각하는 그런 방식으로 대화를 나눈 건 아니에요. 하지만 밤에, 그것도 매일 밤, 그분은 내게 속삭여줬어요. '우리 도토리야'라든가 그런 식으로요. 여러 가지 다른 언어로 말씀하셨죠. 그 덕분에 지금 여러분 모두와 이야기할 수 있네요."

그러고는 머키에게 돌아서서 물었다.

"드를라 아옳옳 음음음음 너글시? 머어어얼록 아오오옳?"

"아옳, 아옳."

머키가 신나하며 고개를 끄덕였다. 그러고는 자신을 가리키며 말했다.

"머키, 머키."

그런 다음 차례대로 친구들을 가리키며 말했다.

"우룸, 므르크사, 똑딱."

아람이 재빨리 나서서 다시 소개했다.

"아람, 마카사, 쓱싹이에요."

"여러분 모두 만나서 정말 기뻐요. 탈리스 님은 아람, 당신 얘기를 해줬어요. 마카사, 당신도요. 그리고 머키도. 그분은 당신들 셋을 참 좋아하셨죠."

드렐라는 쓱싹에게 미소를 지으며 말했다.

"당신 이름은 말씀하신 적이 없어요."

쓱싹은 약간 낙심한 듯했다. 그 모습을 본 아람이 얼른 나섰다.

"탈리스 님은 쓱싹을 만난 후 얼마 지나지 않아 돌아가셨어요. 그래서 얘기할 겨를이 없으셨겠죠. 하지만 탈리스 님이 쓱싹을 많이 좋아하셨다는 건 장담할 수 있어요."

그 말에 쓱싹은 기뻐하는 듯했고, 드렐라는 부정하기보다 만족스러운 듯했다.

아람은 아직도 입이 바짝 말라서 꺽꺽거리는 쉰 소리로 말해야 했다.

"탈리스 님은 우리더러 당신을 가젯잔에 있는 패이린느 스프링송이라는 드루이드 뜰지기에게 데려다주라고 하셨어요."

아람의 말에 드렐라가 고개를 끄덕였다.

"탈리스 님은 그분 얘기도 하셨죠. 당신들보다 더 많이 그분을 언급하셨어요. 탈리스 님은 스프링송 님을 정말 좋아하셨죠. 민망할 정도였어요."

"맞아요. 나도 그런 느낌을 조금 받았어요."

모두 말이 없었다. 잠깐의 침묵이 흐르고 아람이 다시 입을 열었다.

"그러면 우리가 당신과 함께 스프링송 님을 만나러 갈게요. 괜찮죠?"

"여러분이 그러고 싶다면요."

드렐라를 비롯해 모두가 잠시 그대로 서 있었다. 결국, 드렐라가 입을 열었다.

"이제 갈까요?"

"그래! 이쪽이야!"

어색하기도 하고 몸이 근질거리던 마카사가 반색하며 대답했다. 그러고는 그림토템의 눈에 띄지 않도록 조심하며 개울인지 강인지 그 너머에 있는 나무로 일행을 이끌었다.

드렐라는 호기심 가득한 눈으로 모든 사물을 살펴보았다.

"이 나무들 정말 마음에 들어요! 저 덤불도요! 저 들꽃도요!"

드렐라는 이쪽저쪽으로 휙휙 넘나들며 눈앞에 보이는 모든 것들을 신기해하느라 바쁘고, 아람은 그렇게 움직이는 드렐라의 뒤를 쫓아다니느라 바빴다.

일행이 잠시 멈춰 서서 지도를 확인해보고 고개를 들었을 때, 새로 맞이한 다섯 번째 동료가 사라졌다는 것을 알았다. "빨리 찾아!"라고 마카사가 아람에게 외치는 것과 동시에 아람도 외쳤다.

"드렐라를 찾아야 해!"

일행은 흩어져서 네 방향으로 찾아 나섰다. 몇 분 후 아람이 드렐

라를 찾아냈을 때는, 벌 떼들과 즐겁게 얘기하는 중이었다. 아람은
멀찍이 떨어진 채로 드렐라를 불렀다.

"거기 있었네요."

드렐라는 고개도 돌리지 않은 채 벌들과 계속 이야기를 나눴고,
아람의 말에는 간단히 대꾸했다.

"나는 언제나 내가 있는 곳에 있어요."

"그래요. 하지만…… 그렇게 돌아다니면 안 돼요."

"왜죠?"

드렐라가 벌들과 인사를 나눈 후 아람에게 다가오면서 물었다.
아람은 안도하며 대답했다.

"음, 이 지역에는 타우렌들이 돌아다닐지도 모르고……."

"어머, 타우렌은 한 번도 본 적이 없는데. 같이 찾으러 가요!"

"안 돼요, 안 돼. 타우렌은 위험해요."

"위험하다고요? 탈리스 님은 타우렌에 대해서 좋은 말씀만 하셨
는데요."

"사실, 제가 만난 타우렌들도 모두 착했어요."

"그런데 왜 위험하다는 거죠?"

아람은 당황스러웠다. 어쩌다가 이전에 자신이 했던 주장과 반
대되는 주장을 해야 하는 상황이 된 걸까? 아직도 마음속에는 그림
토템에게 다가가 싸움이니 공성이니 전부 필요 없다고 설득하고픈
마음이 굴뚝같았다. 하지만 드렐라를 위험에 빠뜨려서는 절대 안

된다는 생각이 훨씬 더 컸다.

'내가 드렐라를 보호해줘야 해!'

그래서 아람은 대답 대신 마카사를 불렀다. 그동안 드렐라는 사랑스러운 미소를 머금고서 아람을 바라보고 있었다. 그럼에도 아람은 가젯잔에 도착할 때까지 드렐라를 다시 그 도토리에 집어넣을 수 있으면 좋겠다고 생각했다.

드렐라를 찾으러 나섰던 마카사, 쓱싹, 머키가 돌아왔고 다시 여정이 시작되었다.

드렐라는 쓱싹의 노란 털 사이사이의 크고 작은 검은색 점들을 쓰다듬는 재미에 정신이 팔렸고, 덕분에 쓱싹은 두 걸음에 한 번씩 왼쪽 다리를 탈탈 털면서 가야 했다. 아람은 마카사 옆으로 다가가 걱정스러운 목소리로 속삭였다.

"드렐라는 자신이 뭐든지 다 안다고 생각하나 본데, 정작 아는 건 아무것도 없어!"

이 점이 아람을 힘들게 했다. 나침반, 수정 조각, 주먹 크기의 도토리를 지키는 일보다 훨씬 더 부담스럽고 더 겁이 나는 짐이었다. 마카사가 아람을 내려다보고는 짧게 키득거렸다. 아람이 계속 소곤거렸다.

"빨리 가젯잔으로 가서 뜰지기를 만나야겠어."

"아, 나도 같은 생각이야."

"이럴 줄 알고 탈리스 님이 물을 조심하라고 그렇게까지 강조하

섰던 거야. 우리한테 도토리를 맡긴 게 아니었어! 살아 있는 존재를 맡기셨다고!"

"그래. 나도 우리 눈앞에서 뭐가 튀어나왔는지 잘 알아."

"그래서 그렇게 웃는 거야?"

"넌 아기를 맡은 거야. 이제 저 아기를 엄마에게 데려다줘야 하는 거고. 그러니 할 일이 많을 수밖에."

"내 말이 그 말이야!"

"보호할 가치가 있는 존재인 건 분명하지만, 그 존재를 책임지기 싫은 거지."

"맞아! 바로 그거야!"

"축하해. 이제 나와 같은 신세가 되었구나."

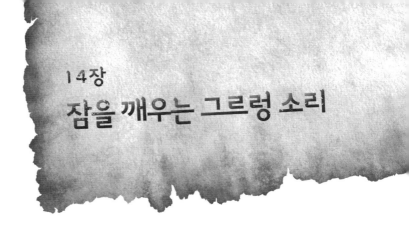

14장
잠을 깨우는 그르렁 소리

신탈라나르를 멀찍이 피해, 다섯 명은 숲 가장자리에서 하룻
밤을 보내기로 했다. 마카사는 유감스럽긴 하지만, 이제 일
행을 부대라고 생각하기 시작했다. 나무 위에 걸린 아제로스의 달
빛을 받아 버섯구름 봉우리의 수면이 희미하게 빛나고 있었다. 드
렐라를 제외한 네 명은 아껴 먹었던 곰 스테이크의 마지막 조각을
먹어 치웠다. 드렐라는 한 명 한 명에게 씨앗이 있냐고 물었다. 씨
앗은 없었다. 드렐라는 제대로 자라지 못한 작고 연약한 산딸기 덤
불을 찾아내고서는 손을 그 위로 뻗었다. 그러자 눈앞에서 덤불이
서서히 자라기 시작하더니 딸기 몇 개가 열렸다. 하지만 그런 일을
한 탓에 드렐라는 기운이 빠진 듯했다.

"내가 도토리였을 때는 훨씬 쉬웠어요."

"탈리스 님이 도와주셔서 그런 게 아니었을까요?"

아람이 묻자 드렐라는 어깨를 으쓱했다.

스케치북을 꺼내 든 아람은 이제 막 드렐라의 그림을 마쳤다. 목탄 연필밖에 없어서 드리아드 특유의 영롱한 빛깔을 전부 담아낼 수 없는 게 안타까웠다. 롭 아저씨가 입버릇처럼 말하던 '뭘 어쩌겠어'라는 상황이었다. 아람은 스케치북을 넘겨 탈리스의 초상화를 찾았다. 변신의 대가인 칼도레이의 모습과 수사슴일 때의 모습을 둘 다 그려놓았다. 아람은 그 그림을 드렐라에게 보여줬다. 드렐라는 고개를 갸웃거리더니 물었다.

"이게 누구죠?"

"탈리스 님이에요."

아람은 대답을 해놓고도 조금 당황했다. 왜냐하면 그림 아래 탈리스의 이름이 똑똑히 적혀 있었기 때문이었다.

"두 모습 다 탈리스 님이에요."

"아, 그러니까 이게 탈리스 님의 모습이로군요. 정말 아름다우세요. 안 그런가요? 특히 동물의 모습일 때가 마음에 드네요."

"당신 글자를 못 읽는군요, 그렇죠?"

"전엔 눈이 없었으니까요. 읽는 법을 가르쳐줄래요? 난 새로운 무언가를 배우는 게 좋아요."

명랑한 드렐라의 말에 아람은 고개를 끄덕이긴 했지만, 어떻게 글을 가르쳐줘야 하는지는 몰랐다.

"쓱싹 못 읽는다. 아람은 쓱싹도 가르친다. 그러면 쓱싹 배운다."

"응크 머키 플름. 머키 아르오오옳."

잠자코 듣고 있던 마카사가 말했다.

"다음엔 학교를 세우겠는데."

"누나가 가르쳐보는 건 어때?"

대답을 뻔히 알면서도 아람이 물었다.

"아니, 됐어."

아람이 드렐라와 쓱싹, 머키를 쳐다보며 말했다.

"어떻게 가르쳐야 할지 생각할 시간을 조금 줘요. 시작은 그다음에 할게요."

모두 만족하는 듯했다.

드렐라는 산딸기를 몇 개 먹었고, 마카사는 늘 하던 대로 첫 번째 보초를 섰다.

곧바로 잠에 빠져든 아람은 종종 그랬듯이 빛의 꿈을 꾸기 시작했다.

빛의 목소리가 아람을 불렀다.

"아람, 아람, 배신자가 널 방해하도록 놔두어서는 안 된다. 배신자의 상황을 파악해야 한다. 배신자를 넘어갈 수 있는 방법을 찾아야 한다."

"배신자요? 누가 배신자인데요?"

"난 배신자가 아니다."

말루스가 힘주어 말했다. 윤곽만 보이는 형체가 아람과 빛 사이에 서 있었다.

"죽음만이 빛 안에서 산다."

"하지만 배신자가 되려면…….."

아람은 입을 다문 채 골똘히 생각에 잠겼다가 무언가 깨달은 듯 목소리를 높여 말했다.

"……말루스가 배신자가 되려면 한 번은 당신 편이었거나 당신 편이 되어야 하잖아요."

"그렇다."

빛이 대답하자 말루스가 으르렁거리듯 말했다.

"어릴 때는 쉽게 속는 법이란다, 소년."

"소년, 일어나십시오."

정신이 번쩍 들었지만 그대로 얼어붙었다. 목에 칼이 겨눠져 있었다.

"천천히 움직이십시오."

그르렁대는 소리가 뒤에서 들려왔다.

아람은 주위를 둘러보며 천천히 일어나 앉았다. 아직 어두웠지만, 하얀 아가씨의 빛으로도 주위를 분간하기엔 충분했다. 임시로 마련한 야영지는 이미 나이트 엘프 여섯 명이 장악하고 있었다. 아람이 어깨너머로 힐끗 돌아보니 남자 칼도레이가 옆에 무릎을 꿇고서 아람의 목에 긴 곡검을 겨누고 있었다. 쓱싹과 머키도 다른 엘프들 손에 같은 신세가 되어 있었다. 마카사는 그런 꼴을 당하진 않았지만 흰날검을 뽑아 든 채, 짧은 청록색 머리칼의 여자 나이트 엘프를 겨눈 상태였다. 그 여자 엘프는 길고 뾰족한 귀에 물결 모양의 날카로운 시미터를 들고서 마카사를 겨누고 있었다.

아람은 드렐라의 상태를 확인하기 위해 주위를 둘러보았다. 뒤에 있던 나이트 엘프가 그르렁대며 검을 아람의 목에 더 바짝 들이댔다.

"소년, 가만히 있으십시오."

"그 아인 건드리지 마."

마카사의 험악한 말투에는 경고의 뜻이 담겨 있었다.

그러자 칼도레이 여자가 대답했다.

"무기를 버리세요. 그러면 생각해보겠어요."

"싫어."

칼도레이 여자가 눈에 보이게 한숨을 쉬며 물었다.

"어째서 인간이 놀과 멀록과 함께 다니지요?"

드리아드 얘기는 없었기에 아람은 드렐라가 어디에 있는지 궁금했다. 한편으로는 드렐라가 그 자리에 없다는 사실이 다행스럽기도 했지만, 다른 한편으로는 어떻게 됐는지 짐작이 가서 걱정스러웠다.

"우리가 누구와 다니든 나이트 엘프가 왜 상관하지? 너희 알 바가 아니잖아?"

마카사가 칼도레이 여자의 말을 맞받아치자 아람이 끼어들었다.

"신 탈라나르에서 오신 분들인가요?"

아무런 대답이 없자, 아람이 말을 이었다.

"그러니까, 일단 저희가 그림토템이 아니라는 건 아시겠죠? 저희는 적이 아니에요."

그래도 여전히 아무런 반응이 없었다.

"여러분 종족 한 분이 저희와 가까운 친구였어요. 탈리스 그레이오크 님이요."

아무도 말은 안 했지만, 탈리스의 이름이 언급되자 서로 눈길을 주고받는 반응을 보였다.

마침내 칼도레이 여자가 입을 열었다.

"지금 '친구였다'고 했나요?"

"돌아가셨어요. 트롤의 석궁에 맞아서요."

아람은 기회를 놓치지 않고 계속 말을 이었다.

"제 목숨을 구하려다가 돌아가신 거예요."

등 뒤에 있던 남자 엘프가 다시 그르렁댔다.

"도대체 당신이 무슨 가치가 있어서 탈리스 님이 목숨을 버렸다는 거죠?"

잠시 이 질문에 대해 생각해본 아람이 대답했다.

"우정이요."

눈에 보이는 변화는 없었지만, 아람은 칼도레이들이 주저하고 있다는 걸 눈치챘다.

그 순간, 느닷없이 맑고 영롱한 목소리가 들려왔다.

"다들 정말 아름다워요!"

아람은 가슴이 철렁했다. 나이트 엘프 전원이 소리가 들리는 방향을 돌아보았다. 깊은 숲속에서 모습을 드러낸 드렐라의 팔에는 뿌리며 채소며 버섯이며 과일이 한가득 들려 있었다. 드렐라를 본 칼도레이 전원이 크게 헉하는 소리를 내며 서너 명은 경배하는 자세로 고개를 숙였다.

무슨 상황인지 제대로 이해할 수는 없었지만 기회를 포착한 아람이 재빨리 끼어들었다.

"이쪽은 세나리우스의 딸, 타린드렐라예요. 저희 일행이고요."

엘프 여자가 고개를 살짝 숙여 인사하고는 드렐라에게 인사를 건넸다.

"세나리우스의 딸이여, 저는 신 탈라나르의 렌도우입니다."

"안녕하세요, 신 탈라나르의 렌도우."

드렐라는 늘 하던 대로 명랑하게 말했다. 만약 나이트 엘프들이 지닌 무기와 동행들의 위태로운 상황을 알아챘다면, 아무 말도 하지 않았겠지만.

"당신 정말 근사하군요."

드렐라가 뭐라고 떠들든 마카사는 인상을 쓰면서도 완벽하게 절제된 목소리로 말했다.

　"이 드리아드는 탈리스 님의 씨앗이다. 탈리스 님이 돌아가실 때 우리에게 맡겼어. 우리는 이 드리아드와 함께 목적지까지 동행하는 의무를 경건하게 수행하는 중이다."

　렌도우라는 이름의 여자 엘프가 돌아서서 마카사를 바라봤다.

　"그런데 혼자 이 숲을 돌아다니게 놔뒀다는 건가요?"

　"아니, 당신들 때문에 위험해졌다는 걸 알고 내가 도망치게 한 거야."

　렌도우는 그대로 굳어버렸다. 그러고는 당황한 듯 고개를 끄덕인 후, 야영지 주위의 동료들을 둘러보더니 재빠른 동작으로 시미터를 칼집에 넣었다. 곧바로 다른 나이트 엘프들도 무기를 거두었다.

　그러나 마카사는 그렇게 하지 않았다. 흰날검으로 여전히 렌도우를 겨눈 채 말했다.

　"나는 마카사 플린트윌이야. 우리는 탈리스 님과의 서약을 이행하러 세나리우스의 딸, 타린드렐라를 데리고 가젯잔으로 가는 중이고. 우리가 갈 길을 가도록 해주겠어?"

　렌도우는 질문에 대한 대답 대신 다른 얘기를 했다.

　"탈리스 님은 친구셨어요. 우리 모두의 진정한 친구셨지요. 돌아가셨다니 유감이에요. 솔직히 말하자면, 이해가 가지 않네요."

　말에서는 의심하는 기색이 묻어났다.

"아람, 이 여자에게 스케치북을 보여줘."

아람이 주머니로 손을 뻗자 뒤에 있던 남자 나이트 엘프가 그르렁댔다.

"소년, 천천히 하십시오."

아람은 천천히 스케치북을 꺼낸 다음, 탈리스의 그림이 있는 곳을 펼쳤다. 그러고는 그르렁대는 칼도레이에게 보여줬더니 여전히 그르렁거리긴 했지만, 고개를 끄덕였다.

아람은 몇 발자국 앞으로 걸어가 렌도우에게 스케치북을 건넸다.

렌도우는 한참 동안 탈리스의 그림을 응시했다. 하지만 늘 그렇듯이, 아람의 그림 솜씨에는 어떤 마력이 있었다. 아니면 아람이 가진 마력이 그림 솜씨일지도. 단지 그림만으로는 아무것도 증명할 수 없었다. 하지만 그림은 솔직했다. 그리고 탈리스의 표정에는 친구들과 함께 있다는 사실이 뚜렷이 드러나 있었다. 렌도우는 다소 안도하는 눈치였다.

"가젯잔이라고 했나요?"

"네. 그곳에 드루이드 뜰지기가 계세요."

"패이린느 스프링송이군요."

렌도우가 고개를 끄덕이며 대답했다.

"네. 탈리스 님이 저희더러 드렐라, 그러니까 타린드렐라를 그분께 데려다주라고 하셨어요."

아람은 반신반의하는 자신의 마음이 들키지 않도록 헛기침을 했는데, 골똘히 생각에 잠긴 렌도우의 귀에 들릴 리 없었다.

그때 드렐라가 끼어들었다.

"탈리스 님은 스프링송 님 얘기를 자주 하셨어요. 하지만 렌도우라는 이름은 말씀하신 적이 없네요."

아람이 쓱 쳐다보았지만, 드렐라는 그저 미소만 지을 뿐이었다.

마침내 렌도우가 입을 열었다.

"세나리우스의 딸이여, 사과드릴게요. 마카사, 사과드려요. 여러분 모두에게 사과드려요. 신 탈라나르가 오랫동안 포위되어 있던 탓에 저희의 생각도 그대로 굳어져버렸나 봐요. 말씀드린 바와 같이, 저는 렌도우라고 해요. 평범한 상인이죠. 저는 가죽 방어구를 취급해요. 아니 취급했었죠."

"지금 적진에 와 있는 셈이군."

"맞아요. 보급품을 신 탈라나르로 가져가는 중이에요."

마카사의 말에 렌도우가 대답했다.

"나한테 보급품이 있어요."

드렐라가 도움이 될 수 있겠다는 기대감으로 양팔에 안고 있던 자연의 소산물을 내밀었다.

"저들은 고기만 먹더라고요."

드렐라는 아람을 보며 얼굴을 찡그렸는데 마치 여동생 셀리아에게 간을 먹으라고 했을 때 짓는 표정과 똑같았다. 한마디로 귀엽기 짝이 없었다.

"타린드렐라, 저희는 마음만 받겠습니다. 마음씨가 고우시군요. 하지만 저희에게도 그 정도의 식량은 넉넉히 있답니다."

바로 그때, 다른 나이트 엘프 하나가 숲에서 불쑥 나타났다. 그러더니 갑자기 동작을 멈추고 눈앞의 광경에 어리둥절한 표정을 지었다. 그 엘프는 어렸다. 아니면 어려 보이는지도 몰랐다. 어쨌거나 아람에게는 열다섯 살 정도로 보였다. 아람이 아는 바로는, 그건 곧 그 나이트 엘프가 만오천 살이 아니라 천오백 살밖에 안 됐다는 뜻일 수도 있었다.

"가렌스, 무슨 일이지?"

아직도 아람 뒤에 서 있던 칼도레이가 조급하게 그르렁대며 재촉했다.

"저는…… 음…….'"

그 나이트 엘프는 혼란스러운 감정을 털어내려는 듯 고개를 젓고는 렌도우에게 다가가 다급히 말했다.

"그림토템 순찰대가 접근 중입니다. 싸우기엔 수가 아주 많습니다."

"얼마나 떨어져 있지?"

렌도우는 곧바로 핵심 질문을 던졌다.

좀 더 부드러운 느낌의 마카사를 보는 기분이었다.

"4분 정도의 거리입니다. 운이 좋으면 5분 정도 걸릴 겁니다."

"난 운 같은 거 기대하지 않아."

마카사의 말에 렌도우가 동의한다는 뜻으로 고개를 끄덕이고는 말했다.

"순찰대를 피해 전초기지로 보급품을 가져가야 해요. 그리고 당신들 때문에 속도를 늦출 수도 없고요. 당신들은 세나리우스의 따님을 안전한 곳으로 데려가야 하니 가능한 한 이곳과는 멀리 떨어져서 가세요. 될 수 있는 한 서둘러서요."

"무슨 방책이라도 있어?"

"있어요."

렌도우가 물을 가리키며 말했다.

"제 배가 바로 저기에 있어요. 골풀 사이에 숨겨놓았지요. 작지만 여러분 모두가 타기엔 충분해요. 가져가세요."

"그 배를 우리가 사용해도 되는 건가요?"

아람이 물었다.

"순찰대한테 들키면 침몰당할 거예요. 협곡을 따라 내려가세요. 피즐과 포직의 쾌속선까지 쭉 내려가면 돼요."

"어디까지라고요?"

"걱정하지 마세요. 못 보고 지나칠 일은 없을 테니까."

"우리가 찾을게."

렌도우의 말에 마카사가 서둘러 대답했다.

"근사해요."

드렐라는 여전히 명랑하게 말했지만, 렌도우가 바로 반박했다.

"근사하지는 않아요. 하지만 도움이 될 거예요. 거기 도착하면 여관을 운영하는 데이지라는 인간 여자에게 배를 맡기면 돼요. 데이지가 가젯잔으로 가는 이동 편도 알아봐줄 거예요."

"정말 친절하시네요. 고맙습니다."

아람이 감사 인사를 했다.

"타린드렐라 님도 중하지만, 탈리스 님의 친구들을 위해 이 정도는 당연히 해야죠."

렌도우는 아람에게 스케치북을 돌려줬다.

"이제 가세요. 저희가 이곳에 남아 당신들의 뒤를 봐줄 수는 없어요. 그러니 서두르세요."

아람은 베개로 쓰던 아버지의 가죽 외투를 집어 들었다. 자리에서 일어났을 때 칼도레이들은 이미 사라지고 없었다.

"가자."

마카사가 속삭이며 말하자 쏙싹과 머키가 그 뒤를 따랐지만, 드렐라는 주저했다. 잔뜩 골이 난 얼굴로 아람에게 말했다.

"왜 남아서 타우렌을 보면 안 되는지 아직 모르겠어요."

"배 위에서 볼 수 있을지도 몰라요."

마카사가 물가로 가보니 막상 배를 찾는 게 쉽지 않았다. 하지만 머키가 찾아냈다. 렌도우가 말한 대로, 작은 나무배였지만 다섯이 타기에는 충분했다. 장대 하나와 노가 있었다. 모두 배 위로 올랐는데 드렐라는 네 발굽을 어떻게 디뎌야 할지 몰라 따로 도움을 받아야 했다. 배 위에 오르고 난 뒤 드렐라는 들고 있던 채소들을 바닥에 전부 내려놓고 그 옆에 무릎을 꿇고 앉았다.

쓱싹과 아람이 배를 밀었다. 마카사가 장대로 둘에게 조용히 해안에서 멀어지도록 지시했다. 쓱싹이 노를 저으려고 움직이자 마카사가 고개를 저었다.

"아직 안 돼. 소리가 너무 크게 날 거야."

쓱싹이 고개를 끄덕였다.

그때 드렐라가 잔뜩 흥분해 외쳤다.

"나, 타우렌을 본 것 같아요!"

그 소리를 들은 타우렌이 고개를 돌리고는 배에 탄 아람 일행을 보았다. 그림토템 몇 명은 창을 들고 있던 터라 보는 것만으로 끝나지 않을 듯싶었다.

마카사가 외쳤다.

"저어!"

쓱싹이 튼튼한 어깨로 노를 저었다.

성난 타우렌들이 고함을 지르며 창을 던졌지만, 배 후미에 있던 마카사가 즉시 방패로 날아든 창을 전부 쳐냈다. 아람은 그렇게 위협적으로 행동하는 타우렌을 본 적이 없었다. 껍질깎이 거점에서도 그랬고, 오우거의 구덩이에서 만난 브리즈라이더가 아람을 거칠게 위협할 때도 저 정도는 아니었다.

그때 드렐라가 말했다.

"저들 모두 정말 아름답네요!"

아람이 드렐라를 빤히 쳐다보며 소리쳤다.

"우리를 죽이려고 하는 거예요!"

"그러면 어때서요? 만물은 다 죽기 마련이에요."

드렐라가 깔깔 웃으며 대꾸했다.

아람이 어이가 없다는 듯이 고개를 저었다. 마카사가 해줬던 말이 점점 현실로 다가왔다.

다행히도 얼마 지나지 않아 타우렌들은 던질 창이 바닥났다. 어쩌면 배가 너무 멀어졌는지도 모른다. 어쨌거나 쏙싹은 필사적으로 노를 저었고, 배와 아람 일행은 물에 잠긴 버섯구름 봉우리의 협곡을 따라 흘러갔다.

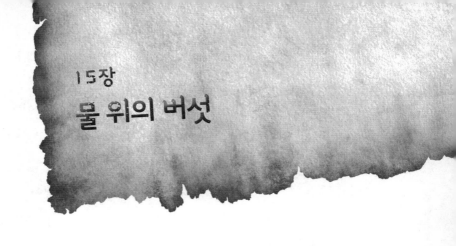

15장
물 위의 버섯

드렐라를 제외하고 모두 밤새 번갈아 가며 노를 저었다. 마카사는 그림토템과 충분히 멀어졌다고 확신할 때까지는 배를 댈 생각이 없었다. 그 말을 하고는 내내 입을 다물고 있었지만, 아람이 보기엔 마카사가 무슨 말을 꺼내려는 듯한 순간이 종종 있었다.

그렇다 하더라도 자기 차례가 돌아와 열심히 노를 젓던 아람은, 마카사가 입을 열었을 때 그런 말이 나올 줄은 상상도 못했다. 사과였다.

"미안해."

단어가 목에 걸려 턱턱 막히는 듯한 소리였다. 아람은 지난 일곱 달 동안 마카사가 사과하는 것을 들어본 적이 없었다. 절대로. 물론 마카사가 누구에게든 사과할 만한 짓을 저질렀던 순간도 딱히 짚어낼 수 없었다. 마카사는 계속 껄끄러워하면서도 말을 이어갔다.

"내가 보초 설 때였으니까. 어떻게 된 건지는 잘 모르겠어. 드렐라는 나도 모르는 사이에 빠져나갔어. 그리고 나이트 엘프들이 우리를 덮칠 때, 아무것도 못 봤고 아무 소리도 듣지 못했어."

"난 배가 고팠어요. 하지만 당신들 고기는 먹을 수 없었어요."

드렐라의 말에 아람이 한마디 했다.

"드렐라, 그렇게 아무 말 없이 없어지면 안 돼요. 어디 갈 때는 우리한테 꼭 말해줘요. 그리고 우리 중 누구든 한 명과 같이 움직여줬으면 좋겠어요."

"왜 그래야 하는지 모르겠네요."

드렐라를 제외한 넷은 당황스러운 눈길을 주고받았다.

잠자코 있던 쓱싹이 입을 열었다.

"쓱싹은 탈리스에게 씨앗 지킨다고 맹세했다. 드렐라 지킨다."

"아옳, 아옳. 머키 아옳옳옳 드를라, 아오오오오옳."

머키가 머리를 주억거렸다.

"이제 알겠어요? 우리는 탈리스 님과 약속했어요. 당신은 이 세상에 나온 지 얼마 안 됐잖아요. 당신이 이해하지 못하는 것들이 있어요."

아람의 말에 드렐라가 미간을 찌푸렸다. 지금까지는 한 번도 그런 적이 없다는 생각이 들었다. 이윽고 드렐라가 입을 열었다.

"나는 이 모습으로 세상에 나온 지 얼마 안 된 것뿐이에요. 이 세상에 나온 지 얼마 안 된 게 아니라고요. 나는 이 세상과 같아요. 그리고 당신이 이해하지 못하는 것들도 많지요."

그리고 마지막으로 한마디를 덧붙였다.

"그러니 이제 그런 말은 그만해요!"

아람은 오히려 제대로 말할 수 있는 기회를 잡았다고 생각했다.

"맞아요. 내가 이해하지 못하는 게 아주 많이 있어요. 그러니 우리는 모두 힘을 합쳐야 하죠."

드렐라는 아람의 말을 곰곰이 생각해보더니 단호하게 고개를 끄덕였다.

"그러네요. 그건 말이 되네요."

넷은 동시에 안도의 한숨을 내쉬었다. 그런데 드렐라가 또다시 한마디를 덧붙였다.

"그러니까 나는 당신들만 남겨두고 어디 가면 안 되겠네요. 당신들에게 내 도움이 필요할지도 모르니."

아람이 무언가 반박하려다가 생각을 바꾸고 입을 다물었다.

'생각이야 어떻게 하든 상관없겠지.'

마카사는 신발에 돌멩이가 들어갔을 때처럼 계속 마음이 꺼림칙한지 원래 주제로 다시 돌아갔다.

"내가 잠이 들었다니 믿기지 않아. 게다가 모두를 곤경에 빠뜨렸어."

"우리 중 그 누구도 완벽하지 않아."

마카사는 손사래를 치며 아람의 말을 일축해버렸다.

"쿨두르리이 플룰루르록 아옳올 아옳옳올록."

머키도 한마디 거들자 드렐라가 해석해주었다.

"칼도레이는 마법을 써서 움직인다고 해요. 그러니까 그들이 들킬 생각이 없는 한, 움직이는 소리를 당신이 들을 수 없다는 뜻이죠."

"아옳, 아옳."

머키가 고개를 주억거렸다.

마카사는 아무 말도 하지 않았지만, 희미한 달빛 아래에서도 머키의 말에 자책감이 조금은 가라앉는 게 아람의 눈에 보였다.

머키에게 노를 넘겨주고 아람이 물었다.

"육포 드실 분?"

날이 밝자, 일행은 버섯구름 봉우리의 깎아지른 듯한 '버섯'들 사이에 있다는 사실을 깨달았다. 높고 뾰족한 바위가 땅을 뒤덮은 물속에서 솟아올라 하늘을 찌를 듯 솟아 있었다. 아람은 수면 아래로 협곡 바닥이 얼마나 깊이 있는지 궁금했고, 버섯들이 실제로 얼마나 큰지도 궁금해서 깊은 물속을 들여다보려고 했다.

버섯이라고 하기 어려운 것들도 있었다. 꼭대기에 마을 하나가 통째로 자리 잡을 정도로 넓은 절벽마루였다. 아람은 아버지 쏜 선장에게서 이곳에 대한 이야기를 들은 적이 있었다. 타우렌과 켄타우로스와 가시멧돼지와 그 밖의 다른 종족들이 어떻게 협곡 바닥과 버섯 꼭대기에서 살았는지에 관한 얘기였다. 대격변 이전의 이야기, 용이 되살아나고 세상이 요동치기 전의 이야기였다. 협곡과 대해를 갈라놓던 벽이 산산이 부서져 이 끝에서 저 끝까지 물에 잠기고, 마을과 그 안의 많고 많은 영혼이 딱하게도 모조리 수몰되기 전의 이야기였다.

하지만 생명은 방법을 찾기 마련이었다. 절벽마루는 살아남았고, 사막의 길은 물길이 되었다.

아람은 스케치북을 꺼내 들고 남은 땅이 거의 없는 이곳의 풍경을 그려나갔다.

하루, 또 하루를 보내며 아람 일행은 출렁다리로 연결된 절벽마루 사이를 지나갔다. 봉우리 가장자리에는 수면 높이로 작게 깎아서 만든 부두가 있었고, 꼭대기에 있는 마을로 올라갈 수 있는 밧줄 사다리와 도르래 장치가 있었다. 여기저기 흩어진 배들은 이쪽 봉우리에서 다음 봉우리로 오가거나 쓰레그물로 고기를 낚았다. 그 모습을 보고 갑자기 서글퍼졌는지 머키가 자신의 창을 뚫어지게 보며 그물과 바꾼 게 과연 잘한 일이었는지 곰곰이 생각했다. 마카사의 반응은 달랐다. 문제가 생기지 않도록 다른 배들과 거리를 두었다.

육포가 많이 있었지만, 드렐라는 손도 대려 하지 않았다. 게다가 식욕은 또 왕성했다. 숲에서 따온 뿌리와 채소는 금방 바닥이 났고, 물 위로 떠가는 배에서는 무언가 자라게 할 방도도 없었다.

어느덧 양쪽 해안에서 멀리 떨어져 협곡 중심부까지 깊이 들어와 있었다.

"아람, 나 배고파요."

드렐라가 아람을 보며 말했다.

아람이 마카사를 돌아봤다. 둘 다 어딘가에 배를 대야 한다고 생각했다.

커다란 절벽마루, 지금까지 본 중에서 가장 큰 절벽마루를 지났다. 아람은 지도를 꺼내 살펴보고는 그게 먹구름 봉우리라고 생각했다. 하지만 '먹구름'이라는 이름만으로는 부족했는지 꺼림칙하게도 절벽 위에서 휘날리는 그림토템 깃발이 쓱싹의 눈에 들어왔다.

멈추지 않고 계속 노를 저었다.

머키는 물속을 빤히 들여다보고 있었다. 그러더니 고개를 들어 드렐라를 보고는 한숨처럼 부글부글 거품을 내보냈다. 그러고는 갑자기 벌떡 일어나 창을 물속으로 던졌다. 아람은 머키가 화가 났거나 좌절감에 그랬다고 생각했는데, 잠시 후 머키가 물속으로 뛰어드는 모습을 보고 모두 어안이 벙벙해졌다. 몇 초가 지나고 다들 어떻게 해야 할지 갈팡질팡하고 있을 때, 머키가 꽤 커다란 물고기가 꽂힌 창을 든 채로 물에서 고개를 내밀고 소리쳤다.

"우우아아아!"

그러고는 능숙하게 렌도우의 배로 헤엄쳐 돌아왔다. 아람과 쓱싹이 머키를 붙잡고 끌어 올리자 머키는 곧장 드렐라 앞에 무릎을 꿇고 말했다.

"드를라 아옳올롤롤로. 머키 플룰루르로크 프르 드를라."

드렐라는 미소를 지어 보이고는 고개를 저었다.

"머키, 난 땅의 동물이나 물의 동물은 먹을 수 없어요."

잠시 후, 쓸데없는 시도를 막으려는 듯 한마디를 덧붙였다.

"하늘의 동물도요."

머키는 상심한 듯했다. 이번에는 물고기를 아람에게 내밀었다.

"머키, 고마워. 그런데 나는 날것은 못 먹어. 배에서 불을 피울 수도 없고."

쓱싹은 입맛이 까다롭지 않았다. 심지어 마카사도 날 생선을 조금 먹었다. 쓱싹과 머키는 물고기를 사이좋게 나누어 뼈, 내장, 머리, 지느러미, 꼬리, 비늘까지 모조리 먹어 치웠다.

그렇지만 그 무엇으로도 드렐라의 허기를 채워주지는 못했다.

그날 밤, 머키와 쓱싹이 곤히 잠들고 마카사가 살짝 눈을 감고 있는 동안 아람이 보초를 섰다. 배는 협곡을 따라 흘러가고 있었다. 하얀 아가씨는 고작 은화 한 닢 정도의 크기였지만, 4분의 3정도 차오른 푸른 아이가 발하는 달빛이 수면에서 은은하게 빛나고 있었다.

고요한 중에 드렐라가 보초를 서고 있는 아람의 가슴에 손을 댔다.

"그게 뭐죠? 나를 부르는군요."

아람이 아래를 내려다봤다. 며칠 만에 처음으로 아버지가 준 나침반을 셔츠 아래에서 꺼내보았다. 수정 바늘은 여전히 남동쪽을 가리키고 있었는데…… 빛나고 있었다! 흥분한 아람은 잠든 친구들을 쿡쿡 찔러 깨운 다음 나침반을 보여주었다.

"다른 조각이 가까이 있어."

"무슨 조각이요?"

아람의 말에 드렐라가 물었다. 수정과 나침반에 관해 설명하려고 했지만, 드렐라는 아람이 대답할 수 없는 질문을 연달아 쏟아냈다. 대답을 하긴 했지만 드렐라는 만족하지 못했고 아람은 어째서인지 사기가 꺾였다. 여전히 모르는 것이 너무 많았다.

다음 날 아침, 또 다른 거대 절벽마루에 접근했다. 다시 한 번 아람은 지도를 꺼내 들었다.

"내 생각엔 여기가 높새바람 봉우리 같아."

아람은 그 이름이 마음에 들었다. 그림토템이 됐든 다른 무엇이 됐든 깃발도 보이지 않았다. 마카사는 누군가의 말을 믿고 따르는 것에 대한 본능적인 거부감을 자제하고 높새바람 봉우리를 향해 노를 저었다.

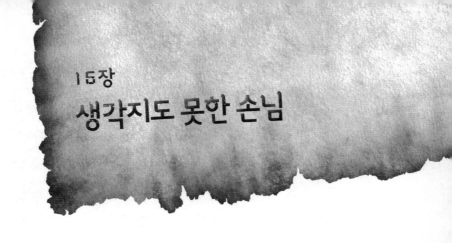

15장
생각지도 못한 손님

높새바람 봉우리에서 당황스러울 정도로 환대를 받은 마카사와 아람은 의심을 멈출 수 없었다.

짧은 뿔, 짧은 주둥이, 옅은 갈색 털에 풍채가 넉넉한 타우렌 여성이 렌도우의 배를 작은 임시 부두에 매어주었다. 타우렌은 자신을 탈리아 앰버하이드라고 소개했다. 아버지한테 배운 대로, 아람은 타우렌의 관습에 따라 주먹으로 자기 가슴을 친 다음 머리를 쳐서 인사했다. 탈리아는 깜짝 놀라면서도 반색을 하며 같은 인사로 답하고는 곧장 안내를 해주겠다고 자청했다.

튼튼한 밧줄 사다리가 아람과 친구들 앞에 놓였지만, 드렐라에게는 가당치 않은 이동 수단이었다. 아람이 그런 사정을 얘기했을 때 탈리아는 위쪽을 살펴보고 있었다. 아람이 말을 걸려고 했지만,

탈리아는 다른 방법을 찾는 듯했다. 잠시 후 탈리아, 마카사, 머키, 쓱싹은 밧줄 사다리를 타고 올라갔고, 아람은 드렐라와 함께 도르래 밧줄로 작동하는 보급품 공급대에 올라탄 채 타우렌 탈리아의 튼튼한 팔 힘으로 이리저리 흔들리며 절벽마루 꼭대기까지 끌어올려졌다. 그렇게 위로 올라가는 동안 봉우리의 울퉁불퉁한 부분에 부딪혀 튕기기도 했다. 아람은 제대로 중심을 잡을 수가 없었는데 드렐라는 한 손을 아람 어깨에 올려놓고 균형을 잡고 있었다. 어쩌면 아람의 균형을 잡아주는 것인지도 몰랐다.

꼭대기에 다다르자, 탈리아는 일행을 먼저 작은 시장으로 안내했다. 아람은 마카사가 미처 말리기도 전에 금화 한 닢을 꺼내 들고 드렐라가 먹을 채소부터 사려고 했다. 그러나 험상궂은 가시멧돼지 행상은 금화가 오가는 큰 거래는 할 수 없는 모양이었다. 어딘가 조바심 내는 모습이었는데, 물건을 팔고 싶어서가 아니라 거래를 끝내고 싶어서 그런 듯했다. 아니면 그 반대인지도 몰랐다. 탈리아는 마음씨 좋게 동화 한 닢을 꺼내 드렐라가 필요로 하는 양보다 더 넉넉히 채소를 사주었다.

드렐라는 대단히 기뻐했다. 먹을 수 있는 걸 구해서 기쁘기도 했지만, 타우렌을 가까이에서 볼 수 있어 기뻐했다. 드렐라는 타우렌인 탈리아가 특히 더 아름답다고 생각했다. 그러면서도 험상궂고 조바심 내는 가시멧돼지도 아름답다고 생각했다. 드렐라가 아름답다고 여기는 기준은 그리 까다롭지 않은 모양이었다.

가시멧돼지는 저물어 가는 해를 계속 힐끗거리며 오른쪽 발굽으로 땅을 긁었다. 아람 일행이 가판대에서 멀어지자, 그날 장사를 마감하려는지 짐을 싸기 시작했다.

탈리아는 저녁을 대접하겠다며 아람 일행을 자신의 집으로 초대했다. 높새바람 봉우리 밖의 세상 소식이 무척 궁금하다고 했다. 탈리아는 속으로 자기만큼 흥미가 있는 친구들이 있다면 초대해야겠다고 생각했다. 탈리아는 두툼한 천으로 만든 자신의 오두막을 가리키면서 해 질 녘에 저곳에서 만나자고 말했다. 인사를 나눈 탈리아는 걸음을 재촉하다 말고 뒤를 돌아보고는 새로 사귄 친구들이 지켜보고 있다는 사실을 깨달았다. 그러자 다른 친구들을 초대하는 일이 급하지 않다는 듯이 속도를 늦춰 걸었다.

탈리아가 멀어지고 나자 마카사가 입을 열기도 전에 아람이 먼저 말을 꺼냈다.

"금화를 꺼내 보이면 안 되는 거였어. 미안해."

"지난 일이니 어쩔 수 없지. 그 대신 우리는 계속 신경을 쓰는 게 좋겠어. 탈리아는 너한테 금화가 있는 걸 봤어. 그 가시멧돼지와 생선 가판대 근처에서 얼쩡거리던 타우렌 여자도 금화를 봤고."

"도둑이 아닐 수도 있잖아."

"그렇긴 하지. 하지만 네게 금화가 있다고 도둑에게 말할 수도 있어. 게다가……."

쓱싹이 마카사의 생각을 대신 말해주었다.

"탈리아 지나치게 친절하다."

쓱싹의 말에 드렐라가 한마디 했다.

"누군가가 '지나치게 친절할' 수 있다니 그런 건 모르겠어요. 탈리스 님은 그런 이야기에 대해선 말씀하신 적이 한 번도 없거든요."

"아옳, 아옳."

머키도 고개를 끄덕이며 누군가의 말에 동의했지만, 누구 말이 맞다는 것인지는 분명하지 않았다.

아람은 아무 말 없이 드렐라를 바라봤다. 드렐라처럼, 아람도 탈리아가 보이는 그대로라고 믿고 싶었다. 하지만 드렐라에 대한 책임감 때문인지 누군가를 겉모습만으로 판단할 수는 없었다. 아람은 돌아서서 마카사에게 물었다.

"채소가 생겼으니 저녁 초대는 마다하고 그냥 가버릴까?"

이번엔 마카사가 잠시 말이 없었다. 다시 입을 열었을 때는 한 마디 한 마디가 신중했다.

"물어보고 싶은 게 있어. 대답을 들었으면 하는 질문이야. 이곳은 어딘가가 잘못되어 있어. 느껴져. 잘못된 낌새가 난다고나 할까."

"마카사, '잘못된' 낌새는 어떤 냄새예요?"

드렐라의 말투에서 짜증이 살짝 묻어났다.

마카사는 드렐라의 질문을 무시한 채 계속 말을 이었다.

"잘못된 게 뭔지 알아보고 싶어. 우리가 이곳을 떠난 후에 잘못된 무언가가 우리 뒤를 밟지 않으리라는 걸 확실히 해두고 싶어."

"우리가 떠난 후에 말이지."

아람이 중얼거렸다.

"그래. 난 좀 둘러보고 올게. 이것저것 물어볼 생각이야. 너희 넷은 꼭 붙어 다녀. 드렐라, 알았지? 아람, 머키, 쓱싹과 같이 있어야 해."

"알았어요. 나더러 이 셋을 보호하라는 거군요."

드렐라가 대답했다.

"그래야 하는 상황이라면. 부탁할게."

"그럴게요, 마카사."

"고마워, 드렐라. 해 질 녘에 여기서 다시 만나자."

마카사가 자리를 떠나면서 쓱싹과 눈을 마주치자 쓱싹은 고개를 끄덕이며 남은 이들을 보호하겠노라 약속했다.

아람은 얼굴이 화끈거렸다. 그렇게 많은 일을 겪고도 마카사는 여전히 아람을 믿지 못했다. 조금도. 마카사에게 아람은 그저 돌봐주어야 하는 동생일 뿐이었다. 지금 아람이 드렐라를 돌봐주듯이. 마음이 아팠다. 아람도 자신이 세계 최고의 투사라고는 생각하지 않았지만, 위험한 상황이 있을 때마다 자신의 능력을 증명하지 않았던가?

내색하지 않으려 했지만, 화난 티를 감추지 않은 채 아람이 말했다.

"자, 그럼 우리도 둘러보자."

*   *   *

넷은 높새바람 봉우리와 물 건너 다른 봉우리를 잇는 출렁다리 앞에 다다랐다. 날씨가 맑아서 절벽마루 너머 또 다른 절벽마루도 잘 보였다. 어쩌면 그림토템이 장악하고 있는 먹구름 봉우리까지 이어졌는지도 몰랐다.

'그게 이 장소의 잘못된 점이었을까? 깃발이 걸리지 않은 높새바람 봉우리가 미끼 역할을 하며 순진한 여행자들을 꾀어 들이는 걸까? 만약 탈리아가 정체를 감춘 그림토템이라면, 탈리아의 저녁 초대가 쥐덫의 용수철 역할을 하는 거라면, 그림토템이 우리들과 비슷한 부류의 여행자들에게서 원하는 건 뭘까? 돈? 자유? 목숨?'

의문이 꼬리에 꼬리를 물고 이어지자 아람은 머리가 지끈거릴 지경이었다. 이런 방식으로 생각하는 건 정말 싫었다. 쏜 선장은 누구에게서나 가장 좋은 점을 보라고 가르쳤다. 하지만 아람은 마카사의 말이 옳다는 걸 알았다. 아람도 어딘가 이상하다는 낌새를 느꼈기 때문이었다.

'그게 뭘까? 두려움? 그래, 두려움이구나.'

친절하고 상냥한 탈리아부터 퉁명스럽고 험상궂은 가시멧돼지 상인까지 모두 무언가를 두려워하고 있었다.

아람 일행은 탈리아의 오두막 근처에서 해가 지기 20분 전쯤 마카사를 만나 서로 알아본 내용을 교환했다. 높새바람 봉우리 거주자 대부분은 타우렌 아니면 멧돼지인데 두 종족은 서로 잘 지내지 못했다. 눈에 보일 정도였다. 그렇지만 대놓고 싸우지도 않았다. 마카사는 두 종족의 건장한 남성 둘이 주먹을 휘두를 뻔하다가 마지막 순간에 마지못해 참는 광경을 보았다.

"그게 안 좋은 건가요?"

드렐라가 짜증을 내며 물었다. 높새바람 봉우리의 이상한 분위기 때문이 아니라, 그 분위기에 대한 동료들의 반응이 거슬렸다.

"그럴 수도 있지. 그들이 왜 그렇게 얌전해졌는지 이유를 안다면."

"두려움이야." 아람이 말했다.

"두려움, 맞다. 쓱싹도 사방에서 두려움 냄새 맡았다."

쓱싹의 말에 머키는 격렬하게 고개를 저으며 반응했다.

"머키 응크 아오오옳. 플륵그르 플룰루르 음음음을?"

머키의 말에 드렐라가 대답해주었다.

"아옳, 아옳. 두려움은 냄새가 나요. 하지만 난 아무 냄새도 안 나는데요. 내 코는 아주 예민한데도요."

드렐라가 증명이라도 하듯이 코를 찡긋거리기도 하고 씰룩거리기도 했다. 귀엽기 짝이 없는 모습이었지만, 그렇다고 설득력이 있지는 않았다.

아람은 드렐라의 어깨에 손을 얹고 가능한 한 합리적으로 설득해보려고 했다.

"혹시 아직까지는…… 그 냄새를 느낄 수 있을 정도로 두려움을 겪어본 적이 없기 때문 아닐까요? 그러니까, 당신은 무언가 두려워해본 적이 없잖아요."

드렐라는 아람의 말을 듣고 잠시 생각에 잠겼다.

"맞는 말이에요."

그러고는 등을 당당하게 쭉 폈다.

"난 아무것도 두려워하지 않죠, 아람."

"모두 긴장 풀지 말고 있어."

마카사는 일행을 이끌고 탈리아의 오두막 안으로 들어갔다.

탈리아가 갈색과 붉은색, 푸른색이 섞인 새 옷을 입고 식탁을 차리고 있었다. 그 옆에는 세월의 흔적이 전혀 느껴지지 않는 키가 크고 우아한 하이 엘프, 쿠엘도레이 여성이 도와주고 있었다. 그 모습에 아람은 숨이 멎을 뻔했다. 아람이 미처 입을 열기도 전에 쿠엘도레이 여성이 먼저 말을 꺼냈다.

"소년, 그대를 전에 본 적이 있어요."

아람이 고개를 끄덕이며 스케치북을 꺼냈다.

"껍질깎이 거점에서요."

그러고는 자신이 그렸던 그림을 찾으려고 페이지를 넘겼다.

"맞아요."

대답하는 엘프의 연회색 눈이 놀라움으로 휘둥그레졌다.

"인간치고는 기억력이 좋네요. 나를 아주 잠깐 봤을 텐데."

"굉장히…… 인상 깊었거든요."

"엘르마린이에요. 마법학자 엘르마린."

아람은 찾고 있던 그림을 펼쳐서 엘르마린에게 보여주며 말했다.

"유감스럽게도, 실제 모습보다는 못해요."

옆에 있던 드렐라가 끼어들었다.

"당신에게서는 두려움의 냄새가 안 나네요."

"일단 시작은 괜찮네요."

엘르마린은 아람이 미처 끝내지 못한 자신의 모습을 보고 미소 지으며 말했다.

"그곳에서 봤던 대로 그리긴 했지만, 대상이 앞에 있으면 더 잘 그릴 수 있어요. 마법학자님, 괜찮다면 지금 그림을 완성하게 해주실래요?"

아람은 마카사가 못마땅해하리라 예상하며 힐끗 보았는데 의외로 고개를 끄덕여주었다. 마카사는 아람과 그 스케치북의 그림이 발휘하는 힘을 잘 알고 있었다. 그 둘이 힘을 발휘하면, 이야기하기가 한결 수월할 터였다.

탈리아가 거들었다.

"음식은 나 혼자 차릴 수 있어요. 엘르마린, 앉아요. 아람이 그림을 그릴 수 있게."

바로 그때 젊고 체격이 좋은 여자 가시멧돼지가 허둥거리며 들어왔다. 적갈색 가시털에 울룩불룩한 근육과 짝짝이 엄니가 난 가시멧돼지였다. 오른쪽 엄니는 위쪽을 향해 있지만, 왼쪽 엄니는 바깥으로 기울어진 모양이 인상적이었다.

"아, 긴털엄니. 와줘서 기뻐요."

탈리아가 반기며 인사를 건네자 마카사가 물었다.

"무슨 일이 있는 겁니까?"

긴털엄니는 말없이 마카사를 빤히 쳐다봤다.

그러자 탈리아가 둘 사이에 끼어들며 말했다.

"긴털엄니, 이쪽은 새로운 친구 마카사예요. 마법학자 엘르마린은 알지요? 그리고 이쪽은 쓱싹, 머키, 타린드렐라, 아람이에요."

긴털엄니는 아무 말도 없이 탈리아의 손님들을 하나씩 찬찬히 훑어보았다.

다시 한 번 아람은 아버지에게 배웠던 인사법을 써먹었다. 긴털엄니가 자신을 쳐다볼 때 크게 코를 울리며 소리를 냈다. 가시멧돼지들이 인사하는 방식이었다.

거의 반사적으로 긴털엄니가 콧소리를 내며 응답했다. 그러고는 아람보다 자신의 콧소리가 못하다고 생각했는지 인상을 쓴 채 오두막 뒤쪽에 난 문을 쳐다보며 앉았다. 마카사가 고른 자리였는데, 그것만 봐도 어떤 성격인지 대충 짐작할 수 있었다.

마카사가 긴털엄니 옆에 앉으며 말했다.

"아람, 엘르마린을 다 그리고 나면 탈리아와 긴털엄니도 그리고 싶겠네."

"당연하지. 두 분이 허락해준다면."

"물론이지요."

탈리아가 고개를 살짝 끄덕이며 말했다.

긴털엄니는 어리둥절한 듯했으나 곧 고개를 끄덕였다.

아람이 하이 엘프인 엘르마린에게 몸을 돌리며 물었다.

"마법학자님, 시작해도 될까요?"

"그대가 원한다면요. 서 있을까요, 앉아 있을까요?"

"괜찮으시다면 서 있어주세요."

"그래요."

아람은 자리를 잡고 앉아 곧바로 그려나가기 시작했다.

드렐라, 쓱싹, 머키는 탈리아를 도와 식탁을 차렸다. 시금치 위에 올린 불지느러미퉁돔, 녹인 버터를 넣고 으깬 고구마, 갓 구운 빵까지 아주 푸짐한 식사였다. 아람은 엘르마린을 그리면서 음식을 먹었다. 그런 다음 긴털엄니와 탈리아를 함께 그렸다. 가시멧돼지와 타우렌이 나란히 앉아서 빵을 나눠 먹는 광경은 기묘했다. 탈리아는 편안해 보였고, 긴털엄니는 그만큼 불편해 보였다.

마카사가 긴털엄니 너머로 몸을 기울여 초대해준 탈리아에게 '높새바람 봉우리 밖의 세상 소식'을 전해주는 척하면서 질문을 던졌다.

"그림토템이 신 탈라나르를 포위하고 있습니다."

"맞아요. 탈라나르가 포위된 지 몇 달 됐지요."

"그리고 그림토템 깃발이 어떤 봉우리 위에서 휘날리고 있었습니다. 저희는 그곳이 먹구름 봉우리라고 생각했고요."

"먹구름 봉우리가 맞을 거예요."

탈리아가 동의하며 말했다.

"이곳은 그들과 아무런 문제가 없습니까?"

"누구랑요?"

되묻는 탈리아의 목소리가 어두워졌다.

"그림토템 말입니다."

아람이 몸을 앞으로 기울이며 탈리아에게서 무언가 감추고 있는 기색이 없는지 살폈다. 혹은 긴털엄니나 엘르마린과 수상쩍은 눈빛을 주고받는 건 아닌지도 살폈다.

그러나 탈리아는 주저하는 기색도 없었고 다른 이들과 수상한 눈빛을 주고받지도 않았다. 이미 오래된 일이며 특별히 관심 가는 소식도 아니라는 듯이 이야기했다.

"아, 우리도 그림토템 때문에 문제가 있지요. 그야 당연하죠. 놈들은 높새바람 봉우리도 포위했으니까요. 하지만 그림토템은 아주 보편적으로……."

적당한 표현을 고르고 싶었는지 탈리아가 하던 말을 잠시 멈췄다.

그러자 긴털엄니가 오두막으로 들어온 이후 처음으로 입을 열었다.

"업신여기는 대상이지."

"나는 '두려운 존재'라고 말하려고 했어요. 그림토템은 위험한 존재고 버섯구름 봉우리에서 사는 이들이라면 누구나 경계하는 대상이에요. 다른 슈할로와 이 지역의 가시멧돼지들이 힘을 합쳐 놈들을 높새바람 봉우리에서 쫓아냈지요."

탈리아의 얘기를 듣고 있던 마카사가 고개를 갸웃거리며 말했다.

"가시멧돼지와 타우렌이 손을 잡다니, 그리고 함께 산다니. 정말이지…… 드문 일입니다."

"맞아요. 당신 생각만큼 아주 불안한 상태로 긴장이 조금 늦춰진 상황이에요. 까다롭고 깨지기 쉬운 긴장 완화 상태죠. 제가 이곳에 있는 이유이기도 해요. 평화를 유지하려고요."

아람이 스케치북에서 눈을 떼고 타우렌 탈리아와 가시멧돼지 긴털엄니의 표정을 살폈다.

"공동의 적이 있다면 도움이 될 거예요. 놀과 설인들이 함께 살수 있는 것처럼……."

아람의 말에 엘르마린이 코웃음을 쳤다.

"놀과 설인이요? 말도 안 돼요."

그러자 쓱싹이 나섰다.

"말 된다. 사실이다. 아람이 화해시켰다."

엘르마린이 잠시 쓱싹을 쳐다보더니 다시 아람에게로 시선을 옮기며 물었다.

"아람 화가는 자화상을 그린 적이 있나요?"

아람은 이맛살을 찌푸렸지만, 고개를 끄덕이며 말했다.

"그리긴 했지만 하나도 안 비슷해요."

"한번 봐도 될까요?"

아람은 다시 고개를 끄덕이고는 먼저, 엘르마린의 완성된 초상화를 보여주었다. 썩 잘 그린 그림이라 생각했기에 좋은 인상을 주고 싶었다.

"아주 잘 그렸네요. 약간 과장되긴 했지만. 불만은 없어요. 그림이 마음에 드니까."

아람은 마음이 조금 상했다.

"과장되다니, 어떤……?"

"아람의 자화상은요?"

약간 뿌루퉁한 채로, 아람은 페이지를 뒤로 넘겼다.

"절묘하게 닮았네요. 대상을 아주 잘 말해주는 그림이에요."

엘르마린은 그림에서 한 뼘 정도 위에 손바닥을 아래로 한 채 손을 들고 있었다. 마치 그림의 정수를 뽑아내기라도 하려는 듯한 모습이었다.

"그래요. 정말이지 잘 말해주고 있어요. 하지만 놀랍진 않네요. 놀과 멀록과 함께 여행하는 인간 둘이라니, 결코 흔한 일은 아니죠."

"결코, 아니죠."

마카사가 한마디 거들었다.

218

"게다가 드리아드까지…… 정말 흔치 않은 일이군요."

"그게 엄청난 일인가요? 왜 그렇죠?"

드렐라가 질문을 던졌다.

"그대는 세나리우스의 딸, 타린드렐라군요."

"맞아요. 나도 알아요."

"그래서 드루이드들에게는 성스러운 존재이지요. 그런데 드루이드와 함께 다니지 않고, 그들의 보호도 받지 않는다니 참으로 이상한 일이에요."

"나는 보호받지 않아도 돼요."

"타린드렐라, 지금이 봄인가요, 여름인가요?"

"봄이요!"

드렐라가 활짝 웃으며 대답했다.

"그럴 줄 알았어요."

아람이 그 얘기를 자세히 물어보려는 찰나, 마카사가 눈빛으로 제지했다. 그러고는 자기 귀를 살짝 아래로 잡아당겼다.

'일단 들어봐.'

마카사의 의도를 알아챈 아람은 잠자코 엘르마린의 이야기를 들었다.

"타린드렐라, 여름이 오면 그대의 힘은 무르익기 시작할 거예요. 마법에는 대부분 면역이 될 거고요. 자연에 해가 되는 마법이나 상처가 되는 신비술을 걷어낼 수 있겠죠. 드루이드 뜰지기한테서 제대로 훈련받으면 그런 능력이 더 강해질 테고요."

"그러면 봄에는요?"

드렐라의 물음에 엘르마린이 망설이자, 이야기해달라고 애원했다.

"제발요. 나는 정말 궁금한 게 많아요. 정말로 모든 것이 다 아주 궁금해요. 하지만 그중에서도 특히 내 자신이 궁금해요. 난 내가 상당히 매혹적이라고 생각해요. 정확히 말하면 내가 아제로스에서 가장 매혹적인 존재라고 믿어요."

드렐라의 말을 듣고 있던 엘르마린이 미소를 지었다.

"아마 그럴 거예요."

"그러니 제발 봄에 대해 이야기해주세요."

"타린드렐라, 그대는 아직 미숙하고 훈련이 되어 있지 않아요. 자기 능력에 자신도 없고요. 그대에게 봄은 그런 거예요."

"아니에요."

"어린 드리아드여, 그게 사실이에요. 그대에게는 분명 엄청난 잠재력이 있어요. 하지만 숲속의 아기들처럼, 그대가 앞으로 될 존재가 아직은 되지 않았어요."

"난 아직 앞으로 될 존재가 되지 않았군요."

드렐라가 엘르마린의 말을 되풀이했다. 기분이 나빠 보이진 않았다.

"저희가 드렐라를 가젯잔에 있는 드루이드 뜰지기에게 데려가는 중이에요."

아람이 엘르마린을 보며 말했다.

"패이린느 스프링송 말인가요?"

엘르마린의 물음에 아람이 고개를 끄덕였다.

"잘됐군요."

이 말에 드렐라가 깔깔거렸다. 아람이 웃는 이유를 물어보려는 찰나, 꺅 하는 비명 소리가 들려오는 바람에 더는 질문할 수가 없었다.

탈리아가 주먹을 쿵 내리쳤다.

"안 돼, 안 돼, 안 돼, 안 돼, 안 돼, 안 돼, 안 돼!"

그러고는 탁자를 밀어젖히더니 조리대 뒤로 가 넓은 가죽끈으로 묶은 열 개 정도의 긴 창을 끄집어내더니 밖으로 달려 나갔다. 아람과 마카사는 눈빛을 주고받은 후 곧장 따라나섰고, 다른 이들도 그 뒤를 따랐다.

밤의 어둠 속으로 나온 아람은 무얼 찾아야 할지 몰랐다. 그런데 위에서 또 다른 비명이 들려왔고 아람은 재빨리 위쪽을 살폈다. 연한 초록색 피부에 날개 같은 팔이 있고 손과 발에는 발톱이 달렸으며 짙은 초록색 깃털이 머리부터 등과 팔다리까지 뒤덮은 네 생명체가 달빛을 타듯 높새바람 봉우리 위에서 빙빙 돌고 있었다. 갑자기 그중 하나가 오두막 뒤로 급강하하더니 발톱으로 어린 타우렌 남자를 하나 잡아채고서 쏜살같이 위로 올라갔다.

Magistrix Elmarine

마법학자 엘르마른

A.Thorne

"코어윈드가 잡혀갔어! 저 하피가 코어윈드를 잡아갔다고!"

탈리아가 격분하여 소리쳤다. 그러고는 가죽끈을 확 풀어 창 하나만 제외하고 모조리 땅에 쏟아놓았다. 곧바로 온 힘을 다해, 분노 섞인 기합 소리를 내며 창 하나를 납치범 하피에게 던졌다.

창이 날아가 왼쪽 날개를 꿰뚫자, 하피는 잡고 있던 타우렌을 놓쳤다. 코어윈드라는 이름의 타우렌은 다른 오두막의 초가지붕 위에 '쿵' 소리와 함께 떨어졌다. 잠시 후, 지붕이 아래로 내려앉으면서 타우렌의 모습이 사라졌다. 높은 곳에서 떨어졌지만 목이 부러지지 않았다면, 어쨌든 하피의 손아귀에서 벗어났으니 다행일 터였다.

하지만 저녁 만찬에 왔던 손님들은 다행스럽지 않았다. 여성으로 보이는 하피 넷은 탈리아와 여러 개의 창에 주목했다. 하피들이 공중에서 서로 바짝 붙은 대형을 이루더니 빠르게 덮쳐왔다. 머키는 몸을 휙 웅크렸다. 쓱싹은 곤봉을 휘둘렀지만 빗나갔다. 고개를 든 채로 끔찍한 새들을 쳐다보던 아람은 무턱대고 흰날검을 더듬어 찾고는 칼자루를 확인하고자 흘깃 내려다봤다. 그때 마카사가 외치는 소리가 들렸다.

"아람!"

위를 올려다보니 발톱으로 아람을 낚아채려는 하피를 마카사가 방패로 막고 있었다. 아람은 검을 뽑아 들었고 마카사는 기합 소리 한 번 없이 탈리아의 창을 있는 힘껏 던졌다.

창은 아람을 잡으려던 하피의 등을 정통으로 꿰뚫었다. 잠시 동안 공중에 떠 있는가 싶더니 곧장 바닥으로 추락해 떨어져 죽었다.

엘르마린이 하이 엘프어로 무언가 짤막하게 중얼거리며 앞으로 나섰다. 갑자기 두 번째 하피가 불꽃에 휩싸였다. 비명을 지르며 불길에 휩싸인 채로 날아가던 하피는 아람의 시야 너머 아래쪽으로 곤두박질치듯 내려갔다. 아마도 몸에 붙은 불을 끄러 협곡 물로 뛰어든 듯했다.

탈리아, 마카사, 쓱싹은 공중으로 창을 던져대고 있었다. 탈리아는 한 번에 두 개씩 던졌다. 목표물이 보이지 않아, 정확하게 던지지는 못했지만 일제히 퍼부어대는 창에 남은 하피 둘은 어둠 속으로 쫓겨 달아났다.

아람은 안도의 한숨을 내쉬고는 마카사와 쓱싹을 보며 고마움이 담긴 미소를 지었다. 머키를 보니 짧은 창을 바짝 쥐고서 언제라도 싸울 태세를 갖추고 있었다. 아람은 드렐라의 안위를 확인하고자 고개를 돌렸다.

하지만 드렐라의 모습은 어디에도 보이지 않았다.

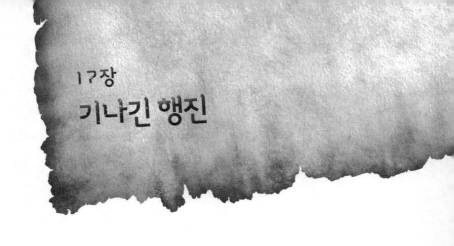

17장
기나긴 행진

고르독의 정예 전사들은 방금 처치한 그림토템의 시체 위에 서 있었다. 죽은 타우렌은 다섯이었지만, 오우거는 단 한 명도 생채기조차 나지 않았다. 발드레드 남작은 팔 하나를 잃었지만, 이미 제자리로 돌려놓는 중이었다. 그것은 발드레드의 특별한 능력이었다. 죽지 않는 포세이큰 대부분은 팔다리 하나쯤 잃어도 죽지 않지만, 순식간에 피부를 액체로 바꾸고 근육을 엮고 뼈를 딸깍거리며 맞출 수 있는 자는 극히 드물었다. 사실 포세이큰 대부분은 뒤죽박죽 엉망진창인 덩어리였다. 발드레드는 다른 이의 눈에 자신이 좋게 보이리라는 환상은 없었다. 타인의 눈에 비치는 자신의 모습이, 살아서 걸어 다니는 악몽임을 모르지 않았다. 하지만 그 악몽은 살아서 걸어 다닐 뿐 아니라, 제법 쓸 만한 기능을 하는 악몽이었다. 게다가 어떤 일에서든 익살스러운 기질을 발휘했다.

항상 모든 것에 관심을 두지는 않았다. 스스로도 인정하듯이 발드레드는 쉽사리 지루함을 느꼈다. 그래서 지금 자스라가 하는 말에 집중하고자 안간힘을 써야 했다.

"놈들은 이곳에서 배를 탔어. 넷이야. 그 여자, 그 소년, 그 놈, 그리고 그 멀록."

"설인은?"

발드레드가 희망 섞인 질문을 던졌다.

"없어. 하지만 살아 있는 어린 사슴도 같이 태운 것 같아. 아마도 먹으려는 거겠지."

"나이트 엘프일지도 모른다. 나이트 엘프 수사슴으로 변신해 배에 탄다."

긴수염의 말에 발드레드가 죽은 폐에서 공기를 끌어 올려 속삭였다.

"맞아. 조금 전에 하늘봉우리 근처에서 땅속에 묻힌 채로 발견된 나이트 엘프가 무덤을 파고 나와 우리를 앞질러 와서는 이곳에서 친구들을 만난 다음, 배로 여행할 때는 수사슴의 모습이 훨씬 더 편하다고 판단한 모양이군."

"아, 긴수염 나이트 엘프 죽은 거 잊었다."

짧은수염이 반대쪽 머리인 긴수염의 코를 탁 쳤다.

"아야."

"나이트 엘프 무덤에서 나와 걸어 다닌다."

슬렙가르가 늘어지게 하품을 하며 중얼거리자 구즈루크가 고개를 끄덕이며 발드레드를 가리켰다.

"맞다. 너처럼."

자스라가 조급한 마음에 그들의 대화를 끊었다.

"형제들, 이 흔적은 수사슴의 흔적이 아니다. 이건 엘프가 아니야."

"아."

슬렙가르와 구즈루크가 동시에 대꾸했다.

카르가는 기분 좋게 본론으로 넘어가는 재주가 있었다.

"우리 이제 무슨 방법 있나?"

카르가의 물음에 자스라가 머뭇거렸다. 다시 지루해진 발드레드가 대화를 좀 빠르게 이어가야겠다고 생각했다.

"배가 있으면 여기에서 가젯잔으로 가는 경로는 세 가지가 있지. 이 해안을 끼고 바짝 붙어서 타나리스를 가로지를 수도 있고, 곧장 협곡 중앙으로 갈 수도 있어. 아니면 반대편 해안으로 건너가거나."

어떻게 해야 할지 결정한 자스라가 대답했다.

"맞아. 우리는 이제 갈라져서 움직여야 해. 나는 이쪽 편으로 계속 가겠어. 스로그, 너는 저기 죽은 타우렌의 배를 타고 중앙으로 가. 하지만 그전에 발드레드를 건너편에 내려줘. 발드레드가 먼 경로로 갈 거야."

"누가 오우거 데려가지?"

스로그는 이렇게 묻고는 얼굴을 붉히며 재빨리 한마디를 덧붙였다.

"스로그, 카르가 데려간다."

"나는 로쿨과 로자크, 그리고 쌩쌩이를 데려간다. 나머지는 너와 발드레드가 알아서 나눠."

자스라의 말에 발드레드가 인상을 썼다. 짐이 될 게 뻔한 멍청한 오우거들을 데리고 다닐 생각은 추호도 없었다.

"스로그 친구, 네가 전부 데려가도 좋아. 나는 같이 다닐 동료도, 타고 갈 배도 필요하지 않아."

이렇게 속삭인 발드레드는 마치 자신의 말을 증명이라도 하듯, 가려진 자들을 뒤로하고 곧장 물속으로 뚜벅뚜벅 걸어 들어갔다.

수몰된 협곡의 물속에서는 빨리 걸을 수가 없었다. 하지만 발드레드는 몇 달 동안 오우거, 트롤, 아라코아, 편집광적인 인간들과 함께 어울린 터라 지금 느껴지는 고요함과 적막함이 오히려 고마웠다. 죽은 상태로 있는 건 심각하게 지루했지만, 산 것들과 지내는 일도 점점 지겨워졌다. 사실 모든 건 시간이 지나면 점점 지겨워지기 마련이었다.

발드레드는 수몰된 마을 하나와 물에 빠져 죽은 뒤 바닷속 생명체들이 깨끗하게 처리한 켄타우로스의 해골 옆을 지나갔다.

생명이라…… 느닷없이 생명이라는 단어가 떠올랐다.

생명이 그리웠다. 아니면 삶이 그리운지도 몰랐다. 우스꽝스럽게 속삭이며 살아가지 않았으면 했다. 목소리는 속삭임이었다. 움직임도 속삭임이었다. 냉혹한 암살자였지만 주위에 미치는 영향도 속삭임에 지나지 않았다. 더는 인간이 아니었지만, 굳이 말하자면 속삭이는 인간이었다.

늘 그랬던 것은 아니었다. 오래전, 배짱 좋게 살아가던 시절이 있었다. 발드레드는 SI:7 스톰윈드 첩보단 소속이었고, 정예 요원이었다. '정예'라는 말에 무언가 특별한 가치를 부여했던 시절의 일이다. 임시로 자리를 차지한 폭군의 기분이나 맞춰주는 오우거 정예부대의 '정예'가 아닌 특별한 의미의 정예 말이다. 발드레드 남작은 스톰윈드 왕 바리안 린에게 직접 보고하고 직접 명령을 받으며 왕을 섬기는 인물이었다. 임무를 성공적으로 수행한 공로를 인정받아 왕으로부터 왕국의 남작 작위를 하사받았다.

발드레드 남작은 분명 악당이었다. 하지만 애국심에 불타는 악당이었다. 스톰윈드에 기반을 두고 로데론에 파견된 남작은 목숨마저 잃을 수 있는 위험을 무릅쓰고 자신의 조국에 도움이 될 만한 정보를 수집했다. 그때는 팔다리를 다시 붙일 능력도 없었다. 남작은 위험한 인물이었고 많은 목숨을 앗았지만, 원칙이 있었고 왕과 조국을 위협하는 자들만 처리했다.

그리고 여자를 위협하는 자들도…….

그렇게 정보를 쫓는 동안 무뢰한이 되었다. 지금은 송장 같은 발드레드이지만, 한때는 꽤 잘생긴 남자였다. 그러면서도 꽤나 매너가 있었다. 어쩌면 이전 동료 한둘이 더는 함께 일하지 않는 순간이 오자 남작이 죽기를 바랐는지도 모른다. 그래도 남작은 그들이 자신을 보며 언데드 같은 존재가 되길 바랄 정도로 미워했다고는 생각하지 않았다. 대부분은 함께했던 시간을 좋게 기억해주리라는 믿음이 있었다. 포세이큰이 된 이후 한때 자신의 방식으로 사랑하던 해적을 만난 적이 있었다. 그 여자는 옛정을 생각해서 차갑고, 양쪽으로 찢어지고, 창백하기까지 한 남작의 입술에 살짝 입을 맞추는 용기를 발휘했다. 애정이 담긴 손길은 죽은 이후 그때가 유일했다. 입술이 닿았던 느낌은 이제 생각나지도 않지만, 그래도 돌이켜보면 기분이 좋아졌다. 20년 전 처음으로 만났을 때만큼 좋았다.

하지만 아, 그 세월…… 그 사이의 세월은…….

8년 전인가 9년 전쯤, 발드레드가 스톰윈드 왕궁에서 왕에게 로데론에서 캐낸 정보를 보고하고 있을 때였다.

언제나처럼 감사를 표하며 바리안 왕은 미소를 띤 채 발드레드가 은퇴할 생각인지 물었다. 사실, 남작은 마흔이 다 되었는데, 다른 SI:7 요원들에 비하면 노인에 해당하는 나이였다.

"친구여, 그대에게 작위를 줬잖은가. 하지만 그대는 그 직위를 전혀 누리지 않았지. 지금이라도 원한다면 그간의 공로를 후하게 보상하고 더는 어떤 임무도 주지 않겠네."

발드레드는 그 제안을 곰곰이 생각해보았다. 기껏해야 16초 동안. 아니었다. 발드레드는 자신의 일을 대단히 즐겼다. 일하면서 따라오는 기쁨과 다른 특권을 즐겼다.

그래서 북부에 역병이 돈다는 소식이 들렸을 때, 발드레드 남작은 자진해서 조사하겠다고 나섰다. 그리고 불가사의하게도 죽음과 불사를 동시에 가져다주는 질병을 발견했다. 그때 리치 왕의 언데드 군대인 스컬지가 들이닥쳐 닥치는 대로 사람들을 죽였다. 그리고 죽은 희생자들은 다시 일어나 그 군대에 합류했다.

평생 그렇게 많은 목을 벤 건 처음이었다. 하지만 그건 아무 쓸모도 없었다. 역병 때문에 약해진 발드레드가 질병 앞에 완전히 무릎 꿇기도 전에, 스컬지가 물밀 듯이 밀려들었고 그중 네 명이 사방에서 발드레드를 검으로 찔렀다. 그렇게 발드레드는 숨을 거두며 쓰러졌다.

그리고 다시 일어났다.

발드레드는 육체와 정신이 모두 강인한 인물이었다. 하지만 더는 강한 정신력으로 자신의 행동을 스스로 제어할 수 없다는 사실을 알았다. 뼈와 살로 이루어진 채 걸어 다니는 꼭두각시, 그런 꼭두각시를 조종하는 리치 왕의 기분에 따라 움직이는 존재가 되었다. 한때 사랑했던 사람들을 죽이고서도 그만두기는커녕 그런 사실을 의식할 정도의 자제력조차 남아 있지 않았다.

이때가 가장 암울하던 시기였다. 마음속 한구석에서는 진짜로 죽기를 바랐다. 하지만 그런 바람은 깊이 묻어둔 채 아무런 미련도 남겨두지 않았다. 발드레드는 어기적거리며 걷고, 걷고, 또 걸었다.

밴시 여왕을 보내주신 신께 감사를!

살아 있는 동안 실바나스 윈드러너는 하이 엘프이자 북부 로데론에 있는 쿠엘탈라스 왕국의 수도에서 순찰대 사령관을 맡고 있었다. 리치 왕의 용사에게 패하고 언데드로 부활했다. 그러나 어떻게 된 일인지 자신의 정신과 의지를 장악한 리치 왕의 속박에서 벗어날 방법을 알아냈다. 실바나스는 스컬지로부터 벗어나 아직 영혼이 묻히지 않은, 날아가 버리지 않은 이들을 찾았다.

그리고 레이골 발드레드를 찾아냈다. 실바나스의 힘으로 발드레드의 정신, 의지, 영혼은 자유로워졌으나 육신과 생명은 되돌릴 수 없었다. 그렇게 발드레드는 포세이큰이 되어 밴시 여왕에게 충성을 맹세했다. 실바나스의 편에 서서 스컬지와 자신들을 제어했거나 제어할 자들과 맞서 싸웠다. 그렇게 북부 전역에서 놈들과 싸워 나갔다.

하지만 어느 순간, 이 싸움의 행진이 영원히 끝나지 않으리라는 생각이 들었다.

죽은 자들을 죽이는 일도 점점 지겨워졌다. 그래서 실바나스 앞에 무릎을 꿇고 서약에서 자유롭게 해달라고 간청했다. 실바나스는 내키지 않았지만 허락했다. 비록 충성심을 요구할지언정 자신의 부하들을 노예처럼 속박할 생각은 없었다. 실바나스는 무엇보다도 자유를 향한 갈망을 이해했다. 그렇지만 아제로스 어디에서도 발드레드를 포세이큰으로 받아주지는 않을 것이라고 경고했다. 아무리 마음이 넓고 발드레드의 현재 상태가 스스로 원한 것이 아님을 다 이해하는 자라도 그의 몸에 따라다니는 죽음의 악취 때문에 같은 공간에서 함께하지 못할 터였다.

그런데도 발드레드는 밴시 여왕과 역병 지대를 떠났다.

그는 목간에 몸을 담그듯이 말리꽃 향수를 온몸에 잔뜩 뿌리고서 아제로스 이곳저곳을 다니며 어떤 것이든 잠시라도 흥미로울 만한 무언가를 찾았다. 발드레드는 그렇게 용병이 되었고 살인 청부업자가 되었다. 사실 돈은 필요도 없었지만, 그 일들을 하는 동안에는 작은 수수께끼를 풀 듯 정신을 쏟을 수 있었기 때문이었다.

그러다 만난 말루스가 두둑한 보상과 함께, 가려진 자들의 일원으로 아주 복잡한 임무를 제안했다. 첩보 작전이자 암살 작전인 그 임무는 살아 있는 존재였을 때 SI:7에서 하던 일과 아주 흡사했다. 게다가 자스라, 쌩쌩이, 스로그, 싸르빅, 싸브라와 말루스까지 새로운 동료들은 극적이고도 재미있는 순간들을 연출해주었다. 그리고 이들이 잡으려는 쏜 선장과 그의 아들을 비롯하여 재능 있는, 그리고 누군가를 떠올리게 하는 마카사는 흥미롭고 쉽지 않은 도전거리가 되어주었다.

생명은 아니었다. 하지만 이 또한 삶이었다.

확실하지는 않지만, 이틀 정도라 추산되는 시간이 흘렀다. 그런 존재에게 시간이 무슨 의미가 있겠는가? 그 시간 동안 발드레드는 차가운 수중 무덤 사이를 계속 행진했다. 불쌍하게도 빠져 죽은 영혼들이 무수히 많았다. 그리고 지독하게 차가운 물이 아닌 다른 무언가 때문에 온몸의 감각을 잃었다.

드디어 버섯구름 봉우리의 멀리 떨어진 해안에 이르렀을 때 물 밖으로 나왔다. 발드레드는 젖은 옷을 말리려고 벗으면서, 이전의 모습은 사라지고 허옇게 쪼그라든 채 볼품없는 껍데기가 되어버린 육신을 보지 않으려고 애썼다. 그런 다음 새 말리꽃 향수병을 꺼내 뚜껑을 열고서 온몸이 축축해질 만큼 뿌려댔다.

옷이 마르자 발드레드는 지체 없이 옷을 주워 입고 행진을 이어갔다. 죽은 자가 피곤을 느낄 리 없었다. 아람과 마카사, 그들과 함께 있는 놀과 멀록, 그리고 그 나침반을 찾아야 했다.

언데드인 발드레드에게 있어 이보다 더 알맞은 일이 어디 있겠는가?

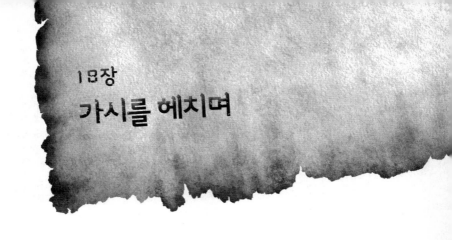

18장
가시를 헤치며

가시였다. 해안 전체가 거대한 가시나무 장벽으로 막혀 있었다. 가시나무가 위에서부터 구부러져 칼날처럼 날카로운 가시로 거대한 원형 전당이 만들어지면서 '가시덤불 구릉'이라는 이름이 딱 어울리는 가시멧돼지 땅으로 아무도 들어가지 못하게 막고 있었다. 아람의 머릿속엔 골두니 오우거 왕이 인위적으로 세운 가시 전당이 생각났다. 가시 전당은 이보다 훨씬 작았지만, 외눈박이 와이번의 새끼들을 가둬놓은 곳이자 탈리스가 치명상을 입은 곳이었다. 아람은 속으로 별 탈 없이 가시덤불을 지나갈 수 있기를 기도했다.

하얀 아가씨가 한 달에 한 번 오는 휴식기에 접어든 반면, 푸른 아이는 먹구름 뒤에서 까꿍 놀이를 하듯 슬쩍슬쩍 모습을 드러내준 덕에 배 두 척에 올라탄 일행은 어둠을 틈타 안전하게 해안에 닿을 수 있었다. 탈리아, 아니 탈리아의 그림자가 배에 탄 채로 가시덤불의 유일한 입구를 가리켰다. 원형 전당에 반원 모양으로 난 입구의 틈새는 정확한 위치를 모르는 자라면 아무리 봐도 어딘지 모를 곳이었다.

입구는 가시멧돼지 보초 둘이 지키고 있었다. 엘르마린, 아니 엘르마린의 그림자가 로브 주머니에서 손을 뺐다. 그러고는 손바닥을 평평하게 펼쳤다. 마법학자인 엘르마린이 몸을 앞으로 기울이는 모습이 보였고 손바닥 위에서 훅 하고 바람 부는 소리가 들렸다. 먼지인지 가루인지 알 수 없는 무엇이 공중으로 떠오르더니 희미한 달빛을 받아 반짝이며 보초들에게로 날아갔다. 보초 하나가 기침을 했다. 다른 보초는 재채기를 했다. 렌도우의 배에 타고 있던 아람, 마카사, 쓱싹, 머키는 숨죽인 채 기다렸다.

하피들이 도망쳤을 때, 드렐라는 사라지고 없었다. 드렐라를 지키겠다고 맹세했던 아람 일행은 탈리아의 오두막 안으로 달음박질치면서 드렐라가 안에 안전하게 있기를 빌며 헛된 희망을 품었다. 하지만 오두막 안에는 드렐라 대신, 오두막 천의 뒷벽을 뚫고 생긴 커다란 구멍만 있었다. 탈리아와 엘르마린은 하피가 오두막 천을 찢고 안으로 들어와 드렐라를 납치했다고 확신하는 듯했다. 하지만 마카사의 생각은 달랐다. 일단, 천으로 된 벽이 안에서 밖으로 찢겨 있었다. 게다가 하피는 하늘에서 습격해오는 존재이지 안에 갇히는 위험을 무릅쓰면서까지 내부로 들어오는 경우는 거의 없었다.

알고 보니, 사라진 건 드렐라만이 아니었다. 긴털엄니의 모습도 보이지 않았다.

갑자기 마카사가 돌변하더니 육중한 탈리아를 나무 의자가 부서져 내릴 정도로 거칠게 앉혔다. 그렇게 부서진 나뭇조각 위에 그대로 앉혀 두고서 마카사는 탈리아의 목에 흰날검을 들이댔다.

마카사는 해답을 원했고 그 해답을 당장 듣고자 했다.

탈리아는 주저함 없이 모든 질문에 대답했다. 엘르마린도 부족한 부분을 채워주며 거들었다. 둘의 대답을 듣고 나니 아귀가 다 들어 맞았다.

아람 일행의 생각이 틀리지 않았다. 높새바람 봉우리에서는 모두가 겁에 질려 있었다. 지금 분명하게 드러났듯이, 그림토템 때문이 아니라 하피 때문이었다. 불규칙적이긴 해도 사흘, 나흘 밤마다 한 번씩 공격해왔다. 드렐라와는 아무런 관련이 없었다. 그 새인간 하피들이 주의를 분산시켜준 덕에 드렐라를 납치한 존재가 이득을 봤다는 점만 빼고는.

드렐라를 납치한 자는 긴털엄니일 가능성이 컸다. 엘르마린은 그 이유를 알 것 같았다. 협곡의 먼 해안에 있는 가시멧돼지 땅에서 자연의 이치에 맞지 않는 마법을 연구한다는 소문이 있었다. 하지만 그곳에 있는 가시 전당 때문에 소문을 확인하는 건 어려웠다. 엘르마린은 몇 가지 사건이 있을 때마다 긴털엄니에게 질문을 해서 무엇이든 조금이라도 알아내려고 했지만, 가시멧돼지 정찰병 긴털엄니는 입이 무거웠다. 엘르마린은 긴털엄니가 침묵할수록 가시덤불에 있는 가시멧돼지 동료들의 활동을 심각하게 염려하고 있다는 확신이 들었다.

그리고 이 시점에서 엘르마린은 드렐라의 납치에 대한 책임을 통감하고 비난을 감수했다. 그날 저녁 식탁에서 드렐라의 능력에 관해 이야기하며, 엘르마린은 긴털엄니에게 가시덤불의 문제를 해결할 방안을 제공한 셈이었다. 이제 엘르마린은 하피가 아닌, 긴털엄니가 가시덤불의 문제를 해결할 수 있다는 생각으로 드렐라를 납치했다고 결론 내렸다. 그건 다행이었다. 긴털엄니는 드렐라가 필요한 존재이니만큼 해치지는 않을 터였다.

그렇다면 다행스럽지 않은 점은?

드렐라는 어리고 미숙한데다가 경험이 부족했다. 게다가 그 옳지 않은 마법을 연구하는 가시멧돼지 마법사가 하나 이상 있을 테니, 자연의 이치에 어긋난 마법을 모두 정화하려 할 때 능력이 제한될 게 뻔했다. 그리고 긴털엄니가 이 세나리우스의 딸이 생각보다 유용하지 않다는 걸 알아채면 과연 드렐라를 살려둘지도 의문이었다.

빨리 움직여야 했다.

몇 분도 채 지나지 않아 아람, 마카사, 쓱싹, 머키는 렌도우의 배를 타고서 탈리아의 배에 탄 엘르마린과 탈리아를 따라갔다. 탈리아는 자신과 엘르마린은 아람 일행과 함께 가시덤불에 들어갈 수 없다고 말했다. 높새바람 봉우리에서 온 마법학자나 거기 사는 타우렌 중 누구라도 산 상태로든 죽은 상태로든 가시덤불 안에서 발각됐다가는, 높새바람 봉우리의 긴장 완화 상태는 바로 무너질 게 뻔했기 때문이었다. 마카사는 그 말을 자기네들이 일으킨 심각한 문제를 직접 해결하지 않으려고 내세우는 변명이라고 생각했다. 대신 자신들의 손으로 해줄 수 있는 편의를 제공하긴 했다. 아람 일행을 가시 장벽의 틈까지 안내하고, 보초를 처리하고, 재빨리 탈출할 수 있도록 렌도우의 배를 지키겠다고 약속했다. 물론 그건 드렐라가 있는 곳을 찾아내고 구출에 성공한 후 무사히 돌아온 다음의 일이긴 했다.

마카사는 이런 호의에 조금도 감동하지 않았지만, 아람은 도움이 아예 없는 것보다는 낫지 않느냐고 했다. 그렇게 배 두 척은 함께 물살을 헤치고 나아갔다.

* * *

가시멧돼지 보초 둘은 코를 골고 있었다. 한 놈은 전투 도끼를 든 채로 철퍼덕 앉아 있다가 아주 천천히, 천천히 몸이 기울더니 그대로 엎어졌다. 다른 한 놈은 긴 창에 기대선 채로 잠들었는데, 들고 있던 도끼가 철그렁 소리를 내며 땅으로 떨어졌다. 게다가 마카사가 미처 배에서 내리기도 전에 가시멧돼지의 육중한 무게를 이기지 못하고 창이 꺾이면서 그대로 고꾸라졌다. 주둥이를 입구 돌바닥에 찧는 바람에 피가 났지만, 다행히 잠에서 깨지 않았다.

아무 소리도 내지 않고 조심스럽게 마카사가 아람, 머키, 쓱싹을 해안으로 이끌었다. 쓱싹은 그 전에 배의 밧줄을 엘르마린에게 건넸다. 탈리아는 구출하러 나선 아람 일행이 돌아올 때까지 어둠 속에서 기다리고자 렌도우의 배를 자신의 배 뒤로 끌며 노를 저어 해안에서 멀어졌다.

아람은 마카사가 저 둘을 믿으려 하지 않는다는 걸 알고 있었다. 하지만 이번에도 달리 선택의 여지가 없었다. 아람 일행은 발끝으로 살금살금 걸으며 코를 고는 보초들을 지나 가시 미로 속으로 들어갔다.

가시덤불 속으로 들어서자마자 쓱싹은 토끼의 흔적을 쫓는 검둥이처럼 드렐라의 냄새를 맡았다. 아람이 쓱싹의 무거운 곤봉을 들고 있는 동안, 쓱싹은 네 발로 땅을 딛고 쿵쿵거리며 구불구불한 가시밭길 사이를 지체 없이 헤치며 나아갔다. 쓱싹의 넘치는 자신감에 동료들 모두 놀라면서도 깊은 인상을 받았다.

어떤 길은 아주 좁아서 아람은 날카로운 가시에 소매나 살갗이 긁히기 일쑤였다. 하지만 꾹 참으며 불평도 투정도 하지 않았다. 누군가에게 들킬 만한 짓은 하지 말아야 했다.

다행히 늦은 시간인지라, 가시 전당 근처에는 인적이 드물었다. 덩치가 큰 남자 가시멧돼지 하나가 술에 취해 비틀거리는 모습이 보이자 일행은 옆길로 빠져 몸을 웅크렸다. 그 가시멧돼지는 크게 꺽 트림을 하고는 방귀를 뿡뿡 뀌어대며 누군가가 있다는 낌새조차 느끼지 못하고 그냥 지나갔다. 잠시 후, 덩치가 큰 여자 가시멧돼지도 술에 취한 채 아람 일행이 가야 할 길을 막고 그 자리에 서서 들리지 않는 음악에 맞춰 몸을 앞뒤로 흔들었다. 마카사는 아람의 손에서 쓱싹의 곤봉을 건네받고는 그 가시멧돼지의 뒤통수를 내리쳤다. 아마도 내일 아침에 깨어나면, 원인도 모른 채 머리가 깨질 듯이 아플 터였다.

그렇게 술에 취한 가시멧돼지들과 마주친 이후로는 아무도 보이지 않았다. 그리고 얼마 지나지 않아, 쓱싹은 일행을 이끌고 칼날 같은 빽빽한 가시덤불 사이의 비좁은 공간에서 바짝 웅크리고 있던 긴털엄니에게 곧장 덤벼들었다. 사방으로 반 뼘도 안 되는 거리에 가시가 빽빽하게 돋아나 있었던 터라 긴털엄니는 고개도 들지 못한 채 비참한 표정으로 드렐라의 네 친구를 올려다봤다.

"어디에 있지?"

마카사가 위협적으로 낮게 다시 물었다.

"드렐라는 어디 있어?"

긴털엄니가 고개를 젓고는 신음하듯 내뱉었다.

"없다."

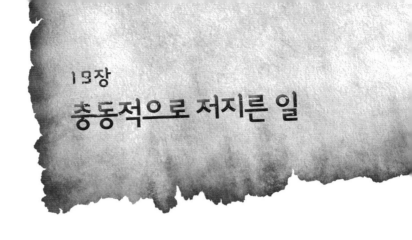

19장
충동적으로 저지른 일

아무런 생각 없이 충동적으로 저지른 일이었다. 그뿐이었다.

저녁을 먹으며 긴털엄니는 마법학자인 엘르마린이 드리아드의 힘과 여름에 그 힘이 얼마나 더 강력해지는지에 관해 얘기하는 걸 잠자코 듣고 있었다. 이 드렐라라는 존재가 어째서 봄에는 힘이 약한지 이해가 되지 않았지만, 봄은 아직 몇 달 뒤의 일이므로 크게 중요하지 않았다.

그보다는 드리아드인 드렐라가 할 수 있는 일이 중요해 보였다. 자연의 이치에 맞지 않는 마법을 없애는 능력, 그것이야말로 긴털엄니의 부족에게 필요한 것이었다. 츄가라는 통제할 수가 없고, 블랙쏜은…… 블랙쏜은 그냥 제정신이 아니었다.

그때 하피가 들이닥쳤다. 빌어먹을 타우렌과 맺은 긴장 완화 협정의 일환으로, 매일 밤 높새바람 봉우리에 가시멧돼지 정찰병 하나가 배치되어 빌어먹을 하피와의 싸움을 지원했다. 그러나 긴털엄니는 하피와 싸우는 일에 질려버렸다. 그래서 탈리아가 창 꾸러미를 들고 밖으로 달려 나갔을 때, 긴털엄니는 천천히 자리에서 일어났다.

일어나 둘러보니 모두 밖에 나가 있었다. 타우렌, 엘프, 인간, 놀, 멀록까지 전부 다. 드렐라는 출입구에 서서 하피가 공격하고 탈리아가 창으로 반격하는 모습을 지켜보고 있었다.

그때 충동이 불쑥 솟았다. 터무니없는 생각이었다. 계획은 없었다. 생각이랄 것도 없었다. 긴털엄니는 자신이 뭘 하는지 제대로 인식하기도 전에 커다란 손으로 드렐라의 입을 막고서 조그마한 몸을 번쩍 들어 올렸다.

뒤늦게 생각해보니 드렐라는 조금도 몸부림치지 않았다. 입이 틀어 막힌 상태였다 해도 비명 정도는 지를 수 있었을 텐데 아무 소리도 내지 않았다. 그리고 그 눈빛에 드러난 감정은 그저…… 호기심뿐?

어쨌든 긴털엄니는 머리를 낮춘 채 그대로 오두막의 뒷벽을 향해 돌진했다. 뒷벽이라고 해봐야 두꺼운 천에 불과했던 터라 멈추지 않고 그대로 뚫고 나갔다.

드렐라를 안은 채로, 긴털엄니는 타우렌 토템 기둥 사이를 지나 출렁다리를 건넌 다음 절벽마루로 갔다. 출렁다리가 있는 양쪽 끝에 있어야 할 보초병이 보이지 않았다. 아마 하피를 막으려고 자기 위치를 벗어난 모양이었다. 긴털엄니는 짧은 밧줄을 찾아내 드렐라의 허리를 묶고는 소리치지 말라고 경고했다.

드렐라가 고개를 갸우뚱하며 물었다.

"소리를 왜 지르는데요?"

긴털엄니는 그 질문을 무시하면서 순간, 이 생명체가 좀 모자라는 게 아닌지 궁금했다. 어쨌거나 드렐라를 데리고 경사로를 따라 절벽마루를 돌아서 내려간 다음, 다리를 건너 그 다음 절벽마루로 향했고, 또다시 나타난 경사로를 따라 내려갔다가 또 다른 다리를 건너 마지막 경사로를 내려갔다. 그곳은 긴털엄니가 자기 배를 정박해둔 해변의 한 모퉁이었다.

긴털엄니는 드렐라를 배에 태우고 모래 위에서 밀어 물에 띄운 다음, 배에 기어올라 조용히 노를 저었다.

두 시간이 지난 후, 긴털엄니는 배를 부두에 대고 가시투성이 전당 입구 앞 바닷가로 올라섰다. 휘파람이와 뾰족털아귀가 보초를 서고 있었지만, 둘 다 긴털엄니를 알기에 그냥 들여보냈다. 드렐라를 보고 놀란 표정을 짓긴 했어도 뾰족털아귀가 두어 번 꺽 트림한 것 말고는 아무 말도 없었다.

긴털엄니는 밧줄을 당기며 드렐라를 끌고 가시 미로 속으로 들어갔다. 왼쪽으로 꺾고 오른쪽으로 꺾고 다시 오른쪽으로 꺾은 다음, 또다시 왼쪽으로 꺾어 보초들에게 소리가 들리지 않을 만한 곳까지 왔다.

긴털엄니가 멈춰 서서 주위를 둘러보며 주변에 가시멧돼지가 없는지 귀를 기울였다.

"나는 아람과 있어야 하지 않을까요? 마카사가 나더러 아람을 보호하라고 했거든요."

"넌 이곳에 필요해."

드렐라의 말에 긴털엄니가 대답했다.

"내가요?"

긴털엄니가 고개를 끄덕이며 대답했다.

"이 가시 보여? 가시는 가시멧돼지들에게 성스러운 대상이야."

"왜요?"

"그냥 원래 그래."

"원래 그런 것들이 많이 있죠. 그런 것들이 원래 그런 건 자연스럽지 못한 일이 아니에요."

드렐라가 점잖게 고개를 끄덕였다.

"이 가시는 가시멧돼지 가시마술사들이 만든 거야. 이 전당 대부분은 서슬깃 차를가가 만들었지."

"가시를 굉장히 성스럽다고 여겼나 봐요. 가시가 아주 많아요."

드렐라가 주위를 둘러보며 말했다.

"지금은 서슬깃 츄가라가 가시를 엮어. 차를가가 츄가라를 훈련시켜 전당을 유지하게 했지만, 츄가라는 가시덤불을 넘겨버렸어.

죽음의……."

드렐라가 짜증이 난다는 듯 손사래를 치며 긴털엄니의 말을 잘 랐다.

"긴털엄니, 나한테 지루함이 뭔지 제대로 가르쳐주는군요. 그게 나와 무슨 상관이 있는지 모르겠어요."

긴털엄니가 성이 나서 뾰족털을 바짝 세우며 말했다.

"엘르마린의 말로는 네가 자연의 이치에 어긋난 마법을 되돌릴 수 있다고 했어."

그러자 드렐라의 얼굴에 생기가 돌았다.

"맞아요!"

"나는…… 네가 되돌려줬으면 해. 가시덤불을 원래대로, 자연 그 대로의 모습으로 돌려줘."

드렐라가 잠시 주위를 둘러보더니 말했다.

"당신네 전당에서 자연의 이치에 어긋난 마법은 전혀 안 보이는 데요. 느껴지지도 않아요. 이곳의 가시는 엄청나지만, 오랫동안 이 땅의 일부였어요. 가시도 자연의 다른 생명들과 마찬가지로 존재 할 권리가 있답니다."

"내가 말한 곳은 이곳이 아니야."

긴털엄니가 무뚝뚝하게 설명했다.

"가시 소용돌이 안과 소환사의 방, 그리고 뼈 무더기야."

드렐라가 잠시 고민하더니 승낙했다.

"좋아요. 그 장소를 보여줘요. 별난 곳 같네요. 난 별난 것들이 좋거든요."

"그럼 도와줄 거야?"

"당신이 괜찮다면 도울게요. 하지만 일이 끝나고 나면 아람을 보호하러 돌아가야 해요. 나한테 글 읽는 법도 가르쳐주겠다고 약속했거든요."

긴털엄니는 고개를 끄덕였다. 그렇지만 드렐라의 허리를 칭칭 감은 밧줄을 놓지는 않았다. 드렐라는 밧줄을 굳이 거부하지 않는 듯했다. 그래서 긴털엄니는 밧줄과 드렐라의 호기심을 꽉 붙잡고서 어린 드리아드를 인도했다.

하지만 둘은 채 열 걸음도 가지 못했다.

미로의 ㅗ자 형태의 갈림길에 도착했을 때 긴털엄니는 왼쪽으로 돌아야 한다는 걸 알았지만, 왼쪽으로 가는 길이 막혀 있었다. 그저 가시 벽이 있을 뿐이었다. 긴털엄니는 그 자리에 서서 벽을 빤히 쳐다보고 있었다. 이 가시덤불 안에서 나고 자란 긴털엄니는 어디든 손바닥 보듯 훤히 꿰고 있었다.

'ㅗ자 길에서 왼쪽으로 돌기.'

그런데 왼쪽에는 길이 없었다. ㅗ자는 없고 뒤집힌 ㄴ만 있을 뿐이었다. 보초들과의 거리를 벌리려고 서두르느라 어딘가에서 길을 잘못 든 게 분명했다. 그렇다면 과연 어디에서 길을 잘못 든 것일까?

어쨌든 지금은 다른 선택의 여지가 없었다. 오른쪽 길로 들어서면 곧 미로를 파악할 수 있으리라 확신했다. 긴털엄니는 오른쪽으로 돌아 앞으로 걸음을 옮겼지만, 바로 눈앞에서 가시가 자라나 또 다른 벽이 생겼다.

긴털엄니는 재빨리 돌아섰다. 새로 생긴 가시 벽을 빤히 바라보는 드렐라는 어딘가 불안해 보였다.

"아, 저건 좀 이상하게 느껴져요. 가시덤불이 너무 빨리, 너무 크게 자라는 바람에 비명을 지르고 있어요. 가시들이 싫어해요."

하지만 긴털엄니는 듣고 있지 않았다. 왜냐하면 드렐라 바로 뒤에 가시멧돼지 다섯이 서 있었기 때문이었다. 그것도 그냥 가시멧돼지가 아니라 가시마술사 츄가라, 죽음예언자 블랙쏜, 그리고 검은 가죽 교단복을 입은 죽음의 머리교 하수인 셋이었다. 그중 하나가 긴털엄니의 전투 도끼를 빼앗았다.

블랙쏜이 낮게 우르릉 울리는 목소리로 말했다.

"네가 이 존재를 우리의 신성한 장소에 데려왔느냐?"

긴털엄니가 아무 말도 하지 않자 블랙쏜이 계속 말을 이었다.

"그렇다면 내게 선물로 바치려고 가져온 것이겠구나."

긴털엄니는 여전히 아무 말도 하지 않았다.

블랙쏜이 드렐라를 돌아보며 물었다.

"너는 나의 전리품이냐?"

"아니요. 나는 가시멧돼지의 전리품이 아니에요. 나는 드리아드

타린드렐라예요. 드렐라라고 부르면 돼요. 어긋난 일들을 되돌리려고 나를 여기까지 데려온 거예요. 진짜로 그렇게까지 일그러진 마법이 있는지는 잘 모르겠어요. 하지만 당신은 무언가 어긋난 냄새가 나네요. 당신은 죽음의 냄새가 나고요. 아니, 죽음보다 더 안 좋은 것 같기도 하네요."

블랙쏜이 킬킬거리며 소리 내어 웃었다.

"나는 죽음예언자 블랙쏜이다. 넌 쓸모가 있겠구나. 가시마술사, 쓸모 있는 걸 가져온 배신자에게 감사 인사를 해야지."

츄가라가 무언가 읊조리자 가시덤불이 긴털엄니 주위를 감싸며 위로 자라나더니 머리 위에 둥글게 엮이며 완전히 얽히고설켰다. 긴털엄니는 날카로운 가시에 털가죽이 긁히고 귀가 찢겼다. 가시가 아래쪽을 향해서도 자라나는 바람에 긴털엄니는 엉덩이를 땅에 대고 주저앉아야 했다. 계속 자라나는 가시 때문에 무릎을 바짝 끌어당겨 가슴에 딱 붙여야 했고, 그대로 옴짝달싹도 할 수 없이 고개를 땅에 처박고 있어야 했다. 그나마 다행스러운 건 가시덤불이 벽처럼 촘촘하지는 않은 터라 긴털엄니는 밖을 볼 수 있었다. 하지만 도망칠 수 있는 가능성은 보이지 않았다.

블랙쏜은 츄가라의 마법을 지켜보며 죽음의 머리교다운 미소를 지었다. 그러고는 가시마술사에게 감사를 표한 후 드렐라를 향해 돌아섰다. 드렐라는 어딘가 아파 보였고, 금방이라도 울음을 터뜨릴 것 같았다.

긴털엄니는 블랙쏜이 드렐라에게 신비술 동작을 취하며 신비술 주문을 중얼거리는 광경을 지켜보았다.

이마에 땀이 송골송골 맺히기 시작했지만, 드렐라는 용감하게 웃어넘기려고 했다.

"당신의 마법으로 날 노예로 만들 생각인가 본데요, 나는 당신의 이치에 어긋난 힘에는 면역이 되어 있거든요. 죽음 냄새덩어리 블랙쏜."

드렐라의 말에 블랙쏜이 발끈하더니 화를 내며 으르렁거렸다.

"하지만 넌 죽음의 머리교 무기에는 면역이 되어 있지 않겠지."

하수인 하나가 긴털엄니의 도끼를 휘둘렀다.

블랙쏜이 드렐라의 허리에 묶여 있던 밧줄을 낚아채고는 하수인에게 건넸다.

"뼈 무더기로 데려가라. 하지만 죽이진 마라. 그건 네 것이 아니다. 혹한술사님의 것이다."

하수인은 고분고분 고개를 끄덕이고는 동료 둘을 옆에 거느린 채 드렐라를 끌고 갔다. 이번에도 드렐라는 저항하지 않았다. 그저 이끄는 대로 따라갔다.

크게 방귀를 뿡 뀌며, 블랙쏜은 긴털엄니와 츄가라를 돌아봤다. 그러고는 얼굴에 기분 나쁜 미소를 띤 채 말했다.

"긴털엄니, 여기에 널 놔두고 갈 테니 네 배신행위를 곰곰이 반성해라."

츄가라도 한마디 했다.

"이곳에서 굶어 죽어라."

블랙쏜과 츄가라는 그 말만 남긴 채 그곳을 떠났다.

긴털엄니가 이야기를 하는 동안 아람 일행은 거래를 제안했다. 긴털엄니를 풀어주면, 아람 일행을 드렐라가 있는 곳까지 안내한 다음, 함께 싸워 구출해내는 조건이었다.

늘 그렇듯이 그 누구와도 협력하는 걸 좋아하지 않는 마카사가 드렐라를 납치한 장본인과 협력하는 것을 반길 리 없었다. 쓱싹의 예민한 코가 있으니 긴털엄니는 이곳에 그냥 내버려둘 생각이었다.

하지만 쓱싹이 고개를 저으며 반대했다.

"지금 쓱싹은 죽음 냄새밖에 안 난다."

"어디에서나 죽음의 냄새가 날 거야. 사방에서."

긴털엄니가 말했다.

"그게 바로 블랙쏜이야. 죽음의 트림을 하지. 죽음의 방귀를 뀌고. 모두를 위한 죽음. 사방팔방으로 뻗어 나가지."

아람이 명백하고도 꼭 필요한 진실을 언급했다.

"마카사 누나, 놈들이 긴털엄니에게 한 짓을 봐. 나도 믿고 싶지 않아, 정말이야. 하지만 우리에겐 긴털엄니가 필요해. 그리고 드렐라를 데려간 놈들과 같은 편이 아닌 건 분명하잖아."

"긴털엄니는 드렐라를 납치한 장본인이야!"

마카사가 소리치지 않으려고 목소리를 억누르느라 쥐어짜는 듯한 소리가 났다.

"그럼 드렐라를 다시 납치한 놈들이라고 할게."

쏙싹은 전당 입구로 돌아가 잠자는 보초에게서 전투 도끼 두 자루를 빼냈다. 그런 다음 마카사와 함께 긴털엄니를 풀어주는 작업을 했다. 가시들이 여기저기 튀면서 긴털엄니를 계속 찔러댔다. 마카사는 상관하지 않는 정도가 아니라, 피식거리기까지 했다.

"전에도 이런 가시를 본 적이 있어. 혈투의 전장에서."

아람의 말에 긴털엄니는 여전히 고개를 땅에 잔뜩 숙인 채로 대답했다.

"맞아. 골두니 오우거 왕 고르독이 츄가라에게 대가를 치르고 와 이번 새끼 주위에 가시 전당을 세우게 했지. 나도 거기에 있었다. 츄가라의 근위대 소속 정찰병으로."

"고르독이 대가로 뭘 줬어?"

아람은 그 대가가 혹시 수정 조각이 아닐지 궁금해서 물었다. 그러고는 아버지의 나침반을 꺼내 손을 둥글게 오므려 빛이 새어나가지 않도록 가렸다. 바늘은 여전히 다음 수정 조각과 가젯잔이 있는 남동쪽을 가리키고 있었지만, 빛이 약해져 있었다. 이곳엔 수정이 없는 게 분명했다.

"진흙 노역장에서 쓸 노예를 받았다. 소환사의 방에서 쓸 노예도. 결국엔 뼈 무더기에서 사용하지."

긴털엄니가 아람의 질문에 대답했다.

마카사와 쓱싹이 긴털엄니를 가두고 있는 가시덤불을 계속해서 도끼질하자 조금씩 구멍이 생기긴 했지만, 긴털엄니가 빠져나오기에는 아직도 너무 작았다. 아람은 문득, 자신이 왜 긴털엄니에게 잔뜩 화가 나 있는 마카사의 마음을 풀어줄 생각이 없는지 궁금했다. 뒤늦게 아람은 자신이 생각보다 더 많이 긴털엄니에게 화가 나 있었음을 깨달았다.

구멍이 더는 넓어지지 않을 것 같았다. 결국 긴털엄니는 비좁은 가시덤불 구멍 사이를 완력으로 간신히 빠져나왔다. 날카로운 가시와 잔가지가 옆구리를 찌르고 할퀴었지만, 긴털엄니는 자유의 몸이 되었다. 가시덤불 감옥에서 빠져나온 긴털엄니가 도끼 하나를 달라고 손을 내밀자 마카사는 고개를 저었다.

"공동의 적이 있을 때 무기를 줄게. 그때까지는 어림도 없어."

긴털엄니는 인상을 쓰면서도 고개를 끄덕였다. 그러고는 앞으로 성큼성큼 걸어 나갔다. 마카사가 도끼 하나를 받아들었다. 쓱싹은 한쪽 어깨에 새로 생긴 전투 도끼를 메고 다른 어깨에는 자신의 전투 곤봉을 둘러멨다. 아람 일행은 긴털엄니의 뒤를 바짝 쫓아갔다. 아람은 흰날검을 뽑아 들었고, 머키는 작은 창을 휘두르며 부지런히 뒤를 따랐다.

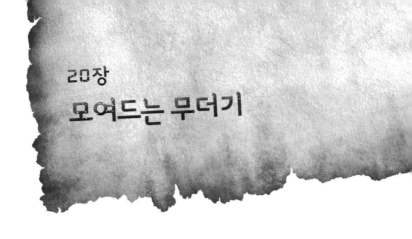

긴 털엄니는 정말 손바닥 보듯이 가시 전당 안의 길을 훤히 알
았다. 아람은 자기라면 순식간에 길을 잃겠다는 생각을 하
며 마카사의 얼굴을 올려다봤다. 마카사 역시 아람의 생각과 별로
다르지 않은 듯했다. 단지 차이가 있다면 아람이 긴털엄니를 못마
땅하게 여기면서도 고마워하는 반면, 마카사는 구출에 성공하려
면 어쩔 수 없이 긴털엄니가 필요하다는 사실에 분노한다는 점이
었다.

10분 후, 일행 다섯은 미로 속의 갈라진 길 앞에 섰다. 여기에서
긴털엄니는 왼쪽으로 방향을 틀고는 머뭇거렸다.

"이쪽이 뼈 무더기로 가는 가장 빠른 길이다."

"그런데?"

마카사가 노려보며 물었다.

"그러면 소환사의 방을 지나간다."

"그래서?"

"그곳엔 거미술사들이 있다. 아마 아룩스도."

"아룩스가 누군데?"

거미술사에 대해 알아봐야 할지 말지 고민하면서 아람이 물었다.

"거대한 거미다. 가시마술사들이 가시를 키우듯 거미술사들이 키운 거대 거미다. 아룩스는 그중 제일 큰 거미다."

아람이 침을 꿀꺽 삼켰다. 거미는 정말 끔찍하게 싫었다. 호숫골에 살 때 아람의 가장 친한 친구였던 월리와 말라깽이는 둘 다 죽은 거미를 수집했다. 아람의 생각으로는, 자기가 거미만 보면 펄쩍 뛰는 걸 알기 때문에 친구들이 일부러 거미를 수집했던 게 아닐까 싶었다. 하지만 그건 죽은 거미였다. 작은 거미였다. 작고 죽은 거미였다. 그런데 살아 있을 뿐만 아니라 거대한 거미라니, 훨씬 더 끔찍했다.

마카사가 오른쪽으로 고개를 휙 돌리며 물었다.

"그러면 이쪽은?"

"오래 걸린다. 하지만 거미는 없다."

"얼마나 오래 걸리는데?"

"한 시간쯤 더."

"만약 그 아룩스라는 거대 거미와 싸우면서 지나가려면 최소한 그 정도는 걸릴걸."

마카사는 아람의 말에 고개를 끄덕였고, 긴털엄니는 오른쪽으로 길을 안내했다. 일행은 조심스럽게 걸음을 재촉했다. 아람과 마카사, 쓱싹과 머키, 긴털엄니 그리고 아람의 죄책감까지 더해서.

'억지로 오른쪽 길로 오게 한 걸까? 정말 내가 말한 대로 시간상 더 실용적이라고 생각해서 오른쪽 길을 주장한 걸까? 아니면 거미가 너무 무서워서 왼쪽 길로 가고 싶지 않았던 건 아닐까? 그리고 만약 시간이 더 지체되는 바람에 드렐라에게 무슨 일이 생기면……'

멈출 수 없을 정도로 생각이 끝없이 떠오르고 흩어졌다.

일행은 가시 벽 사이로 난 길고 구불구불한 길을 따라 걸었다. 30 미터마다 약하게 타오르는 횃불이 길을 밝혀주고 있었다. 하지만 길이 구부러지는 곳에서는 긴 구간에 걸쳐 빛이 거의 들지 않았다. 비록 거미가 나오는 경로를 피하긴 했지만, 아람의 머리에는 거미에 관한 생각이 단단히 박혀 떠나지 않았다. 거미줄이 얼굴을 스치는 느낌이 들었다. 아니, 그런 느낌이 들었다고 생각했다. 아주 작은 거미가 머리카락 속으로 떨어져 목을 타고 내려와 셔츠 밑에 있는 느낌이 들었다. 아니, 그런 느낌 들었다고 생각했다. 아람은 몸 이곳저곳이 근지러웠고, 온몸을 자꾸만 실룩거렸다. 한 시간이 아주 길게 느껴질 것 같았다.

죽음 냄새덩어리 블랙쏜은 뼈 무더기 방에 들어가자마자 하수인들의 손에서 드렐라의 밧줄을 받아 칼도레이의 해골이 걸린 쇠기둥에 묶었다. 드렐라는 갑자기 밧줄이 싫어졌다. 조금 전까지만 해도 아무렇지 않았는데 지금은 이곳의 공기가 답답하게 조여드는 것처럼 느껴졌다. 암흑의 뒤틀린 마법에서 느껴지는 쇠와 유황의 맛이 공기 중에 가득 퍼져 있는 듯했다. 드렐라는 탈리스에게 '메스껍다'라는 표현을 배웠는데 지금에야 그게 무슨 뜻인지 확실히 알았다. 그래서 허리에 묶여 있던 밧줄을 풀고 그대로 기둥에서 내려왔다.

　블랙쏜과 가시마술사 츄가라는 드렐라가 어떻게 풀려났는지 도무지 알 수 없다는 듯이 기둥에 아직 한쪽 끝이 묶여 있는 밧줄을 쳐다봤다. 그러고는 기적의 마법 같은 걸 써서 밧줄을 풀기라도 한 듯 드렐라를 빤히 쳐다봤다. 드렐라는 둘을 보며 깔깔 웃어대고 싶었지만, 담즙이 목으로 올라왔다. 넘어오려는 담즙을 억누르고 다시 꿀꺽 삼켰다. 위산 때문에 식도가 타는 것 같았다. 드렐라는 아람 일행과 함께 있었으면 좋겠다고 생각했다. 그들만 남겨두고 떠나지 말았어야 했다.

　블랙쏜과 츄가라는 밧줄을 더 가져와서 드렐라의 손을 결박하고 쇠기둥에 단단히 묶었다. 밧줄에 불이라도 붙은 듯, 드렐라의 피부는 그슬리고, 나뭇잎은 타고, 털은 눌어붙었다. 비명을 지를 뻔했지만, 자세히 살펴보니 불꽃도 없고 아무런 열기도 느껴지지 않았다.

드렐라는 자신이 겁을 먹었다는 사실을 받아들이기 시작했다.

주위를 둘러보았다. 동굴 같은 공간이었고 보이는 건 많지 않았다. 흙바닥 위로 둥근 가시 천장이 만들어져 있었다. 제단으로 보이는 무언가의 옆에 쇠기둥이 있었다. 그리고 '뼈 무더기'라는 이름에 걸맞게 어마어마한 뼈 무더기가 공간의 절반 이상을 차지하고 있었다. 그런 이상한 이름이 붙은 것도 당연했다. 드렐라는 호기심에서 그 뼈 무더기를 뚫어지게 바라보았다. 호기심이 생기면 두려움이 누그러지는 것 같아서 일단은 그렇게라도 위로를 얻으려고 했다. 뼈는 대부분 가시멧돼지의 것이었다. 하지만 인간 뼈, 타우렌 뼈, 켄타우로스 뼈, 주로 멧돼지, 하이에나, 곰으로 보이는 동물 뼈도 있었다. 하피 뼈도 있는 것 같았다. 어쩌면 와이번의 뼈도. 어쩌면 설인 뼈와 놀 뼈도.

'저건 용의 뼈 같은데?'

용을 본 적이 없었기 때문에 확신할 수는 없었다. 하지만 만약 용을 봤다면 용의 해골을 봤을 테고, 그랬다면 저렇게 생겼으리라 생각했다.

"뼈 무더기에 드리아드의 뼈도 있나요?"

드렐라의 물음에 블랙쏜은 대답 대신 기분 나쁘게 웃었다.

"만약 있다면, 진심으로 보고 싶거든요."

블랙쏜이 갑자기 웃음을 뚝 멈추고는, 다시 한 번 멍한 표정이 되었다.

드렐라는 블랙쏜을 노려봤다. 혹시 지능이 낮은 건 아닌지 의심스러웠다. 너무 쉽게 충격을 받는 듯했다.

"내 말이 무슨 뜻인지 몰라요? 내 뼈가 어떻게 생겼는지 정말 궁금하다고요."

"그건 해결해줄 수 있지."

츄가라가 음흉하게 중얼거렸다.

"잘됐네요."

츄가라는 화가 나서 씩씩거리며 드렐라에게 다가가려 했다. 그러나 블랙쏜이 한 손을 들어 츄가라를 막았다.

"안 돼! 저 애는 혹한술사님 거야."

"난 아직 겨울을 맞이할 준비가 안 됐어요. 아직 봄이거든요."

"지금은 여름이다."

하수인 하나가 주둥이를 웅크리며 말했다.

"시끄러워!"

블랙쏜이 고함을 지르고는 드렐라를 돌아봤다.

"아무도 계절 얘기는 하지 마라. 너나 네 힘은 언데드 스컬지의 리치, 혹한의 암네나르 님께 바칠 것이다!"

"아."

드렐라가 그 말을 곰곰이 되씹어보았다. 사실, 블랙쏜이 한 말들을 제대로 이해하지 못했다. '암네나르'니 '혹한술사'니 '리치'니 '언데드'니 '스컬지'니 하는 단어는 전혀 와닿지 않는 말이었다. 탈리스가 속삭여줄 때 그런 단어는 사용한 적이 없었다. 적어도 지금 오가는 이야기에 해당되는 맥락에서는 말이다. 드렐라는 '혹한술사'와 '언데드'는 해석할 수 있다고 생각했다. 이곳의 비정상적인 마법의 기운은 마치 시든 나무를 억지로 푸르게 되돌려놓는 것처럼 이치에 어긋났고 자연스럽지 못했다. 드렐라는 그 혹한술사의 이름이 암네나르라고 생각했다. '리치'는 과일 이름이 아닐까 싶었다. 드렐라는 과일을 좋아했다. 암네나르라는 자가 과일이라면 그렇게 끔찍한 존재가 아닐지도 몰랐다. 그리고 스컬지? 블랙쏜이 일종의 병충해에 대해 얘기한 것일까? 모든 게 아리송했다. 드렐라는 고개를 저으며 딱 잘라 말했다.

"됐어요. 안 그래도 돼요."

"지금 저 애를 정말 죽이면 안 되나?"

츄가라가 물었다.

"그래, 절대 안 된다."

블랙쏜도 그런 현실이 유감이라는 듯이 대꾸했다.

"의식을 준비하는 데는 그리 오래 걸리지 않는다. 한 시간도 안 걸린다. 저 애를 잘 지켜봐라."

블랙쏜은 등을 돌리고서 제단을 향해 낮은 소리로 주문을 속삭이기 시작했다. 하얗게 표백한 가시멧돼지 해골을 연상시키는 가면을 들어 올리고는 자신의 머리에 썼다.

드렐라는 입이 바싹 말랐지만 목소리를 쥐어짜며 말했다.

"내가 아람을 보호하지 않아서 마카사가 기분이 나쁠 거예요."

마카사는 기분이 나빴다.

긴털엄니를 따라가는 것도 싫었고, 일행을 함정으로 이끄는 게 아닐까, 여전히 의심스러웠다. 그래. 우리가 가시 우리에 갇힌 가시멧돼지를 발견한 건 맞아. 하지만 그게 만약 우리를 속이려고 꾸며낸 상황이면 어쩌지? 우리의 신뢰를 얻으려고 꾸며낸 거라면? 긴털엄니는 우리가 드렐라를 쫓아오리라는 걸 알았을 테니 스스로 가시 우리에 들어갔을지도 모르잖아. 우리를 함정에 빠뜨리려고 말이야.

그렇다면 이건 아람의 잘못이야. 드렐라의 납치범을 믿어야 한다고 우겼잖아. 빌어먹을, 늘 누구든 믿어야 한다고 우겨대잖아!

마카사가 아람을 노려보았다. 아람은 어깨를 으쓱하며 대수롭지 않게 넘겨버렸다.

이런 일이 너무 자주 일어나. 그게 문제야. 못마땅하다는 티를 좀 덜 내도록 자제해야겠어. 아람이 가끔 느끼도록…… 그러니까, 중요할 때 느끼도록. 하지만 내가 눈살 찌푸릴 만한 짓을 너무 자주 하니 자제하기가 어려워. 나도 진심으로 내 남동생이 좋은 아이라고 생각해. 사실을 말하자면 간혹 기적을 일으키는 녀석이라고 생각해. 하지만 기적을 일으키는 자와 바보가 한 사람이 아니라는 법도 없다고!

하지만 아람에게 계속 화를 내는 건 쉽지 않았다.

우리를 안전하게 지키는 건 저 아이의 몫이 아니야. 그건 내 책임이지. 쏜 선장님께서 내게 명령하신 일이야. 그분의 마지막 명령이었고 몇 년 전 그분께 진 목숨 빚을 요구할 정도로 절실한 일이었어.

그렇다면 왜 지금 우리 둘 다 위험에 처해 있을까? 왜냐하면 내가 아람을 지키는 임무를 제대로 해내지 못했기 때문이야. 아람을 안전하게 지키려면 탈리스 님이 필요했어. 하지만 탈리스 님의 도움을 받은 탓에 타린드렐라라는 짐을 떠안아야 했지. 우리를 더 큰 위험에 빠지게 하는 짐이라고.

마카사는 쓱싹을 힐끗 쳐다봤다. 눈이 마주치자 쓱싹이 고개를 까딱했고, 마카사도 고개를 끄덕였다. 마카사는 쓱싹을 오른팔처럼 믿었다.

하지만 그것도 정말 마음에 안 들어! 쓱싹을 오른팔로 얻느라 놀과 설인을 상대하며 목숨과 사지를 잃을 뻔한 위험을 감수해야 했으니까!

그리고 머키가 있지. 말루스에게 붙잡혔었잖아! 도대체가 끝이 없어! 이 여정에 새로운 일행이 생길 때마다 하나같이 예측할 수도 없이 복잡한 문제를 일으키고 위험한 상황을 만든단 말이야.

내가 혼자서 더 잘 알아서 해야 해. 그게 답이야. 이제는 다른 누구에게도 기대지 말자. 지금부터 이 짐들은 내가 질 것이고, 나 혼자 질 거야. 끝이라고, 빌어먹을. 내 작살이 없어서 아쉬워!

아람은 굽이진 길을 지날 때마다 점점 추워진다는 생각이 들었다. 스웨터와 외투는 아직 허리에 묶어놓은 상태였다. 잠시 멈춰서 옷을 입고 싶었지만, 흰날검을 든 채로는 어려운 일이었다. 누군가 걸음을 멈춰줘야 가능했다. 사실 아람은 멈추고 싶지 않았다. 이 길 끝에 무엇이 있을지 조금도 짐작할 수 없었다. 하지만 모두들 시간을 낭비할 생각이 없다는 것만큼은 잘 알고 있었다. 드렐라는 몹시 위험한 상황에 처해 있는 게 분명했으니까.

쓱싹은 쥐고 싸울 수 있는 곤봉과 도끼가 있어 좋았다. 쓱싹은 자신이 곤봉과 도끼를 곧바로 휘두를 만큼 힘이 센지 궁금했다. 쓱싹은 곤봉과 도끼를 같이 휘두르면 좋겠다고 생각했다. 쓱싹은 드렐라를 도운 후에 곤봉과 도끼를 동시에 휘두르는 연습을 하겠노라 다짐했다.

머키는 드를라가 걱정되었지만, 머키는 용감했고 단단히 결심했다. 그리고 머키에게는 지금 창이 있었다. 머키는 드를라를 괴롭히는 놈들을 플룰루르로크처럼 창으로 찌르겠노라 마음먹었다.

그 느낌은 뭐였지? 나를 끌어당기는 그 오싹한 느낌은?

전당 입구에 도착했을 때, 가시멧돼지 둘이 코를 골며 자고 있었다.

음, 좋지 않은 징후임이 분명해.

아람은 이 길로 가면 찾는 게 있을지, 찾으라는 명령을 받았던 그것과 만나게 될지는 알 수 없는 노릇이었다.

하지만 어딘가로 빌어먹게도 잘 이끌고 있어. 안 그래? 이곳은 내가 식별할 수 없는 맛이 나. 내가 별로 좋아하지 않는 무언가의 맛이야. 그리고 내 머릿속에서 비명이 들려. 나더러 도망가라고 경고하고 있어. 하지만 동시에 날 부르고 있어, 날 앞으로 부르고 있다고.

얄궂게도 아람이 그 지역을 둘러 간 이유는 그 부름 때문이었다. 결국 그 부름을 따라 가시덤불로 들어갔다. 정체가 뭔지 알면 적어도 상황을 바꿀 기회가 생기기 마련이다.

그렇게 모두가 뼈 무더기에 도착했다.

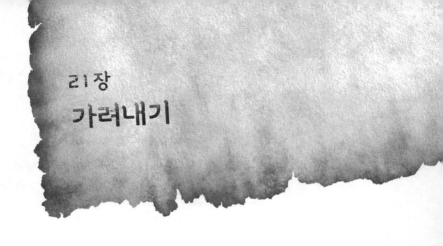

21장
가려내기

긴털엄니가 멈추라고 신호를 하고는 아치형 입구를 가리켰다.
그 너머에서 호숫골의 오두막집 지붕에 떨어지던 빗소리 비
슷한 소리가 들렸다. 그쳤다가 다시 소리가 이어지면서 규칙적이
고 주기적으로 소리가 들려왔다. 긴털엄니가 벙긋거리며 입 모양
으로 말했다.

'뼈 무더기다.'

넷은 고개를 끄덕였다.

긴털엄니가 도끼를 달라고 뻣뻣하게 털이 난 손을 내밀었다.

마카사가 험상궂은 미소를 지으며 입 모양으로 말했다.

'아직 안 돼.'

긴털엄니는 마카사를 노려보고는 돌아서서 아치를 지나 쏜살같

이 달려갔다.

순간 허를 찔린 마카사가 재빨리 쫓아 달려갔고 쓱싹이 그 뒤를 따랐다. 아람과 머키는 좀 늦게 반응했지만, 그래도 곧장 안으로 들어갔다.

타오르는 횃불 네 개가 가시 천장과 동굴 같은 방을 희미하게 비춰주었다. 중앙에는 어마어마한 뼈 무더기가 있었다. 굳이 쓱싹의 예민한 코로 확인하지 않아도 이곳에서 죽음의 냄새가 진동한다는 걸 알 수 있었다.

"아람!"

드렐라의 목소리가 들렸다.

아람은 탄 자국이 있는 검은 나무 제단 옆, 쇠기둥에 묶여 있는 드렐라를 보았다. 양옆에는 가시멧돼지 둘이 있었다. 하나는 남자였는데 아마 죽음예언자 블랙쏜일 테고, 다른 하나는 여자였고 아마도 가시마술사 서슬깃 츄가라일 터였다. 블랙쏜은 가시멧돼지 가면을 쓰고 아람이 지금껏 본 중에서 가장 큰 주술 막대기를 들고 있었다. 아람이 드렐라에게 소리쳐 물었다.

"괜찮아요?"

"그럼요."

기분도 상하고 그 질문도 실망스럽다는 듯한 목소리였다.

"나는 항상 뭐든 괜찮게 해요!"

"아니, 그게 아니라 괜찮냐고……?"

그때 블랙쏜이 버럭 소리쳤다.

"시간이 더 필요하다! 저들을 해치워라!"

회색과 검은색 튜닉을 맞춰 입은 다른 가시멧돼지 둘이 눈빛을 주고받더니 앞으로 나섰다. 하지만 저들이 이길 공산은 별로 없어 보였다. 긴털엄니가 코를 울리고 콧김을 뿜어대며 교단복을 입은 또 다른 가시멧돼지를 옆에서 지켜보다가 정신을 잃을 정도로 때렸다. 그제야 마카사가 긴털엄니에게 도끼를 던져주고는 자신의 쇠사슬을 풀었다. 그러고는 곧바로 작게 빙빙 돌리기 시작했다. 반면 쓱싹은 들고 있던 도끼를 바닥에 던져놓고 양손으로 전투 곤봉을 휘두르며 앞으로 달려 나갔다.

몇 초 만에 교단복을 입은 가시멧돼지 둘 다 이미 의식을 잃은 동료 옆에 같이 눕는 신세가 되었다. 이제 드렐라와 구출하러 온 친구들 사이에는 블랙쏜과 츄가라만 남아 있었다. 츄가라는 가시마술사답게 주문을 외워 가시 전당 벽에서 거대한 가시 줄기와 가지들을 아래로 끌어당겼다. 그 가지들이 점점 넓게 퍼지더니 아람 일행의 앞을 막았지만, 해치거나 가두는 정도까지는 아니었다.

그 순간 드렐라가 묶여 있던 한 손을 빼낸 뒤 츄가라에게 뻗으며 외쳤다.

"그만해요! 저 가시덤불들이 울부짖는 소리가 들리지 않나요? 들어봐요!"

드렐라는 자신의 한 손을 츄가라의 등에 댔다. 그러자 츄가라가 비명을 지르기 시작하더니 털썩 무릎을 꿇고 거친 숨을 몰아쉬면서…… 급기야 흐느껴 우는 것 같았다. 가시덤불이 더는 뻗어 나오지 않고 그 자리에서 멈췄다.

블랙쏜이 무언가 알아들을 수 없는 말로 소리를 지르며 화를 내더니 돼지처럼 꽥꽥거리며 외쳤다.

"혹한술사님께서 제물을 맛보러 오신다! 그분의 힘이 내 안에 차오른다!"

블랙쏜이 뼈 무더기에 대고 주술 막대기를 흔들었다.

"저들이 혹한술사님의 제물을 훔치게 해서는 안 된다! 혹한술사님을 위해 놈들을 죽여라!"

죽음예언자 블랙쏜의 주술 막대기에 달린 방울 소리에 응답하듯, 뼈 무더기가 스스로 덜거덕거리고 흔들리더니 뼈들이 빠르게 맞춰지기 시작했다. 딸칵, 딸칵, 딸칵, 딸칵, 딸칵. 뼈들은 근육이나 장기, 힘줄이나 피부같이 거치적거리는 게 하나도 없는 해골 전사가 되어 긴털엄니, 마카사, 쓱싹을 향해 다가왔다.

마카사는 한걸음 물러섰다. 하지만 주저하는 것도 잠시, 본래의 투지에 불이 들어왔다. 빠른 속도로 쇠사슬을 크게 빙빙 돌리기 시작하더니 해골 전사로 되살아난 가시멧돼지, 타우렌, 인간, 켄타우로스의 뼈를 그대로 강타했다. 마카사가 쇠사슬을 높이 휘두르자 해골 몇 개가 후두두 떨어졌다. 하지만 유감스럽게도, 머리가 없어도 아무 상관이 없는지 해골들은 멈추지 않고 계속 다가왔다.

쓱싹은 마카사보다 훨씬 키가 작았기 때문에 전투 곤봉으로 해골 전사들의 넓적다리나 엉덩뼈를 공격하는 작전으로 쏠쏠한 재미를 보았다.

긴털엄니는 원래 하던 대로 해골 무리 속으로 돌진해 육중한 덩치로 해골들을 들이받아 뼈 무더기로 돌려보내고 남은 뼈는 도끼로 쪼개버렸다.

아람과 머키는 뒤쪽에 머물러 있었다. 아람이 흰날검으로 할 수 있는 일이 많지 않았는데 머키의 작은 창은 더더욱 그랬다. 처음에는 아람과 머키가 싸움에 뛰어들지 않아도 크게 상관이 없는 듯했다. 마카사, 긴털엄니, 쓱싹이 적들을 큰 어려움 없이 해치우고 있었으니까.

하지만 승리가 그렇게 쉽지 않다는 사실이 곧 드러났다. 먼저, 뼈 무더기에서 해골들이 계속 만들어졌다. 온갖 크기의 하이에나, 놀, 곰, 늑대, 멧돼지들이었다. 하피 뼈 역시 해골 전사가 되어 공중으로 날아올라 마카사와 긴털엄니에게 발톱을 휘둘러댔다. 게다가 이미 처리한 해골들도 딸각, 딸각, 딸각거리며 다시 새로운 해골로 조립되어 공격해왔다. 상반신이 타우렌인 켄타우로스, 가시멧돼지 머리가 달린 인간 등등 기괴한 모습으로. 심지어 다리가 박살 난 해골들도 가만히 있지 않고 뼈만 남은 손가락으로 몸을 질질 끌며 블랙쏜이 선택한 전리품을 향해 다가갔다.

긴털엄니는 마카사의 사슬이 닿는 거리보다 더 멀리까지 뛰어들었다가 곧 너무 많이 왔다는 사실을 깨달았다. 해골들은 긴털엄니 위로 기어오르고, 잡아당기고 땅으로 끌어 내리려 했다. 해골은 제대로 된 힘이 없었고 긴털엄니는 근육질의 튼튼한 몸이었지만, 놈들은 수가 많았기에 오래 버티지 못할 것 같았다.

쓱싹의 상황도 별반 다르지 않았다. 해골들은 무기가 없었지만, 이빨이 있었고 몇몇은 발톱까지 있었다. 하이에나가 한쪽 다리를 물어뜯자 쓱싹이 큰 소리로 신음했다. 쓱싹은 놈의 해골을 박살 냈지만, 더 많은 해골들이 몰려오고 있었다.

마카사는 쇠사슬로 커다란 해골들이 가까이 오지 못하게 막고 있었다. 그러다가 재빨리 위쪽으로 사슬을 기울여 해골 하피의 날개를 박살 냈다. 해골 하피는 땅에 떨어져 작은 뼈 토막으로 부서졌다. 하지만 조각난 뼈 여러 개가 다시 딸깍, 딸깍, 딸깍거리며 합쳐지더니 마카사의 쇠사슬 밑으로 기어오기 시작했다. 하피 해골뿐만 아니라 다른 해골들까지 합류하여 마카사를 덮치기 직전이었다.

몇몇 해골이 크게 원형으로 둘러서서 대형을 이루고 머키와 아람을 공격하려 했다. 곧이어 해골 멧돼지가 머키에게 덤벼들었다. 길고 날카로운 엄니로 생선 꼬치처럼 아람의 작은 친구 머키를 꿰어버릴 작정이었다. 머키는 그 해골을 향해 창을 겨눴지만, 별 도움이 되지 않으리라는 걸 깨닫고서 대신 꽥꽥 소리를 질렀다.

"플루르 아옳옳옳옳옳! 플루르 아옳옳옳옳옳!"

그러고는 이리 갔다, 저리 갔다 하며 갈지자로 달리자 쫓아오던 멧돼지 해골이 혼란스러운 듯했다. 해골이 왼쪽으로 방향을 틀어 쫓아가려 하는데 다리 하나가 뚝 꺾였다. 성한 다리 세 개를 질질 끌며 쫓아갔지만, 기회를 놓칠 머키가 아니었다. 그 멧돼지 해골 뒤로 달려들어 뛰어올라 엉덩이로 놈의 등을 콱 찍어 누르자 뼈가 산산이 부서지며 사방으로 흩어졌다. 다시 일어선 머키는 멧돼지 해골의 등뼈를 곤봉처럼 휘두르고 있었다.

그 모습을 보고 아람도 좋은 생각이 떠올랐다. 놀 해골이 달려들자 흰날검으로 놈의 공격을 간신히 막아낸 다음, 검을 칼집에 넣고 놀 해골을 향해 몸을 날렸다. 놈은 뒤쪽 바닥으로 나가떨어졌다. 머키가 해치운 멧돼지 해골처럼 발밑으로 뼈가 산산이 흩어졌다. 아람은 굵고 괜찮아 보이는 넓적다리뼈 하나를 집어 들고서 자기를 향해 기어오던 다리 없는 인간 해골에게 휘둘렀다.

하지만 숫자는 여전히 해골 전사들 쪽이 유리했다.

아람은 해골들을 후려치며 낮은 소리로 주문을 중얼거리는 블랙쏜과 무릎을 꿇고 흐느끼는 츄가라 사이의 기둥에 여전히 묶여 있는 드렐라에게 외쳤다.

"드렐라, 놈들을 멈춰줄 수 있어요?"

"그럼요!"

드렐라는 대답과 동시에 몸을 틀어 빼냈다. 별생각 없이 확신하며 내뱉는 드렐라의 대답에 블랙쏜이 돌아봤다. 심지어 쓰고 있던 가면까지도 관심 있는 표정으로 바뀐 듯했다. 그때 드렐라가 잠시 움직임을 멈추더니 혼란스러운 얼굴로 외쳤다.

"그런데 어떻게요?"

블랙쏜이 제대로 코를 울리며 웃음을 터뜨렸고, 아람의 입에서는 끙 하는 신음 소리가 절로 나왔다.

그러다 문득, 아람은 이곳에 생각지 못한 누군가가 갑작스럽게 등장했다는 것을 직감했다. 어느 순간부터, 새로운 존재가 나타나면 상황이 더 나빠졌다. 그 새로운 존재는 눈에 보이기도 전에 냄새부터 풍기기 시작했다.

'이 냄새는 말리꽃인가? 이 황량한 곳에 말리꽃이라고?'

그 냄새가 의미하는 건 단 한 가지였다. 단 한 사람…….

속삭이는 남자, 발드레드 남작이 아치형 입구로 들어왔다. 말루스를 제외하고 이런 최악의 상황에 나타날 수 있는 최악의 존재였다.

발드레드의 눈에 넓적다리뼈를 휘두르는 아람의 모습이 먼저 들어왔다.

"이런, 이런, 어린 사환, 지금 이게 무슨 꼴이지? 아람, 나침반을 이리 던져, 그러면 내가 그냥……."

발드레드는 말꼬리를 흐리며 천천히 두건을 젖혔다. 창백한 살갗이 팽팽하게 덮인 해골 모양의 머리가 드러나자 블랙쏜의 해골 전사들을 보는 듯했다. 마치 해골 전사들과 잘 어울리는 존재임을 증명이라도 해주듯이 해골 하피가 급강하하면서 공격하려다가 급격하게 방향을 틀었다. 아람이 힐끗 돌아보니 발드레드가 주변을 둘러보며 뼈다귀 전사 하나하나를 훑고는 머키와 쓱싹과 긴털엄니를 눈여겨본 후, 마카사를 잠시 바라보다가 츄가라와 드렐라를 지나쳐 죽음예언자 블랙쏜에게 시선을 고정했다.

"너!"

발드레드가 목소리를 최대한 크게 내면서 외쳤다.

"네 속셈이 뭐지?"

가면 뒤로 살짝 보이는 블랙쏜은 그제야 새로 등장한 존재를 알아차린 듯했다.

"넌 뭐냐?"

"난 레이골 발드레드 남작이다. 그리고 나는……."

"포세이큰이군! 누더기골렘이야!"

블랙쏜이 고함치는 소리를 들으니 두 가지를 똑같이 생각하는 게 분명했다.

"미치광이 같으니. 누구를 되살리려는 거지?"

발드레드가 어처구니없다는 듯 질문을 던지는 동안, 거대한 해골 곰이 느릿느릿 다가오다가 하피가 마지막 순간에 그랬듯이 방향을 휙 틀었다.

"나는 혹한의 암네나르 님을 되살린다! 그분께서 돌아오시면, 너는 다시 스컬지의 굴레를 쓰게 될 것이다!"

"내 죽은 눈에 흙이 들어가기 전에 그렇게는 안 되지."

"그렇다면 좋다!"

블랙쏜이 외치면서 낮은 목소리로 무언가를 중얼거리자 해골 곰이 휙 하고 발드레드 쪽으로 돌아섰다.

발드레드는 검은색 검을 뽑아 들고 순식간에 곰 해골을 베어버렸다.

이제 블랙쏜이 가장 먼저 처리해야 하는 새 목표는 발드레드가 되었다. 마찬가지로 발드레드가 가장 먼저 처리해야 하는 목표는 블랙쏜이 되었다. 방 안에 있던 해골들이 드렐라를 구하러 온 친구들에게서 물러나 전부 발드레드를 향해 몰려들었다. 발드레드는 검은색 검으로 무 자르듯 뼈들을 자르며 블랙쏜을 해치우고자 다가갔다.

전투 중이었지만, 아람은 이 역설적인 상황에 신경이 쓰였다. 최악의 적 중 하나였던 자가 도움이 되고 있었다. 발드레드의 마음속에 자리한 스컬지를 향한 활활 타오르는 증오심은, 말리꽃 향수를 큰 나무통으로 50통쯤 쏟아붓는다 해도 꺼지지 않을 정도였다.

상대하고 있던 해골에게서 자유로워진 긴털엄니가 드렐라에게 달려가 밧줄을 휙 잡아당겨 기둥에서 풀어낸 다음, 드렐라를 깃털처럼 가볍게 들어 올렸다.

마카사가 바로 뒤에서 흰날검으로 긴털엄니의 갈비뼈를 찌르며 위협적으로 말했다.

"밖으로 안내해. 허튼수작 부리지 말고."

긴털엄니는 끙 하는 소리를 내고는 해골 전사들이 싸우는 곳을 크게 빙 둘러 길을 안내했다. 흑한술사의 제물, 그러니까 드렐라를 안아 들고 도망치고 있었지만 발드레드도 블랙쏜도 츄가라도 눈치채지 못한 것 같았다. 발드레드의 칼날에 베어진 뼛조각들이 남작의 발아래 쌓여가고 있었다. 발드레드는 나침반에 대해선 잠시 잊은 채, 스컬지가 아제로스에 또 다른 기반을 마련하지 못하도록 필사적으로 싸우는 듯했다.

아람 일행이 아치형 입구에 도달했을 때, 블랙쏜은 그제야 자신이 놓치고 있는 게 무엇인지 깨달았다.

"안 돼! 제물이 달아나고 있다!"

"제물이 필요하다면, 너를 바치면 되겠군."

그 말을 마지막으로, 아람은 긴털엄니, 드렐라, 마카사, 머키를 따라 뼈 무더기 방을 빠져나왔다. 아람은 쓱싹이 뒤에 있는지 확인한 후, 따라오는 해골이 없는지도 확인했다. 다행히 없었다. 그러고 나서 아직 손에 쥐고 있던 넓적다리뼈를 힐끗 내려다봤다. 아주 작은 거미가 뼈를 따라 조르르 움직였다.

아람은 비명을 지르며 넓적다리뼈를 멀리 던져버렸다.

The Bone Pile 뼈 무더기

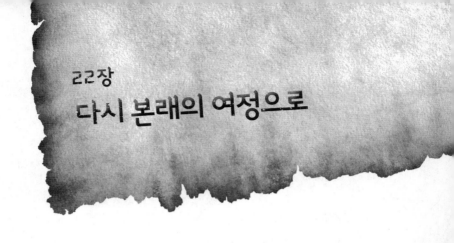

22장
다시 본래의 여정으로

아람 일행은 가시덤불 입구로 돌아올 때까지 쉬지 않고 달렸다. 보초를 서고 있던 휘파람이와 뾰족털아귀는 아직도 코를 골며 떠날 때 봤던 그 모습 그대로 태평하게 자고 있었다. 마카사가 휘파람으로 탈리아와 엘르마린에게 신호를 보냈고, 긴털엄니는 안고 있던 드렐라를 내려놨다.

"긴털엄니, 고마워요. 새롭고 흥미로운 경험이었어요. 대부분은요."

긴털엄니가 드렐라를 빤히 쳐다봤다. 다른 이들도 드렐라를 빤히 쳐다봤다.

어딘가 불편해 보이는 드렐라가 말을 이었다.

"미안해요. 나 때문에 실망했나요? 자연의 이치에 어긋난 마법을 해결하지는 못했어요."

긴털엄니가 끙 소리를 내며 대답했다.

"츄가라에게 무언가 깨닫도록 해주었다면, 그 누구보다도 큰일을 해낸 거야."

마카사가 흠흠 헛기침을 하자, 긴털엄니가 한마디를 더했다.

"그리고 모두들 이런 상황에 휘말리게 해서 미안해."

"잘못을 만회할 만큼 힘이 되어주었잖아요. 만회하려고 최선을 다해 노력했으니 이제는 괜찮아요."

잠시 후 탈리아와 엘르마린이 힘껏 노를 저으며 렌도우의 배를 끌고 왔다. 둘이 긴털엄니를 잔뜩 화난 눈으로 노려보자 아람은 같은 말을 되풀이했다.

"잘못을 만회할 만큼 큰 힘이 되어주었어요."

탈리아는 고개를 끄덕이긴 했지만 마음에 와닿지는 않는 모양이었고, 엘르마린은 아무 말 없이 잠자코 있었다.

마카사가 못마땅하다는 듯이 일행을 재촉했다.

"이제 여기서 나갑시다."

그러고는 서둘러 렌도우의 배에 올랐다.

긴털엄니가 다시 드렐라를 번쩍 들어 올려 마카사의 품에 내려주었다. 아람, 쓱싹, 머키가 뒤를 따랐다.

드렐라가 기지개를 켜면서 얌전하게 하품을 하고는 말했다.

"실례 좀 할게요. 조금 피곤해서요."

그러더니 배 한가운데에 몸을 말고 잘 자라는 인사를 듣기도 전에 잠이 들었다. 해안에서 멀어진 배는 다시 '피즐과 포직의 쾌속선'을 향해, 그리고 궁극적으로는 가젯잔을 향해 본래의 여정을 다시 시작했다.

말루스으와 나는 가젯자아안을 향해 가고 있었다.

우리는 영광스으으럽게 대군주우우를 알현하며 한 주를 보오오오낸 뒤, 가려진 자들의 주우우우인님의 전략 회의실에서 계에에에단으을 따라 걸어 내려왔다.

말루스으는 계단 밑에서 잠시 멈추우우더니 왼소오온에 우악스럽게 철장갑을 끼며 바위, 잔해, 불꽃으로 뒤이이덮인 아웃랜드의 저어억막한 광경을 빠아아안히 쳐다보았다. 저 머어어얼리 불타는 군단의 야여엉지와 모닥부우울, 정확히 말하자면 화톳부우우울이 여어언기와 아안개 사이로 희미하게 보이이이고 있었다.

나 싸르빅은 군단에 있는 공포의 군주가 아직도 나침반을 손에 넣지 못했냐며 말루스으 선장을 질책한 일이 팔짝팔짝 뛸 듯이 기이뻤다. 나는 신이 나서 말루스으가 자기의 방시이익에 문제가 있다는 점을 배우고, 마침내 임무우우를 올바르게 완수할 마음을 먹었으면 하는 바람을 내비이이쳤다.

사실, 말루스는 질책이나 벌을 받지 않아도 나침반을 찾아낼 터였다. 자기 행동을 정당화할 생각도 별로 없었다. 자기 자신에게는 물론이고 가려진 자들의 주인에게도. 그리고 당연히 싸르빅에게도.

'이건 내가 시작한 일을 내가 끝내느냐 아니냐의 문제야.'

말루스는 반복해서 마음속으로 다짐했다.

'그게 아니라면, 내가 왜 그렇게 했겠어?'

낄낄거리는 아라코아 싸르빅을 노려보고는 새 철장갑으로 철썩 한 대 쳐서 입을 다물게 했다. 싸르빅은 꽥 비명을 질렀고, 말루스는 손이 욱신거렸다. 그렇다 하더라도 끙 소리는 고사하고 무심코 인상조차 쓰지 않을 위인이었다.

말루스는 아제로스에서 가려진 자들을 지휘하는 역할을 계속 맡는다는 사실이 기뻤다. 무언가 달라져서가 아니었다. 대군주들이 무슨 결정을 하든, 공표를 하든 자신이 해야 할 일을 해내고 말 터였다. 하지만 말루스는 싸르빅이 자신의 지휘권을 탐낸다는 사실을 알고 있었던 터라 싸르빅의 희망을 꺾었다는 사실에 떨떠름하게나마 미소가 지어졌다.

"이제 할 일을 해야지. 차원문을 열어라."

그러면서 속으로 생각했다.

'그렇다면 대안이 뭐지? 인정해야 해. 내가 끔찍한……'

하지만 말루스는 그런 반성을 끝까지 할 위인이 아니었다.

이제 더 이상 신이 나지 않는 싸르빅이 주문을 외우기 시작했다.

차원문은 말루스의 배, 칠흑같이 검은 엘프 파괴자, 불가피호 갑판 위에 열렸다. 말루스와 싸르빅이 차원문으로 나오자 싸르빅의 여동생, 싸브라가 보였다.

"반가워, 선장."

여자 새인간의 목소리는 다른 아라코아처럼 날카롭고 또렷했지만, 싸르빅의 쉭쉭거리는 말투와는 비슷한 데가 전혀 없었다.

"불타는 군단에 있는 우리 공포의 군주께서 뭐라고 하셨지? 암흑 폭풍의 선구자께서 뭐라고 하셨어?"

싸르빅이 무언가 반응하기도 전에 말루스가 대답했다.

"별말 없으셨다. 나침반을 원하셨지. 다른 얘기는 할 필요도 없고."

싸브라가 고개를 끄덕였다. 그러나 다음 순간 고압적인 남색 눈에서 길고 구부러진 부리 아래로 오빠 싸르빅에게 의문스럽다는 눈길을 보냈다. 싸브라는 싸르빅보다 한 뼘 정도 큰 키였지만, 몸을 꼿꼿이 세우고 있기에 훨씬 더 커 보였다.

등을 움츠린 싸르빅은 불안한 듯 말루스의 왼쪽 손에 끼고 있는 철장갑을 힐끔거리더니 위험을 무릅쓰더라도 말할 가치가 있다고 판단했는지 입을 열었다.

"우리 말루스으 선장님은 시이일패했다고 크으으게 문채애애액을 받았지."

그러고는 무심코 움찔했지만, 말루스는 별 움직임이 없었다.

"실패가 아니라 일을 더디게 처리한다고 한마디 들었을 뿐이다."

말루스는 차분하게 표현을 고쳐 말하고는 갑판을 가로질러 성큼성큼 걸어갔다. 싸르빅과 싸브라가 말루스의 뒤를 따라갔다.

"그러니 이제 절박한 내 마음을 이해하겠지. 방향은?"

뒤의 질문은 키잡이에게 한 말이었다. 센시아고 크릴은 까만 피부에 성한 눈은 하나뿐이고 머리 오른쪽 전체가 화상 흉터로 뒤덮여 있었다.

"가젯잔이야, 선장. 이틀 남았어."

"그래. 쏜의 아들놈을 앞질러 갔으면 좋겠군."

"그럼 꾸물거릴 게 뭐 있어?"

키잡이가 속삭였다.

"삐삐거리는 놈들의 차원문을 타고 휙 가버리지. 선장! 새인간 둘이 힘을 합치면 빌어먹을 배가 통째로 지나갈 정도로 큰 차원문을 열 수 있지 않겠어?"

말루스는 억지 미소를 지어 보이며 말했다.

"그렇게는 안 돼. 아제로스에서는 아웃랜드로만 차원문을 열 수 있으니까."

"그 더러운 땅 따위 그냥 가면 되잖아!"

"크릴, 넌 아웃랜드 근처에도 가기 싫을 거다. 내가 장담하지. 그리고 아웃랜드의 아라코아 한 명마다 여기에서 닻 역할을 할 다른 아라코아가 필요하다. 그래서 서로 오고 갈 수 있는 차원문만 열 수 있는 것이지."

"놈들이 그렇게 말해줬나?"

"그래. 내가 그렇게 믿기도 하고."

"선장이 그렇게 말한다면야…… 나는 그냥 삑삑거리는 놈들한테 믿음이 안 가서. 정확히 말하자면, 선장의 뒤통수를 칠 것 같아서 말이지."

"선장도 안 믿었어."

싸브라가 슬그머니 뒤에서 나타나 끼어들었다.

"하지만 선장도 경고는 고마워할 거야, 키잡이 크릴."

"네, 마님."

크릴이 어깨를 으쓱해 보이며 비아냥거리듯 대꾸했다.

말루스가 싸브라 쪽으로 고개를 돌렸다. 말루스 선장을 조금 우습게 여기는 듯, 짙은 자줏빛 윤기가 도는 검은빛의 깃털이 달린 머리가 살짝 기울어져 있었다. 싸브라의 어깨너머를 힐끗 보았다. 싸르빅은 멀찍이 떨어져 서 있었다. 싸브라와 말루스가 충돌하는 순간을 기대하며 빈정대는 표정으로 머리를 까딱거리고 있었다.

"할 말이 있다고 했나?"

말루스가 무심하게 물었다.

"이 말만 하면 돼. 난 오빠와는 달라. 나한테 떽떽거리거나 한 대 쳐서 굴복시킬 생각은 마. 네가 받은 임무를 완수해. 안 그러면 내 가 널 죽이고 네 대신 임무를 완수할 테니까."

"네 주인님이 허락하지 않을 텐데."

"대군주님이 원하는 대로 해드릴 수 있다면 크게 역정을 내셔도 감수해야지."

싸브라는 놀라울 정도로 활짝 웃으며 즐거운 듯이 말했다.

"이런 협박은 안 해도 돼, 싸브라 아가씨. 난 실패할 생각이 없으니까."

"우리가 서로 뜻이 통한다면야……."

"통해."

"아, 그리고 한 가지 더."

"뭐지?"

"난 아가씨가 아니야."

말루스가 껄껄 웃으며 다시 키잡이 크릴을 향해 목소리를 높였다.

"크릴, 가젯잔으로."

"예, 예, 선장님!"

4권에서 계속됩니다.